# Medienforschung in Österreich

## Bestandaufnahme, Koordination und Programmatik

Veröffentlichung
des Bundesministeriums für Wissenschaft und Forschung

Hans H. Fabris · Richard Bamberger · Viktor Ergert · Diemut Graf
Albert Konecny · Benno Signitzer · Arno Tausch
mit einem Vorwort von
Bundesminister Dr. Hertha Firnberg



1975
Springer-Verlag
Wien · New York

Druck: Buch- und Offsetdruckerei Donaustadt, 1100 Wien, Schleiergasse 17

Printed in Austria

ISBN 3-211-81295-4 Springer-Verlag Wien - New York
ISBN 0-387-81295-4 Springer-Verlag New York - Wien

# Inhaltsverzeichnis

# Vorwort

*Am 10. Juli 1974 hat der Nationalrat das Bundesverfassungsgesetz über die Sicherung der Unabhängigkeit des Rundfunks und das Bundesgesetz über die Aufgaben und die Einrichtung des Österreichischen Rundfunks beschlossen und damit die Grundlagen für eine Organisationsform gelegt, in der die Objektivität und Unparteilichkeit der Berichterstattung, die Berücksichtigung der Vielfalt der im öffentlichen Leben vertretenen Meinungen aber auch die Unabhängigkeit der verantwortlichen Personen und Organe als leitende Grundsätze verankert sind. Überdies wurde zur Wahrung der Interessen der Rundfunkteilnehmer eine eigene Hörer- und Sehervertretung eingerichtet und somit erstmals in der Geschichte der österreichischen Massenkommunikationsmittel eine demokratische Kontrollinstanz geschaffen, die nach dem Prinzip der unmittelbaren Betroffenheit aus Vertretern der verschiedensten sozialen, wirtschaftlichen und kulturellen Gesellschaftsbereiche zusammengesetzt ist.*

*Die theoretische und politische Kontroverse um die Funktion und Stellung der Massenmedien hat in Österreich nicht von ungefähr in vollem Umfange eingesetzt. Die Konzentrationstendenzen am Zeitungsmarkt, die Überlagerung aller kulturellen und gesellschaftspolitischen Wertvorstellungen durch eine unkontrollierbar gewordene TV-Monokultur haben in den letzten Jahren auch in Österreich Dimensionen angenommen, welche für den verantwortungsvollen Politiker und Wissenschaftler gleichermaßen als Herausforderung angesehen werden mußten.*

*„Wer heute kritische Analyse der modernen Kommunikationsmittel betreibt, wird Rundfunk, Film und Presse betrachten und folgende Fragen stellen: Wie sind diese Medien organisiert und wie werden sie kontrolliert? Wie stark sind innerhalb ihres institutionellen Gefüges die Tendenzen zu Konzentration, Standardisierung und Druck durch Werbung ausgeprägt?*

*In welcher Form und wie versteckt auch immer bedrohen sie menschliche Werte?" Diese knappen Worte, die der Österreicher und Mitbegründer der modernen empirischen Sozialforschung, Paul F. Lazarsfeld bereits im Jahre 1940 in einem wissenschaftlichen Aufsatz niedergelegt hat, enthalten bereits einen guten Teil jener programmatischen Ansätze, die für eine an demokratischen Grundsätzen orientierte Medienpolitik und Medienwissenschaft schlechthin konstitutiv sind. Beiden ist gemeinsam, daß sie von einem Leitbild des informierten Staatsbürgers ausgehen, welches als gesellschaftspolitischer Wert sowohl in die wissenschaftliche Analyse von bestehenden Kommunikationsstrukturen und ihrer sozialen und ökonomischen Bedingungen eingeht, als auch am Anfang aller Überlegungen einer demokratischen Reform der institutionellen Grundlagen der Massenkommunikationsmittel zu stehen hat.*

*Der amerikanische Kommunikationsforscher Ballas W. Smythe vergleicht mit Recht die Errungenschaften der hochentwickelten Informations- und Kommunikationstechnik mit der Atomkraft. In einem seiner Artikel stellt er fest: „Wie die Nuklearforschung schwanken auch die Massenmedien zwischen den beiden Möglichkeiten Destruktion und Konstruktion; und sie müssen sich unvermeidbar für das eine oder andere Ziel rechtzeitig entscheiden." Schon in diesem Artikel, der 1964 geschrieben wurde, wird die Frage nach dem gesellschaftlichen Auftrag, der Absicht und dem Zweck aufgeworfen. Die Entscheidung über diese Frage hängt allerdings keineswegs von den Massenkommunikationsmitteln allein ab. Sie fungieren als Mittler, als Träger, Verbreiter und Vervielfältiger von Informationen und Meinungen und sind letzten Endes Instrumente in den Händen bestimmter gesellschaftlicher Kräfte. Welche Ideen sie verbreiten, welche Leitbilder sie postulieren, welche Informationen sie vorenthalten und übermitteln, welche Ideale sie mit welcher Absicht verkünden — darüber bestimmen die über die Massenmedien Verfügungsberechtigten. Darüber bestimmen letzten Endes auch die politischen und ökonomischen Machtverhältnisse der Gesellschaft.*

*So hat z. B. der Schweizer Wissenschaftsrat in seinem letzten Schwerpunktprogramm besonders auf die gesellschaftspolitische Bedeutung der Massenkommunikationsforschung hingewiesen, wenn er die Forderung erhebt, daß „eine noch zu konzipierende Kommunikations- bzw. Massenkommunikationspolitik das technologisch Mögliche mit dem gesellschaftlich Wünschbaren konfrontieren müsse. Aufgabe der Forschungspolitik ist es dabei, die für die Erarbeitung eines derartigen Konzeptes notwendigen wissenschaftlichen Grundlagen bereitzustellen". Das gesellschaftspolitische Unbehagen, daß im nationalen und internationalen Bereich zunehmend manifestiert wird, ist vom Standpunkt der Soziologen und Publizistikwissenschaftler eng mit dem Terminus „Manipulation" verbunden. Unter Manipulation wird letztlich das Phänomen verstanden, daß Menschen als*

*Ergebnis gewaltloser, ihren eigenen Interessen entgegengerichteter Beeinflussung genau das tun, was die Beeinflußenden wünschen, dies aber als eigene, freiwillige Entscheidung empfinden. Es handelt sich hier um eine zu höchster Perfektion und Raffinesse entwickelte Form der geistigen und kulturellen Unterdrückung, die wohl in der Methode vervollkommnet wurde, in Inhalt und Ziel jedoch auf berüchtigte Vorbilder zurückgreift. Die grundlegenden Arbeiten von Gerhard Schönberner, Hans Magnus Enzesberger, Eugen Kogon, Erich Kuby und vielen anderen, die schon Mitte der 60iger Jahre auf diese Problematik hingewiesen haben, sprechen eine beredte Sprache.*

*Wie ich schon eingangs erwähnte, läßt sich daher die gesellschaftspolitisch motivierte Orientierung der Medienpolitik und der Medienwissenschaft letztlich auf eine Leitbild des informierten Staatsbürgers zurückführen. Dieses Leitbild besagt im wesentlichen, daß eine Gesellschaft, ein Staat nur dann das Attribut „informiert“ verdient, wenn es dem einzelnen Staatsbürger vergönnt ist, sich auf sachkundiger und sachgemäßer Information zu allen öffentlichen Angelegenheiten ein fundiertes Urteil und eine eigene Meinung zu bilden, wenn er überdies die Gelegenheit erhält, sich seiner Interessen und der gesellschaftlichen Wirklichkeit bewußt zu werden und demgemäß zu handeln. Damit ist gleichzeitig eine jener existenziellen Grundlagen der Demokratie, die eben „funktionierende“ Demokraten voraussetzt, beschrieben. Die 3 wichtigsten Komponenten dieses Leitbildes sind die folgenden:*

*1. Zugänglichkeit zu Informationen über alle wesentlichen globalen, nationalen und lokalen Ereignisse und deren Ursachen und Auswirkungen. Dazu zählen empirisch begründete Fakten genauso wie Informationen über das Geschehene in der Gemeinde oder im Betrieb.*

*2. Zugänglichkeit von Information über die politische und soziale Stellung des Staatsbürgers zum globalen, nationalen und lokalen Geschehen und Information über seine Chancen, dieses Geschehen selbst beeinflussen und bestimmen zu können. Dazu zählt nicht nur die Information über die wichtigsten national und international vertretenen gesellschaftlichen Leitbilder, deren Wertmaßstäbe und Bezugssysteme, sondern auch das, was mit Eugen Kogon als jenes zureichende Orientierungswissen bezeichnet werden kann, in welches sich die Nachrichten des Tages sinnvoll einordnen lassen. Der Erfolg oder Mißerfolg jeder Reform der Massenmedien wird meines Erachtens vor allem an Hand dieses Kriteriums zu messen sein!*

*3. Zu dem Leitbild des informierten Staatsbürgers zählt letztlich auch das Recht und das Vorhandensein der Möglichkeit, als Angehöriger einer gesellschaftlichen Gruppe und als Staatsbürger am Prozeß der öffentlichen Information mitzuwirken und zur demokratischen Meinungs- und Willens-*

bildung selbst beizutragen. Eine Forderung, die in der kürzlich erfolgten Reform des Österreichischen Rundfunkes in Ansätzen zum ersten Mal realisiert wurde. Man darf sich aber nicht darüber hinweg täuschen, daß auf dem Pressesektor die Erfüllung dieses letzten Kriteriums noch sehr zu wünschen übrig läßt. Auch für Österreich trifft mit gewissen Modifikationen auf dem Pressesektor das zu, was der Publizist Paul Sethe gekennzeichnet hat: „Pressefreiheit ist die Freiheit von 200 reichen Leuten, ihre Meinung zu verbreiten".

Letztlich stellt sich die Frage, was Politik und Wissenschaft zur Herstellung gesellschaftlich wünschbarer Entwicklungen auf dem Mediensektor leisten können: Was Politik hiezu beitragen kann, ist evident und reicht von der Herstellung und durchgängigen Einhaltung des verfassungsrechtlich garantierten Rechts auf Presse- und Meinungsfreiheit, von der Reduzierung des Einflusses von Industrie- und Bankkonzernen auf die öffentliche Meinungsbildung, von der Reduzierung der Konzentration an meinungsbildender Macht in den Händen privater Verlagsgruppen bis zur Durchsetzung der demokratischen Mitbestimmung und öffentlichen Kontrolle am Presse- und Verlagssektor, Offenlegung der Besitzverhältnisse und Durchsetzen verstärkter Rechte der Arbeiter und Angestellten auf Mitbestimmung in Zeitungs- und Zeitschriftenverlagen. Auch eine parlamentarische Kontrolle der öffentlichen und privaten Medienpolitik, bzw. die Herstellung eines jährlichen Medienberichts der Bundesregierung an den Nationalrat sind meines Erachtens Gedanken, die Wert wären, überlegt zu werden.

Was Wissenschaft hiezu beitragen kann, soll in der vorliegenden Broschüre dargelegt werden, die sich an Politiker und Wissenschafter gleichermaßen richtet und einen ersten Versuch darstellt, einen Überblick über den Stand der Medien- und Kommunikationswissenschaften in Österreich zu geben.

Dr. Hertha Firnberg

Bundesminister für Wissenschaft und Forschung

# Einleitung

Gegenstand der Medienforschung ist jener Bereich der menschlichen Kommunikation, der durch die sogenannten Massenmedien (Presse, Radio, Fernsehen und andere technische Übertragungsmittel) vermittelt wird.

Die Medienforschung ist ihrem Wesen nach interdisziplinär und steht in Verbindung mit jenen Wissenschaften, die sich mit verschiedenen Aspekten der Kommunikation befassen: dazu zählen vor allem Soziologie, Politologie, Ökonomie, Rechtswissenschaft, Psychologie, Sozialpsychologie, Sprachwissenschaften, Pädagogik sowie Informationstheorie, Systemtheorie, Kybernetik und technologische Wissenschaften der Informationsübertragung. Das Phänomen der Kommunikation ist eine Grundvoraussetzung für das Funktionieren jedes komplexen organisatorischen Systems und eine Grundvoraussetzung für die Zivilisation überhaupt. Die typische Kommunikationsweise der modernen Gesellschaft ist die Massenkommunikation. In zunehmendem Ausmaß haben sich die modernen Massenmedien zu Instrumenten politischer, wirtschaftlicher und sozialer Einflußnahme entwickelt. Neue Techniken, wie Satellitenfunk, Kassettenfernsehen aber auch Errichtung von nationalen und internationalen Datenbanken als Voraussetzung für weltweite Verbreitung von Information, verstärken diese Tendenz. In Gegensatz dazu sind jedoch die Erkenntnisse über Einsatzmöglichkeiten und Wirkungsweisen der Massenkommunikationsmittel noch relativ gering und unbefriedigend, wie aus einem Expertenbericht hervorgeht, der im Auftrag der UNESCO im September 1971 der Öffentlichkeit vorgelegt wurde und der unter anderen einen Appell an die Mitgliedstaaten enthält, die wissenschaftlichen Bemühungen auf dem Gebiete der Kommunikationsforschung zu intensivieren und gleichzeitig die aktuelle Medienpolitik in Hinblick auf gesamtgesellschaftliche Kommunikations- und Informationsbedürfnisse kritisch zu analysieren.

Als wichtige Gesichtspunkte, unter denen Medienforschung betrieben werden soll, nennt die UNESCO-Studie:

— Geschichte und Entwicklung der Medien
— Eigentums- und Kontrollverhältnisse
— Organisation und Struktur
— Gesellschaftliche und medienspezifische Wertsysteme
— Arbeitsweise der Kommunikationsmittel

Das UNESCO-Papier schließt mit einigen Vorschlägen zur Formulierung einer langfristigen und koordinierten Kommunikationsforschung.

*Gesellschaftspolitische Motivation der vorliegenden Studie*

Die medienpolitische Diskussion ist Anfang der 70iger Jahre, unterstützt durch gezielte Vorstöße der Journalisten-Gewerkschaft, verstärkt in den Blickpunkt des öffentlichen Interesses getreten. Verschiedene Maßnahmen der Bundesregierung, wie die Einsetzung einer Medienrechtskommission beim Bundesministerium für Justiz, bzw. die Einleitung und Beschlußfassung über die Reform der institutionellen Grundlagen des Österreichischen Rundfunkes bestätigen die gesellschaftspolitische Relevanz der Massenmedien, wie auch im Vorwort der Frau Bundesminister zu dieser Broschüre deutlich hervorgehoben wird. Da auch die Medienforschung im Rahmen der Medienpolitik ihren Stellenwert hat, wurde beim Bundesministerium für Wissenschaft und Forschung unter Verfolgung der UNESCO-Empfehlungen bereits im Dezember 1971 ein Projektteam „Medienforschung" eingesetzt, welches als Beratungsorgan des Bundesministers für Wissenschaft und Forschung funktioniert und die Aufgabe hat, konkrete Vorschläge zur Förderung und Koordinierung der Medienforschung in Österreich zu erstellen.

*Forschungspolitische Motivation der vorliegenden Studie*

Forschungspolitik wird in Österreich erst seit relativ kurzer Zeit betrieben. Meilensteine in dieser Entwicklung waren unter anderem die Errichtung der beiden Forschungsförderungsfonds (1967), sodann vor allem die Errichtung des Bundesministeriums für Wissenschaft und Forschung (1970) und die Beschlußfassung der Bundesregierung über die „Österreichische Forschungskonzeption" (April 1972).

Die Österreichische Forschungskonzeption ist der erste Versuch, ausgehend von den Untersuchungen und Empfehlungen des wissenschaftspolitischen Komitees der OECD in geschlossener Form ein langfristiges Konzept für die österreichische Forschung und deren Förderung darzustellen. In diesem Konzept, daß unter der Federführung des Wissenschaftsministeriums von über 70 Wissenschaftern, Vertretern der Wirtschaft und Verwaltungsexperten gemeinsam erarbeitet wurde, nimmt ein Grundsatz eine dominierende Stellung ein: trotz der in den vergangenen 4 Jahren beachtlich gestiegenen öffentlichen Mittel für Zwecke der Forschungsförderung kann eine optimale gesellschaftliche und wirtschaftliche Nutzung der Ergebnisse wissenschaftlicher Arbeit erst dann erzielt werden, wenn der Einsatz der finanziellen, personellen und institutionellen Ressourcen koordiniert erfolgt. Dabei ist unter Koordinierung nicht nur der zweckmäßige, sparsame und Doppelgeleisigkeiten vermeidende Einsatz der Mittel zu verstehen, sondern auch das kooperative Vorgehen mehrerer Beteiligter beim Erarbeiten und Realisieren wissenschaftlicher oder wissenschaftspolitischer Zielsetzungen.

Koordination setzt aber eine Bestandsaufnahme und regelmäßige Fortschreibung jener Bereiche voraus, die einer Koordination zugänglich gemacht werden sollen. Im Österreichischen Forschungsstättenkatalog, dessen erste Auflage im November 1971 fertiggestellt wurde und dessen zweite Auflage derzeit in Bearbeitung ist, wurde erstmals ein Versuch unternommen, einen umfassenden Nachweis der österreichischen Forschungsstätten in den Bereichen der Naturwissenschaft, Technik, Humanmedizin, Landwirtschaft sowie der Sozial- und Geisteswissenschaften aufzustellen. Der Katalog wurde auf Grund von Unterlagen des Österreichischen Statistischen Zentralamtes und der statistischen Abteilung der Bundeskammer der gewerblichen Wirtschaft vom Bundesministerium für Wissenschaft und Forschung zusammengestellt und ergänzt. Er umfaßt Forschungsstätten aus dem Hochschulbereich (einschließlich der Österreichischen Akademie der Wissenschaften und der höheren Technischen Bundeslehr- und Versuchsanstalten), der Behörden, des privaten gemeinnützigen und des kooperativen Bereiches und des industriellen Bereiches (firmeneigene Forschung). Er ist nach den Wissenschaftsdisziplinen der UNESCO-Klassifikation gegliedert und seine Begriffsabgrenzung und Terminologie basiert auf den Erhebungsrichtlinien der OECD für Forschung und Entwicklung (Frascati-Manual). Damit lag zum ersten Mal eine geschlossene Übersicht über nahezu alle österreichischen Forschungseinrichtungen vor — aufgegliedert nach institutionellen Merkmalen und wissenschaftlichen Disziplinen. Da pro Institut auch die Arbeitsgebiete, bzw. Forschungsbereiche und Forschungsschwerpunkte in die Erhebung aufgenommen wurden, konnte damit ein wirksames Koordinationsinstrument zur Verfügung gestellt werden, welches nicht nur für forschungspolitische Maßnahmen, sondern auch für die direkte Kooperation und interdisziplinäre Kommunikation zwischen den einzelnen österreichischen Forschungsstätten in der Zwischenzeit zahllose wertvolle Dienste geleistet hat.

Der Anspruch auf Vollständigkeit im Österreichischen Forschungsstättenkatalog brachte allerdings mit sich, daß aus rein quantitativen Gründen eine tiefgehende Analyse von Struktur und Arbeitsumfang, bzw. wissenschaftlichem Profil der einzelnen Institutionen unterbleiben mußte. Es wurden daher in Ergänzung zum Österreichischen Forschungsstättenkatalog eine Reihe von Detailerhebungen in Angriff genommen, die schwerpunktmäßig nähere Informationen über den Stand jener Forschungsbereiche erbringen sollte, die aus wirtschaftspolitischen, gesellschaftspolitischen oder auch rein pragmatischen Überlegungen an Bedeutung zugenommen hatten.

Beispiele für diese Sonderbereiche, in denen bisher qualitative und quantitative, gesamtösterreichische Erhebungen durchgeführt wurden, sind die folgenden:

a) *Im Bereich der gesellschaftsbezogenen Forschung:*
Sozialwissenschaftliche Forschung in Österreich, zusätzlich Sondererhebung über Forschungsprojekte zur Geschichte der österreichischen Arbeiterbewe-

gung und Untersuchung über den Stand der Medienforschung in Österreich, Übersicht über die österreichischen Aktivitäten auf dem Gebiet der Ökosystemforschung, Energieforschung.

b) *Im Bereich der wissenschaftsbezogenen Forschung:*

Geowissenschaften und Geotechnik, astronomische Forschung.

c) *Im Bereich der wirtschaftsbezogenen Forschung:*

Textilforschung, Gewässerkunde und Wasserwirtschaft.

Die eigentliche Koordinierung der oben angeführten Bereiche wird von den dazu eigens eingesetzten Projektteams besorgt, die zumeist auch die Erstbestandsaufnahme der jeweiligen Forschungsbereiche vorgenommen haben.

Durch die Einsetzung des Projektteams „Medienforschung" durch die Frau Bundesminister im Dezember 1971 wurde ein weiteres Beispiel gesetzt, wie in der Praxis die allgemeinen forschungspolitischen Grundsätze der „Österreichischen Forschungskonzeption" bei der Lösung eines gesellschaftspolitisch interessanten und relevanten Problems angewendet werden können. Die Schwierigkeiten, mit denen jeder Koordinationsversuch der Medienforschung in Österreich rechnen muß, sind allerdings vielfältiger Natur:

1. Medien- und Kommunikationsforschung ist im allgemeinen nur interdisziplinär durchführbar. Der Bogen der mitbeteiligten Wissenschaften spannt sich von den technisch-mathematischen Grundlagendisziplinen (Nachrichtentechnik, Informationstheorie usw. . . .) bis zu den gesellschaftswissenschaftlichen Fächern (Meinungsforschung, empirische Sozialforschung, Politikwissenschaften usw.), von denen keines allein alle Fragestellungen beantworten kann.

2. Von der gesellschaftlichen und wirtschaftlichen Praxis her werden verschiedene Anforderungen an die Medienforschung gestellt: der Pädagoge erwartet von der Medienforschung Antwort auf andere Fragen als der Werbefachmann.

3. Auch institutionell wird Medienforschung in verschiedenen Bereichen betrieben: an den Hochschulen als Lehr- und Forschungsgegenstand etwa in den Fachrichtungen „Sozial- und Wirtschaftswissenschaften", „Publizistik", „Theaterwissenschaft", „Pädagogik" und dergleichen. Die Wirtschaftsunternehmungen sind wiederum unter dem Hauptaspekt der marktwirtschaftlich orientierten Werbewirksamkeit an der Medienforschung interessiert. Für die Trägerorganisationen der Massenmedien wird die Medienforschung gewissermaßen zur „Grundlagenwissenschaft" ihrer eigenen Existenzbedingungen.

Die einzige Möglichkeit, diesen je nach wissenschaftlicher Ausrichtung und politischer oder wirtschaftlicher Interessenslage vielschichtigen Bereich der Medienwissenschaft in koordinierte Bahnen zu lenken, bestand somit darin, ein Gremium zu schaffen, das diese Vielschichtigkeit in seiner personellen Zusammensetzung wiederspiegelt. Dies ist bei der Konstituierung des genannten Projektteams geschehen.

*Arbeitsweise und Zusammensetzung des Projektteams „Medienforschung“*

Das Projektteam hat im wesentlichen die Aufgabe, den Bundesminister für Wissenschaft und Forschung bei seiner gesetzlich auferlegten Aufgabe der Koordinierung im Forschungsbereich, in diesem Falle im Bereich der Medienforschung, zu beraten und zu unterstützen. Es besteht aus repräsentativen Vertretern der einschlägigen Hochschulinstitute, der Interessensvertretungen (z. B. Journalistengewerkschaft), der Massenmedien (z. B. ORF) und vielen anderen Persönlichkeiten, die theoretischen oder praktischen Bezug zu der Medienforschung haben.

Im einzelnen gehören folgende Persönlichkeiten dem Projektteam an
(in alphabetischer Reihenfolge):

*Generalsekretär Dr. Richard Bamberger*
Österreichischer Buchklub der Jugend

*Univ.-Prof. Dr. Erich Bodzenta (bis März 1974)*
Institut für Soziologie an der Universität Wien

*Univ.-Prof. Dr. Margret Dietrich*
Institut für Theaterwissenschaften an der Universität Wien

*Dr. Walter Rosenberger*
Bundesministerium für Wissenschaft und Forschung, Abteilung I/4

*Dr. Viktor Ergert*
Österreichischer Rundfunk — Fernsehen

*Univ.-Ass. Dr. Hans Heinz Fabris*
Institut für Publizistik und Kommunikationstheorie der Univ. Salzburg

*Prof. Dr. Reginald Földy (seit Mai 1974)*
Österreichische Gesellschaft für Kommunikationsforschung

*Dr. Fritz Glaubauf*
Sektion „Journalisten“ im ÖGB

*Dr. Diemut Graf*
Institut für empirische Sozialforschung

*HS-Prof. H. W. Kolm-Veltee*
Produktion „Wiener Kunstfilm“

*Albrecht K. Konecny*
Institut für empirische Sozialforschung

*Horst H. Kossatz*
Journalist

*Hofrat Prof. Dr. Friedrich Langer*
Bundesministerium für Wissenschaft und Forschung

*Dr. Alfred Lugert (seit Mai 1974)*
Österreichische Gesellschaft für Kommunikationsforschung

*DDr. Günther Nenning*
Sektion „Journalisten" im ÖGB

*Univ.-Prof. Dr. Kurt Paupie*
Institut für Publizistik der Universität Wien

*Dr. Norbert Rozsenich (Vorsitz im Projektteam)*
Bundesministerium für Wissenschaft und Forschung, Sektion Forschung

*Univ.-Prof. Dr. Michael Schmolke (seit Mai 1974)*
Institut für Publizistik und Kommunikationstheorie der Univ. Salzburg

*Karl Steurer*
Verein „Arbeitsgemeinschaft Media-Analyse"

*Forschungsprojekte und Aktivitäten des Projektteams*

1. Der eingangs zitierte Expertenbericht der UNESCO weist unter anderem darauf hin, daß eine langfristige und integrierte Kommunikationsforschung auch einer öffentlichen Förderung bedarf, die insbesondere in der Hilfestellung bei Planung, Koordinierung und Finanzierung langfristiger und systematischer Forschungsprogramme bestehen soll. Ein wichtiges Erfordernis hierfür wäre die zentrale Koordinierung all jener Projekte und einzelnen Studien, die von kommerziellen Instituten, staatlichen Forschungsstellen, Instituten an Hochschulen und Universitäten, aber auch von den Medienorganisationen selbst durchgeführt werden. Nach Ansicht der Expertenkommission der UNESCO sollte jeder nationale Forschungsplan für den Bereich der Kommunikationsforschung die folgenden Stufen umfassen:

*1.* Einleitung eines Bewußtwerdungsprozesses bei Regierungen, öffentlichen Institutionen, Medienorganisationen über die Vordringlichkeit verstärkter Kommunikationsforschung.

*2.* Bildung nationaler Medienkommissionen oder entsprechender Institute, die deren Aufgaben übernehmen könnten.

*3.* Einrichtung eines Fonds für Kommunikationsforschung.

4. Analyse der Forschungskapazitäten im Bereich der Kommunikationsforschung und eventuelle Neugründung von Forschungseinrichtungen.

5. Zusammenarbeit mit internationalen Organisationen und Forschungsstellen.

6. Einrichtung von Dokumentationszentren.

7. Institutionalisierung des Informationsaustausches auf nationaler und internationaler Ebene.

Auch der Schweizer Wissenschaftsrat hat bereits die Förderung der Massenkommunikationsforschung in sein Schwerpunktprogramm aufgenommen. In den Empfehlungen des Wissenschaftsrates der Schweiz ist unter anderem vermerkt, daß eine Planungsgruppe mit der Erarbeitung eines Konzeptes zur Entwicklung der Massenkommunikationsforschung — in Abstimmung zu den Konzepten der allgemeinen Kommunikationsforschung — in der Schweiz beauftragt werden sollte, bzw. die kantonalen Hochschulen ihre Möglichkeiten zur Erweiterung der Forschungs- und Lehrkapazitäten im Bereich der Massenkommunikationswissenschaften überprüfen sollten (siehe auch: 9. 1. Dokumentation).

Im Hinblick auf die aktuelle Situation der Kommunikationsforschung in Österreich und unter Bezugnahme auf die Vorschläge der Expertenkommission der UNESCO kam das Projektteam zu Beginn seiner Beratungen zu der Überzeugung, daß die meisten der obenerwähnten Empfehlungen erst nach Vorliegen einer umfassenden Bestandsaufnahme der gesamtösterreichischen Forschungstätigkeit und der Forschungskapazitäten im Bereich der Kommunikationsforschung sinnvoll in Angriff genommen werden könnten.

Die bisherigen Beratungen des Projektteams haben überdies deutlich gemacht, daß die Frage der Institutionalisierung neuer Medienforschungseinrichtungen nur im integrativen Gesamtzusammenhang der bereits existierenden wissenschaftlichen Einrichtungen gelöst werden kann, deren Koordinierung eine wichtige forschungspolitische Angelegenheit ist. Als erstes Forschungsprojekt wurde daher eine Untersuchung in diesem Sinne angeregt, deren Ergebnis in der vorliegenden Publikation der Öffentlichkeit vorgelegt wird und die nach folgenden Gesichtspunkten durchgeführt wurde:

— Bestandsaufnahme der Institutionen (personelle Besetzung, Finanzierung, Organisationsstruktur, Forschungskapazität etc.) und Personen in Österreich, die sich mit Fragen der Medienforschung beschäftigen.

— Analyse der Forschungstätigkeit der entsprechenden Institutionen (und Personen) nach einem detaillierten Kategorienschema auf ihre inhaltlichen Hauptbereiche.

— Meinungsumfrage zu Alternativmodellen der Kooperation und Koordination der österreichischen Medienforschung bei den tangierten Institutionen und Wissenschaftern (unter Berücksichtigung ausländischer Erfahrungen).

— Vorschlag für ein Koordinierungsinstrument der Medienforschung.

2. Zur Unterstützung der Beratungen der Medienrechtskommission des Bundesministeriums für Justiz wurde eine Studie über Grundsatzfragen des Medienrechts in Auftrag gegeben, in deren Rahmen folgende Untersuchungen verlangt wurden:

— Dokumentation und Analyse von Vorschlägen, Entwürfen und Gesetzestexten auf dem Gebiete des Medienrechts im Ausland.

— Zusammenstellung der in Österreich vorliegenden Vorschläge zu einem Medienrecht und Bewertung im Hinblick auf das geplante Mediengesetz.

— Ausarbeitung eines Vorschlages für grundsätzliche Komponenten eines Mediengesetzes.

3. Als Spezialuntersuchung über ein Thema, das in der Regel im Rahmen der herkömmlichen Kommunikationsforschung wenig Beachtung findet, wurde an die Österreichische Gesellschaft für Kulturpolitik ein Forschungsauftrag „Das Plakat als Medium der Kommunikation" erteilt. Dieses Projekt gliedert sich in folgende Punkte:

— Analyse der Wirkungsfaktoren des Plakates.

— Analyse der Stellung des Plakates in der Werbetheorie.

— Untersuchung der verschiedenen Kommunikationsebenen des Plakates (Text, Bild, Farbe, etc. . . .).

— Untersuchung der Stellung des Plakates in Vergleich zu anderen Medien.

4. Die Bestandsaufnahme über die Medienforschung in Österreich, die im Prinzip auch eine Analyse über die Koordinations- und Kooperationsbereitschaft der einzelnen österreichischen Medienforschungseinrichtungen enthielt, ergab unter anderem mit hoher Signifikanz das generelle Interesse an der Einrichtung einer zentralen Mediendokumentations- und Informationsstelle. Das Bundesministerium für Wissenschaft und Forschung griff diese wichtige Anregung sofort auf und erteilte den Auftrag zu einer Untersuchung über die Möglichkeiten der Errichtung einer Medien-Evidenz, in deren Rahmen folgende Komponenten enthalten sind:

— Sammlung bereits vorhandener einschlägiger Arbeiten.

— Aufbereitung im Sinne der gegenständlichen Problematik.

— Analyse und Dokumentation von Wirkungsfaktoren

— Fallstudie über den bisherigen Verlauf, den Stand und die voraussichtliche Entwicklung des Laufbildes (Film, Fernsehen, Bildband, Bildplatte, Kabel- und Satellitenfernsehen) als Faktor der Meinungsbildung.

5. Vom Institut für Hochfrequenztechnik der Technischen Hochschule in Wien wurde im Auftrag des Bundesministeriums für Wissenschaft und Forschung eine Studie über Methodik der wissenschaftlichen Analyse technischer Probleme zur Optimierung der Investitionen der öffentlichen Hand an Beispielen der Nachrichtenübertragungstechnik ausgearbeitet und fertiggestellt. In dieser Studie wurden die zukünftig in Betracht kommenden Möglichkeiten zur Verbreitung zusätzlicher Fernsehprogramme in Österreich vom technisch-wissenschaftlichen Standpunkt aus untersucht und in ihren Eigenschaften miteinander verglichen. Es zeigt sich, daß in Österreich nur mehr ein weiteres Fernsehprogramm in der herkömmlichen Rundfunktechnik ausgestrahlt werden kann. Der Einsatz eines Fernsehrundfunksatelliten würde bereits zu Beginn der Achtziger Jahre die direkte Ausstrahlung von bis zu vier Fernsehprogrammen mit nahezu 100%iger Versorgung ermöglichen. Die für die Errichtung eines solchen Systems und für einen Betrieb von 10 Jahren anfallenden Kosten wurden mit etwa 7,5 Milliarden Schilling geschätzt. Von den einzelnen Teilnehmern wäre die Anschaffung von Zusatzgeräten im Bereich von 1.500 bis 9.000 Schilling notwendig, je nach dem ob Gemeinschafts- oder Einzelempfang vorliegt. Für die ferne Zukunft wird von den Autoren dieser Studie konstatiert, daß ein Breitband-Kabelnetz das erstrebenswerteste System sein dürfte. Die Realisierung eines solchen Netzes mit einer Versorgungsziffer über 80% würde schätzungsweise 25—40 Milliarden Schilling kosten und etwa 20—30 Jahre dauern.

6. Vom Institut für Informationsverarbeitung der Österreichischen Akademie der Wissenschaften wurde im Auftrag des Wissenschaftsministeriums eine Grundsatzstudie über die mittelfristigen Einsatzmöglichkeiten der Datenfernübertragung im wissenschaftlich-akademischen Bereich in Angriff genommen. Die technologische Entwicklung der modernen Nachrichtenübertragungstechniken (z. B. PCM-Technik) läßt erwarten, daß Übertragungsnetze unter bestimmten wirtschaftlichen und technischen Rahmenbedingungen sowohl für die Übermittlung von digitalen Daten, als auch für die Fernseh-, Funk- und Fernsprechübermittlung herangezogen werden können. Gewisse Auswirkungen und Aussagen der vorliegenden Studie für den Bereich der Fernseh- und Funkübertragung in Österreich sind daher ebenfalls zu erwarten.

7. Neben der Initiierung, bzw. Beratung bezüglich der oben angeführten Forschungsprojekte hat das Projektteam auch beratend bei der Gründung

des Instituts für Publikumsforschung in der Österreichischen Akademie der Wissenschaften, bzw. bei der Gründung der Österreichischen Gesellschaft für Kommunikationswissenschaften mitgewirkt. Was die Arbeitsweise und den Arbeitsumfang des Projektteams betrifft, kann festgestellt werden, daß die bisherigen Aktivitäten in erstaunlichem Einklang zu den obzit. Empfehlungen der UNESCO und des Schweizer Wissenschaftsrates stehen. Es darf daher erwartet werden, daß das Projektteam „Medienforschung" auch in Hinkunft wertvolle Dienste bei der Beratung und Förderung der Kommunikationswissenschaften und deren Koordinierung in Österreich leisten wird.

Wien, im Dezember 1974 Norbert Rozsenich

# 1. Die Dringlichkeit der Medienforschung

*Hans H. Fabris*

Das Projekt „Stand der Medienforschung in Österreich und Vorschläge zu ihrer Koordinierung“ ist aus den Beratungen eines Projektteams „Medienforschung“ beim Bundesministerium für Wissenschaft und Forschung hervorgegangen. Dieses Projektteam, das am 21. Dezember 1971 zu seiner ersten Sitzung zusammengetreten war, hatte sich zunächst mit einem von Frau Prof. Dietrich ausgearbeiteten Vorschlag zur Errichtung eines Institutes für Mediengrundlagenforschung beschäftigt. Im Verlauf der Beratungen wurde jedoch sehr rasch deutlich, daß keiner der Teilnehmer von sich behaupten konnte, über die Situation der Forschung in diesem Bereich ausreichend Bescheid zu wissen. Wiederholt wurde auch der Wunsch sämtlicher Teilnehmer nach einer gesamtösterreichischen Koordinierung der Medienforschung hervorgehoben. Als Vorstufe zu einer derartigen Koordinierung wurde angeregt, eine Bestandaufnahme über die zahlreichen, in Österreich laufenden oder abgeschlossenen Aktivitäten auf dem Gebiet der Medienforschung durchzuführen.

Auf Grund der Vorlage verschiedener Projektvorschläge bildete sich eine Arbeitsgruppe, bestehend aus dem Institut für Publizistik und Kommunikationstheorie der Universität Salzburg, vertreten durch Dr. Hans Heinz Fabris, dem Institut für empirische Sozialforschung, Wien, vertreten durch Dr. Diemut Graf und Albrecht Konecny, sowie als Experten Dr. Richard Bamberger und Viktor Ergert. Nach Erteilung eines entsprechenden Forschungsauftrages durch das Bundesministerium für Wissenschaft und Forschung wurden die Projektarbeiten im Herbst 1972 begonnen und im Sommer 1974 vorläufig abgeschlossen. Die vorliegende Publikation beinhaltet die von den Projektmitarbeitern erstellten Berichte sowie einen Katalog einschlägiger Forschungsstätten. Ermöglicht wurde die Publikation durch die großzügige Unterstützung des Bundesministers für Wissenschaft und Forschung, Frau Dr. Hertha FIRNBERG. Besonderer Dank gebührt auch Herrn Sektionschef Dr. Wilhelm GRIMBURG und Herrn Dr. Norbert ROZSENICH, der als Vorsitzender des Projektteams die vorliegende Untersuchung angeregt und die Tätigkeit der Arbeitsgruppe in jeder Phase unterstützt und gefördert hat. Daß das Projekt fristgerecht abgewickelt werden konnte, ist einer Vielzahl weiterer Helfer, vor allem den Mitgliedern der Arbeitsgruppe und des Projektteams, den sonstigen Projektmitarbeitern, der Österreichischen Gesellschaft für Kommunikationswissenschaften, nicht zuletzt aber allen Personen und Institutionen zu danken, die sich für die einzelnen Untersuchungsphasen zur Verfügung gestellt haben.

Ihnen in erster Linie ist diese Publikation zugedacht, die dazu beitragen möchte, die Entwicklung der Medienforschung in Österreich — wie eng oder wie weit auch immer dieser Begriff ausgelegt werden mag — ein Stück voranzubringen. Darüber hinaus soll die vorliegende Studie aber auch jene Verpflichtung der Information einer breiten Öffentlichkeit einlösen, die gerade der Forschung in einem so eng mit dem Prozeß der Herstellung von Öffentlichkeit verbundenen Forschungsgebiet zufällt.

Die Notwendigkeit intensiver Forschung im Bereich der öffentlichen Kommunikation ist in den letzten Jahren von einer Vielzahl von Wissenschaftlern betont worden, die auf die wachsende Diskrepanz zwischen Erklärungsbedürfnis und theoretischem Wissen über den Prozeß der Massenkommunikation hingewiesen haben. Diese Forderung wird zuletzt in einem 1971 publizierten Expertenbericht der UNESCO[1]) mit der gesellschaftspolitischen Überlegung begründet, daß die noch relativ geringe und insgesamt unbefriedigende Kenntnis über Einsatzmöglichkeiten und Wirkungsweisen der Massenkommunikationsmittel in krassem Gegensatz zu deren ständig wachsender Bedeutung als Instrumente politischer, wirtschaftlicher und sozialer Beeinflussung steht. Aufgabe konzentrierter und koordinierter Erforschung der Medien und ihrer gesellschaftlichen Funktionen sei es, das Verständnis für den Kommunikationsprozeß und dessen Beziehung zur ökonomischen, sozialen und kulturellen Entwicklung zu fördern und die notwendigen Grundlagen für medienpolitische Entscheidungen, die Erarbeitung nationaler wie internationaler kommunikationspolitischer Strategien zu schaffen. Es müßten neue Problemlösungen gefunden werden; die gegenwärtigen Kommunikationsstrukturen in den komplexen modernen Gesellschaften sollten überschaubar gemacht werden. Dies bedürfe der Realisierung systematischer und langfristiger Forschungsprogramme. Erst nach dem Vorliegen derartiger umfassender Analysen kann nach Meinung der UNESCO-Experten erwartet werden, daß optimale Strategien für die Entwicklung kommunikativer Ressourcen gefunden und die kommunikationspolitischen Zielsetzungen entsprechend den tatsächlichen gesellschaftlichen Bedürfnissen erfolgen werden. Der Kommunikationsprozeß müßte mit allen seinen Implikationen und in Zusammenhang mit allen gesellschaftlich, politisch und ökonomisch relevanten Fragestellungen erforscht werden. Das Hauptziel derartiger Forschungsanstrengungen sollte die Lösung sozialer Probleme sein.

Langfristige und integrierte Medienforschung bedarf nach Ansicht der Expertenkommission intensiver staatlicher Hilfe, die sich insbesondere der Planung, Koordinierung und Finanzierung der einzelnen Projekte annimmt.

Ein wichtiges Erfordernis hiefür ist die zentrale Koordinierung jener Projekte und einzelnen Studien, die von kommerziellen Instituten, staatlichen Forschungsstellen und Universitätseinrichtungen, aber auch von den Medienorganisationen selbst durchgeführt werden.

Die wichtigsten Stufen eines nationalen Forschungsplanes sollten umfassen:

— Die Einleitung eines Bewußtwerdungsprozesses bei Regierung, öffentlichen Institutionen und den Medien über die Dringlichket der Medenforschung;

— die Bildung nationaler Medienkommissionen oder entsprechender Institute, die deren Aufgaben übernehmen könnten;

— die Einrichtung eines Fonds für Kommunikationsforschung;

— die Analyse der Forschungskapazitäten und die eventuelle Neugründung von Forschungseinrichtungen;

— Zusammenarbeit mit internationalen Organisationen und Forschungsstellen;

— Einrichtung von Dokumentationszentren;

— Institutionalisierung des Informationsaustausches auf nationaler wie übernationaler Ebene.

In Hinblick auf die aktuelle Situation der Medienforschung in Österreich ist — unter Bezugnahme auf den von der UNESCO vorgeschlagenen Maßnahmenkatalog — insbesondere die Erhebung der tatsächlich in diesem Forschungsbereich festzustellenden Aktivitäten wie der ausgenützten oder aber freistehenden Forschungskapazitäten als vorrangig zu bezeichnen. Die weiteren vorgeschlagenen Maßnahmen, wie etwa die Bildung nationaler Medienkommissionen — entsprechende Vorschläge sind beispielsweise von seiten der Journalistengewerkschaft gekommen[2]) — oder die Einrichtung von Dokumentationszentren, aber auch die Einleitung eines öffentlichen Bewußtwerdungsprozesses über die Dringlichkeit verstärkter Medienforschung sind in einem engen Zusammenhang mit der Beantwortung dieser Frage zu sehen, die — dies war zumindest eine der vorrangigen Zielsetzungen der vorliegenden Studie — durch das Projekt einer Bestandsaufnahme der Medienforschung in Österreich, verbunden mit Vorschlägen zu ihrer Koordinierung, einer Lösung näher zu bringen versucht wurde.

Ein solches Projekt stellt sich zugleich als der Versuch dar — wie er in vielen anderen Disziplinen auch unternommen wird —, den aktuellen Stand der Entwicklung in einer bestimmten Disziplin, einem spezifischen Forschungsbereich, zu analysieren, um daraus Schlüsse für die künftige Forschungsarbeit zu ziehen. Eine solche Bilanz zu erstellen, erscheint schon deshalb von Bedeutung, da die Massenmedien — deren Entwicklung wiederum in einem engen Zusammenhang mit der Entwicklung der Medienforschung zu sehen ist — in der Wissenschaft eine höchst widersprüchliche Beachtung erfahren haben. Die Massenmedien, ob als unmittelbare Produktivkraft, als Werbeträger oder Sozialisationsinstrument, werden heute ebenso häufig als gefährlich wie als notwendig für die gesellschaftliche Entwicklung eingeschätzt. Daraus ergibt sich eine wachsende Verantwortung der in diesem Bereich arbeitenden Journalisten, Wissenschaftler und Organisationen der Forschung.

Somit gerät eine derartige Untersuchung in unmittelbare Nähe zu jenem Forschungsfeld, das in den letzten Jahren als „Wissenschaftsforschung", als „Science of Science", eine erhebliche Entwicklung erfahren hat[3]). Die Wissenschaftsforschung hat einige exemplarische Probleme der Institutionalisierung der modernen Wissenschaften deutlich gemacht. Solche Problemgruppen sind in die Philosophie der Wissenschaft, Psychologie der Wissenschaft, Wissenschaftssoziologie, organisatorische Probleme und Wissenschaftsgeschichte unterteilt worden; eine andere, neuere Unterscheidung differenziert zwischen der Analyse „interner" Gesetzmäßigkeiten der wissenschaftlichen Entwicklung, der Analyse sozialer Strukturen und „externen" Determinanten[4]). In diesem Kontext sind einige der in der vorliegenden Studie aufgeworfenen Fragestellungen zu sehen. Für ein weiterführendes Untersuchungsprogramm, etwa der historischen Entwicklung, der spezifischen Kommunikations- und Diffusionsprozesse in diesem Forschungssektor oder der Abhängigkeit der Entwicklungen von externen, durch wirtschaftliche oder politische Faktoren ausgelöste Prozesse, würde sich jedenfalls eine Fülle von Fragestellungen anbieten.

Eine solche Bilanz zu ziehen, bedeutet jedoch — und nicht zuletzt — auch den Versuch, die wissenschaftliche Arbeit in einem Teilbereich der Forschung öffentlich zu machen; nicht nur für einen weiteren Kreis von thematisch interessierten Lesern, sondern primär auch für jene „wissenschaftlichen Routinearbeiter", für Studierende und Forscher, die heute von der kleinen Zahl echter wissenschaftlicher „Insider" eine zunehmende Kluft trennt, so daß die Kontrolle wissenschaftlicher Ergebnisse bereits dort ein Problem darstellt, wo diese Kontrolle von der wissenschaftlichen Fachöffentlichkeit vorgenommen werden sollte. Noch wichtiger — allerdings in noch erheblicherem Ausmaß ungelöst — erscheint jedoch die effektive Öffnung der Wissenschaft hin zur Gesellschaft[5]). Diese Öffnung müßte in zweifacher Weise erfolgen: einmal als Verpflichtung zur umfassenden Information, zum anderen zur Aufnahme und Verarbeitung gesellschaftlicher Bedürfnisse. Es ist einsichtig, daß diesen Forderungen mit der Publikation eines Forschungsberichtes allein nicht Genüge getan werden kann. Die derart hergestellte „Öffentlichkeit" erscheint aber als eine Minimalvoraussetzung für die Rekonstruktion eines Verhältnisses von Wissenschaft und Gesellschaft, das die Demokratisierung des Wissenschaftsbetriebes zum Ziel hat.

In den folgenden Abschnitten werden zunächst ein Überblick über aktuelle Entwicklungstendenzen der Medienforschung als Kommunikationsforschung, ihre historische Entfaltung in Österreich und im Anschluß daran die Ergebnisse der im Verlauf der Projektarbeit durchgeführten Erhebungen vorgestellt. In einem zweiten, dokumentarischen Teil werden Angaben über Forschungsstätten, Forschungsvorhaben und Vorschläge zur Organisation der Medienforschung festgehalten. Diese Aufgliederung des Textes sollte es jenen eiligen Lesern, die nur an der Beantwortung der einen oder anderen für sie besonders relevanten Frage interessiert sind, erleichtern, bei der Lektüre rascher voranzukommen.

**Anmerkungen:**

1) UNESCO: Proposals for an International Programme of Communication Research, Paris 1971. Die folgenden Überlegungen beziehen sich auszugsweise auf diese Publikation.

2) Entwurf der Journalistengewerkschaft zu Mediengesetz betreffend Redaktionsstatut, Medienkommission, Medieninstitut. Unterlage 23 a des Arbeitskreises zur Beratung der Grundlagen für ein modernes Recht der Massenmedien beim Bundesministerium für Justiz vom 25. September 1972.

3) Vgl. Peter Weingart (Hrsg.): Wissenschaftssoziologie 1. Wissenschaftliche Entwicklung als sozialer Prozeß. Frankfurt 1972, S. 11 ff.

4) Ebd., S. 20 f.

5) Vgl. dazu u. v. a. Helmut Krauch: Die organisierte Forschung, Neuwied und Berlin 1970, S. 226—259: Wissenschaftspolitik und Öffentlichkeit. und Berlin 1970, S. 226—259: Wissenschaftspolitik und Öffentlichkeit; Hans Heinz Fabris: Wissenschaft und Öffentlichkeit, in: Österreichische Zeitschrift für Politikwissenschaft, 4/1974, S. 487—510.

# 2. Zum gegenwärtigen Stand der Medienforschung

*Hans H. Fabris*

## 2. 1. Vorbemerkung

Eine systematische Bestandsaufnahme der Ergebnisse und aktueller Tendenzen der internationalen Medienforschung stößt auf vielfältige Schwierigkeiten nicht zuletzt terminologischer Natur, lassen sich doch unter den weiten Begriff der Medienforschung eine Vielzahl heterogener Forschungsbereiche subsummieren.

Im Rahmen der vorliegenden Studie kann daher lediglich der Versuch unternommen werden, zu einer notwendig verkürzten Zusammenfassung unterschiedlicher Entwicklungslinien der Medienforschung — mit dem Schwerpunkt auf dem Bereich der Massenkommunikationsforschung — zu gelangen, ohne damit einen Anspruch auf Originalität oder Vollständigkeit der erfaßten Entwicklung beanspruchen zu wollen.

Als Grundlage dieser wie der folgenden Überlegungen dient die Arbeitsdefinition, wie sie für die Projektstudie verwendet wurde:

„Medienforschung ist die systematische und wissenschaftliche Untersuchung der Institutionen, Wirkungen, Inhalte, Kommunikatoren, Rezipienten, der technischen, ökonomischen und organisatorischen Aspekte der öffentlichen sozialen Kommunikation, welche sich mittels technischer Einrichtungen vollzieht und an ein präsentes oder disperses Publikum wendet."

## 2. 2. Medienforschung als Kommunikationsforschung

Forschung in jenem Bereich, der durch die Materialobjekte Massenmedien und das Formalobjekt des öffentlichen Kommunikationsprozesses eingrenzbar ist, wurde und wird unter den verschiedenartigsten Bezeichnungen durchgeführt. „Kommunikationsforschung" etwa nennt sich gegenwärtig bevorzugt die mit Problemen der Beziehungen zwischen Sprache und Gesellschaft beschäftigte Soziolinguistik[1]). „Medienforschung" wiederum wird begrifflich häufig mit jener „Media-Forschung" identifiziert, die primär Werbeträger- und Werbewirkungsuntersuchungen umfaßt. „Massenkommunikationsforschung" wieder spart — zumindest ihrem terminologischen Anspruch nach — alle jene Formen inter- und intrapersonaler Kommunikation als Untersuchungsgegenstände aus, die primär der Individual- und

Gruppenpsychologie zugeordnet werden. Publizistikwissenschaftliche Forschung grenzt ihr Untersuchungsinteresse durch die Begriffe der Aktualität und Öffentlichkeit ab[2]).

Dazu kommt, daß je nach der Ausgangs- oder Bezugsdisziplin des jeweiligen Forschungsansatzes die Bezeichnung des Forschungsgegenstandes gleichfalls wechselt: So gibt es sowohl eine Psychologie der Massenkommunikation[3]) wie eine Massenkommunikations-Soziologie[4]) usf.

Wichtiger als die exakte terminologische Bezeichnung des Forschungsbereiches erscheint deshalb — ungeachtet der Notwendigkeit terminologischer Abklärung und Diskussion — die inhaltliche Bestimmung jenes Forschungs *feldes*, durch welches die Aufgaben, Möglichkeiten und gewonnenen Ergebnisse der Medienforschung — um den hier verwendeten Terminus zu gebrauchen — abzugrenzen sind. Denn gerade in ihrer Bestimmung als Forschungs *feld* und dme damit verbundenen interdisziplinären Zugang und Charakter der Forschungstätigkeit sind die wichtigsten Elemente für den spezifischen Charakter der Medienforschung zu sehen. Darin stimmen die meisten in diesem Bereich arbeitenden Forscher überein. So meint Wilbur Schramm, einer der einflußreichsten Vertreter der amerikanischen Kommunikationsforschung: „Während der letzten 30 Jahre hat sich eine zunehmende Zahl amerikanischer Wissenschaftler dem Studium des Verlaufs und der Wirkung menschlicher Kommunikation zugewandt. Die Kommunikationslehre ist natürlich nicht zu einer akademischen Disziplin geworden wie die Physik oder die Wirtschaftswissenschaft, aber sie ist zu einem außerordentlich lebhaften Gebiet der Forschung und der Theorie geworden. Sie ist einer der Knotenpunkte der Erforschung menschlichen Verhaltens“[5]). Silbermann/Krüger schreiben in ihrer „Soziologie der Massenkommunikation“: „Innerhalb der relativ jungen Tradition der Massenkommunikationsforschung wird ein Anspruch auf wissenschaftliche Kompetenz von den verschiedensten wissenschaftlich arbeitenden Disziplinen erhoben. Hierzu zählen vornehmlich Soziologie, Psychologie, Publizistik, Sozialpsychologie, Sozialphilosophie, Pädagogik, Anthropologie, Politologie, Geschichte, Linguistik und Ökonomie. Daneben haben sich ganz spezielle Richtungen herausgebildet wie z. B. Semantik, Semiotik und Informatik. Sie alle haben die Erforschung des Phänomens Massenkommunikation entscheidend befruchtet, indem sie aus ihren spezifischen Perspektiven eigene Fragestellungen und Probleme einbrachten ... es werden damit eindeutig die gesamte Vielfalt und Interdependenzen kultureller, sozialer, ökonomischer, ideeller und politischer Aspekte legitimiert, denen die Erforschung des Phänomens Massenkommunikation Rechnung zu tragen hat ...“[6]) Im interdisziplinären Zugang sowie im Fehlen einer eindeutig zuzuordnenden akademischen Disziplin ist allerdings mit ein Grund für den Mangel an Versuchen zur systematischen Aufarbeitung der zahlreichen einzelnen Forschungsergebnisse sowie historischer und theoretisch akzentuierter Arbeiten zu sehen. „Selbst in den USA, wo diese Forschung am intensivsten betrieben wird", stellen Bessler und Bledijan in ihrem Versuch einer „Systematik der Massenkommunikationsforschung fest, „fehlen umfangreiche Besttandsaufnahmen"[7]). Dies gilt auch für das häufig beklagte Fehlen einer allgemeinen Theorie der Massenkommunikation.

Daß das Fehlen einer allgemeinen Theorie der Massenkommunikation ebenso wie die mangelnde Reflexion und Aufarbeitung der in diesem Forschungsfeld gewonnenen Ergebnisse jedoch nicht allein auf den interdisziplinären Zugang zurückzuführen ist, vermag die historische Analyse der Entwicklung der Medienforschung zu zeigen, die insbesondere die Abhängigkeit dieser Entwicklung einmal von der Entwicklung der Medien selbst, zum anderen von jener Interessenstruktur verdeutlicht, die die Aufgaben und Zielsetzungen der Forschung in diesem Bereich wesentlich bestimmt hat.

Die Begriffe Medienforschung, Massenkommunikationsforschung und Kommunikationsforschung werden im folgenden synonym verwendet.

## 2. 3. Zur historischen Perspektive der Massenkommunikationsforschung

Kommunikationsforschung erscheint heute vielfach noch — obgleich dieser Eindruck nicht mehr zutreffend ist — als eine Domäne der Vereinigten Staaten. Dies gilt insbesondere für jene Ansätze, die mit experimentellen oder anderen sozialwissenschaftlichen Methoden arbeiten. Daß diese Entwicklung in den USA tatsächlich früher und in einem weitaus größeren Umfang als in anderen Ländern erfolgt ist, hat verschiedene Ursachen, liegt aber vor allem in der aufgrund einer fortgeschritteneren Entwicklung von ökonomischer Struktur — insbesondere fortgeschrittener Kapitalakkumulation — und Technik gleichfalls rascher erfolgten Entwicklung der Massenmedien begründet. Film, Radio, Fernsehen und gegenwärtig etwa das Kabel-TV haben in den USA frühzeitiger und in größerem Umfang Verbreitung gefunden als in Europa, wo die Kommunikationsforschung lange Zeit auf das Medium Tageszeitung beschränkt blieb und einen starken historischen Bezug behielt. Das amerikanische Wirtschaftssystem hatte seine Entwicklung auch frühzeitiger und konsequenter als in anderen Ländern mit umfangreicher Produktenwerbung verbunden. Die Werbewirtschaft aber hat insbesondere das Interesse an der Kommunikationsforschung als (Werbe-)

Wirkungsforschung begründet. Hinzu kamen die staatliche Förderung etwa der Propagandaforschung, aber auch der Kleingruppenforschung als wichtiger Bestandteil der Kriegsforschung in der Folge des Zweiten Weltkrieges. Hingegen war die europäische Sozialforschung — nicht zuletzt infolge der faschistischen Machtergreifung in Italien und Deutschland — in ganz anderen Bahnen verlaufen. Brouwer kann daher feststellen: „Mass communication research nowadays seems to be largely an American undertaking. The journals and handbooks in this field ... are replete with studies by American authors on American samples ... With respect to the development of the modern mass media themselves, America has long been leading in the field. The same holds true for the advancement of empirical social science in many respects. The integration of mass- communication studies in the framework of the social sciences means that the two tendencies are combined. Add to this the differential consequences of World War II for the countries engaged in it, and it becomes patently clear why America is so dominant in the social-science-approach to mass communication"[8]). Allerdings konzidiert Brouwer, daß selbst innerhalb dieses Ansatzes in den Vereinigten Staaten eine deutliche Vernachlässigung der vor allem in Europa betriebenen Studien zu konstatieren sei, und daß die scheinbare amerikanische Dominanz in diesem Bereich auch eine Reihe von negativen Folgen für die Entwicklung der Forschung mit sich gebracht habe. Dieser Meinung ist auch Wilbur Schramm: „Es gibt ... bestimmte Eigenarten der amerikanischen Kommunikationsforschung, die jedem auffallen, der aus einer anderen Tradition stammt. Einmal ist die Kommunikationsforschung in den Vereinigten Staaten eher quantitativ als spekulativ. Ihre Praktiker interessieren sich sehr für die Theorie, aber auch in der Theorie muß kontrolliert und getestet werden ..."[9]) Als Charakteristikum der US-Forschung führt Schramm den Einfluß einiger spezieller Forschungsinstitute an[10]), zum Beispiel das Institut für angewandte Sozialwissenschaft an der Columbia Universität, das Institut für die Erforschung der Kommunikation und des Gesinnungswandels an der Yale-Universität, Institute in Stanford, Illinois, Wisconsin oder das Massachusetts-Institute of Technology. Kleinere, weniger wichtige Institute gibt es an vielen anderen Universitäten.

Berelson dagegen macht für den Aufschwung der Kommunikationsforschung in den Vereinigten Staaten im wesentlichen einige wenige große Forscherpersönlichkeiten verantwortlich, die für ihn jeweils die zentralen methodischen und theoretischen Ansätze der Kommunikationsforschung verkörpern: Harold Lasswell, der von der Politikwissenschaft herkam, Kurt Lewin, der der Kleingruppenforschung die entscheidenden Impulse gab, Paul Lazarsfeld, der als Soziologe den Umfrage-Ansatz und Hovland, der den experimentellen Ansatz förderte[11]). Zwar ist auch er der Meinung, daß die

Kommunikationsforschung in den Vereinigten Staaten Mitte der dreißiger Jahre nur deshalb eine so rapide Entwicklung erfuhr, weil akademische und kommerzielle Forschungsinteressen — die ersteren gefördert von der Rockefeller-Stiftung, die letzteren hauptsächlich Auftragsforschung, etwa für die Radiogesellschaften — eine massive Unterstützung erfahren haben[12]). Für ihn ist jedoch die Arbeit in diesem Forschungsfeld untrennbar mit der Tätigkeit der genannten großen Einzelpersönlichkeit verbunden, sodaß er mit deren Ausscheiden aus der Kommunikationsforschung auch deren Ende gekommen sah. Diese Prognose hat sich in den Jahren seither als unzutreffend erwiesen, da die hinter der Forschungsaktivität in diesem Bereich stehenden Interessen sich stärker als das individuelle Engagement einiger „großer“ Wissenschaftler erwiesen haben. Allerdings ist in den vergangenen Jahren in den Vereinigten Staaten eine gewisse Stagnation in diesem Forschungsfeld unleugbar, die vor allem den Mangel an theoretischer Weiterentwicklung betrifft..

In Europa war es zunächst vor allem die auf das Medium Zeitung bezogene Forschung, die — unter verschiedenartigsten Bezeichnungen — das Interesse an den Medien wissenschaftlich aufzuarbeiten versuchte. Diese Forschung hat einen breiten, vornehmlich jedoch historisch ausgerichteten Ansatz verfolgt. Daneben hat sich die bürgerliche Kulturkritik mit den Massenmedien, hauptsächlich aus der Perspektive des Technikverdachtes, beschäftigt. In den Jahren nach dem Ende des Zweiten Weltkrieges haben fast alle jener Ansätze, die etwa von Berelson im Jahre 1959 aufgezählt wurden, auch außerhalb der USA Vertreter gefunden: Die vier „major approaches“ der Politikwissenschaft, der Kleingruppenforschung, der Umfrage- und Meinungsforschung sowie der experimentelle Ansatz, die „minor approaches“ der Kommunikationspolitik („reformist approach“), historischer Studien, der Journalistik, mathematischer, psychiatrischer und psycholinguistischer Untersuchungen[13]). Auch die von Berelson zutreffend prognostizierte Entwicklung in Richtung auf komparative Studien, ökonomische Analysen, Untersuchungen der sogenannten Populärkultur und soziohistorische Analysen ist sowohl innerhalb wie auch außerhalb der Vereinigten Staaten vorangeschritten und hat insgesamt betrachtet das Feld der Kommunikationsforschung noch erheblich erweitert. Gegenwärtig dominiert zwar auch außerhalb der Vereinigten Staaten die von kommerziellen und staatlich-militärischen Interessen bestimmte standardisierte Kommunikationsforschung, doch zeigen sich — etwa bei jenen Autoren, die mit einem politökonomischen Ansatz arbeiten — auch widersprüchliche Entwicklungen und neuere Aspekte, die als Ausdruck der innerhalb der Medien selbst sichtbar werdenden Widersprüche interpretiert werden können. Kommunikationsforschung gewinnt aus dieser Perspektive einen zunehmenden Nahbezug zur allgemeinen Demokratieforschung.

## 2. 4. Theoretische Entwicklung und Gegenstände der Komunikationsforschung

Für die Kommunikationsforschung charakteristisch und von besonderer Bedeutung für ihre inhaltliche Entwicklung, vor allem die theoretische Entwicklung, erscheinen die bereits thematisierten Faktoren des interdisziplinären Zugangs zu ihren Gegenständen und der Charakter des Forschungsfeldes, der die Kommunikationsforschung von anderen, etablierten akademischen Wissenschaftsdisziplinen unterscheidet. Im Vergleich zu verschiedenen anderen Forschungsbereichen ist aufgrund der historischen Entwicklung der Kommunikationsforschung auch eine relativ stärkere Abhängigkeit von wirtschaftlichen und politischen Interessen zu sehen, die die behandelten Forschungsthemen und die Entwicklung methodischer Verfahren ebenso beeinflußte, wie umgekehrt die theoretische Entwicklung darunter gelitten hat. In Europa kommt in einer Reihe von Ländern als zusätzliches, die Entwicklung erheblich beeinträchtigendes Element die Abhebung des Systems der Berufsausübung im Medienbereich vom akademischen Ausbildungs- und Forschungssystem hinzu. Anders als etwa in den Vereinigten Staaten, wo zumeist zwischen den Journalistik-Fakultäten und dem Beschäftigungssystem im Medienbereich sehr enge Beziehungen bestehen, die eine wechselweise Orientierung der Praxis an die Theorie und der Theorie an die Praxis zumindest potentiell beinhalten, hat etwa die Publizistikwissenschaft im deutschsprachigen Raum jahrzehntelang unter der Abtrennung vom Beschäftigungssystem gelitten und ihre Orientierung entweder in benachbarten Disziplinen wie der Geschichtswissenschaft, oder in der staatlichen Unterordnung, wie etwa im Dritten Reich als Propagandawissenschaft, gefunden. Das Feld der Kommunikationsforschung ist daher vor allem von anderen Disziplinen, für die es jedoch in der Regel einen mehr oder weniger peripheren Bereich darstellte, bearbeitet worden.

Aufgrund dieser Faktoren, hauptsächlich aber der Abhängigkeit von wirtschaftlich und politisch bestimmten Einzelinteressen, stellt sich der Gegenstandsbereich der Kommunikationsforschung gegenwärtig so dar, daß zwar prinzipiell sämtliche Formen des sozialen Verhaltens, in denen Kommunikation von Bedeutung ist, Gegenstand der Kommunikationsforschung sind, daß es aber bei der praktischen Durchsetzung von Forschungsinteressen zu ganz spezifischen Leerstellen und Forschungsdefiziten, in anderen Bereichen wieder zu einer Form der „Überproduktion" von Forschungsergebnissen gekommen ist. Silbermann/Krüger meinen dazu: „Geht man den tieferen Ursachen der ... soeben angedeuteten Wucherung empirischer Einzelergebnisse nach, dann lassen sich das Nebeneinander isolierter Fakten und die vorhandenen Lücken erst richtig begreifen, wenn nicht nur die

Massenmedien, sondern auch die Massenkommunikationsforschung selbst unter ökonomischem Aspekt gesehen werden.. Gilt es doch zu erkennen, daß auch Forschung einen erheblichen Kostenaufwand bedingt, der nur dann sinnvoll und vertretbar erscheint, sofern die gewonnenen Ergebnisse sich kurz- oder langfristig in Erkenntnisse oder tangibles Kapital umsetzen lassen. Ähnlich wie die Naturwissenschaften in einem Abhängigkeitsverhältnis zur Großindustrie stehen, läßt sich auch das Verhältnis sozialwissenschaftlicher Forschungspraxis — hier auf Massenkommunikationsforschung beschränkt — gegenüber ökonomischen, politischen und meinungsbildenden Interessengruppen charakterisieren. Forschungsprobleme stehen meist in gezielten Interessenzusammenhängen und sind daher auch meist selektiv und von kurzfristiger Bedeutung"[14]). Das Zustandekommen von Forschung, ebenso wie die Dominanz oder aber das Aussparen bestimmter Fragestellungen müssen jeweils in ihren gesellschaftlichen Abhängigkeiten untersucht werden. Eine derartige Analyse ist allerdings noch nicht geleistet worden, da erst in der jüngsten Zeit ein Prozeß zunehmender Selbstreflexion eingesetzt hat. „Gewiß nicht zufällig", schreiben die beiden Autoren, „zeigt sich gerade auf diesem Gebiet die unterschiedlicher Tradition europäischen und anglo-amerikanischen Denkens. Weitgehend den Geisteswissenschaften verpflichtet, hat bei europäischen Denkern die Massenkommunikation ... in ihrer akademischen Behandlung kaum sozialpraktische Relevanz besessen. Der historisch-hermeneutische Ansatz ... hat ... eher dazu geführt, empirisch nachprüfbare Zusammenhänge zwischen Massenmedien und sozialem Verhalten bewußt auszuklammern ... Bezeichnend hierfür ist unter anderem, daß die Begriffe ‚Kommunikation' und ‚Massenkommunikation', die, wie noch zu zeigen sein wird, etwas Soziales implizieren, in Deutschland z. B. lange Zeit nicht gegenwärtig waren ..."[15])

Der Anspruch auf eine Soziologie der Massenkommunikation könne nur dann gerechtfertigt werden, wenn kultursoziologische ebenso wie sozioökonomische und polit-ökonomische Aspekte miteinbezogen werden. Dies gelte im wesentlichen auch für den wissenschaftstheoretischen Standort. Die schwerpunktmäßige Festlegung auf einen bestimmten Standort dürfe, so die Autoren, nicht erfolgen, ohne die eingenommene Position — sei sie nun primär historisch-hermeneutisch, empirisch-analytisch oder kritisch-dialektisch — jeweils kritisch zu reflektieren[16]).

Gerade das Ausblenden bestimmter Fragestellungen insbesondere in Hinblick auf den gesellschaftlichen Stellenwert der Entwicklung der Massenmedien ist von der neo-marxistischen Kritik in den vergangenen Jahren zunehmend thematisiert worden. Eike Hennig, der sich sowohl mit theoretischen Fragen wie mit den Ergebnissen der empirischen Massenkommunikationsforschung auseinandergesetzt hat, schätzt den derzeitigen Stand der

Diskussion um die Kommunikationsforschung als insgesamt ungenügend ein: „Ergebnisse der Individual- und Kleingruppenforschung werden auf die gesellschaftliche Dimension projiziert; gesellschaftliche Vermitteltheit von Kommunikation taucht bestenfalls als Blanketbegriff auf, weil diese Analysen nicht die Einheit von Kritik und Darstellung intendieren und somit eine herrschafts- und interessensoziologische Perspektive nur in Gestalt von Sozialtechniken (Werbung, PR, manipulierende ‚Lebenshilfe') kennen ... Medien- und Wirkungsforschung dieses Charakters entbehrt also vollkommen der Perspektive einer Kritik der politischen Ökonomie eines zunehmend stärker nur noch politisch und psychisch reproduzierbaren Systems; derartige Forschung liefert verwertbare Dienstleistungen für Wahlkampagnen, zum Design von Waren, zur Imagepflege von Personen, für Werbung und Medienmacher ... Gegen derartige Medienanalyse steht die Hypothese, daß Massenmedien allemal auf ein Bezugssystem rekurrieren, das sie als Sozialisationsfaktoren in seiner Verfassung wesentlich mitbestimmen, mitbestimmt haben und tragen"[17]). Hennig plädiert für eine Kommunikationsforschung mit gesellschaftspolitischer Zielsetzung, die den „kurzfristigen Untersuchungshorizont affirmativer Medien-, Werbe- und Wahlanalysen"[18]) aufgeben sollte. Die entwickelten Forschungsmethoden sollten in eine neue Form der „Aktionsforschung" eingebracht werden, der es „nicht um eine folgenlose, aber repräsentative Abbildung von Empirie geht, sondern um die reflektierte konkrete Arbeit mit praktischer Konsequenz". Kommunikationsforschung sollte als Demokratieforschung „den realen Prozeß der Austragung gesellschaftlicher Konflikte aus der Perspektive der nach Interessensdurchsetzungen strebenden Beherrschten"[19]) verfolgen.

Diese Forderung ist keineswegs so neu, wie es aufgrund des derzeitigen Diskussionsstandes der Kommunikationsforschung den Anschein haben mag. Die Unterscheidung zwischen einer primär nach Marktbedürfnissen — sei es nun ein von privatwirtschaftlichen oder aber staatlichen Interessen beherrschter Markt — und einer primär nach gesellschaftlichen Bedürfnissen orientierten Forschung hat bereits Paul F. Lazarsfeld in seinem klassischen Aufsatz über „administrative und kritische Kommunikationsforschung" aus dem Jahre 1940 aufgenommen[20]). Lazarsfeld, der sich selbst als den Interessen der Auftragsforschung verpflichtet bezeichnet, setzt sich darin vor allem mit den Arbeiten und Ansätzen von Fromm, Adorno und Horkheimer auseinander. Relativ frei von Illusionen, konzediert er die Beschränktheit der von ihm so titulierten „administrativen", kommerziellen Verwertungsinteressen unterworfenen Forschung. Den grundlegenden Unterschied zwischen administrativem und kritischem Ansatz erblickt er in dem entschiedenen theoretischen Bezug, der die kritische Kommunikationsforschung auszeichnet, die eine allgemeine soziale Theorie entwickelt habe und grundsätzliche menschliche Werte impliziere, die als Kriterien für die Beurteilung festgestellter sozialer Phänomene wie etwa der „Reklamekultur", der Manipulation durch Werbetechniken usf. dienen. „Wer heute kritische Analyse der modernen Kommunikationsmittel betreibt, wird Rundfunk, Film und Presse betrachten und folgende Fragen stellen", meint Lazarsfeld: „Wie sind diese Medien organisiert und wie werden sie kontrolliert? Wie stark sind innerhalb ihres institutionellen Gefüges die Tendenzen zu Konzentration, Standardisierung und Druck durch Werbung ausgeprägt? In welcher Form und wie versteckt auch immer bedrohen sie menschliche Werte?"[21])

Die Abhängigkeit der Kommunikationsforschung in ihrer Entwicklung wie in ihrem gegenwärtigen Stadium von Auftraggebern, von Staat, Werbewirtschaft und den Medieninstitutionen selbst, hat dazu geführt, daß die Fragen und Probleme der kritischen Kommunikationsforschung mangels institutioneller Förderung keinen Einfluß auf die faktische, ergebnisorientierte Entwicklung der Kommunikationsforschung gewannen und notwendigerweise spekulativ bleiben mußten. Fragen des Wertbezugs der Massenkommunikation waren in der amerikanischen Kommunikationsforschung der letzten zwanzig Jahre weitgehend ausgespart worden, schreibt etwa William Albig in einem Rückblick auf die amerikanische Forschungstradition: "Since 1920 a large professional class has developed to man the expanding activities of press, film, radio, television. At the same time, commercial and academic analysts of the communication process have proliferated. To a market extent this professionals discuss this vast communication activity in terms of process, technique, stimuli, impact, effects and semantic analysis, but not in terms of the ethical and value problems of communications content and effect"[22]). Auch George Gerbner, einer der wichtigen amerikanischen Kommunikationsforscher der letzten Jahre, formuliert als Fazit der gegenwärtigen Situation, in der sich die Kommunikationsforschung befindet, daß die größte Herausforderung zur Zeit darin zu sehen sei, die bisher entwickelten, differenzierten Forschungsmethoden mit den Ansprüchen der kritischen Sozialforschung zu verbinden, „to join rigorous practice with value-conscious theory"[23]).

Dies müßte jedoch zu einer Veränderung jener bestehenden Abhängigkeitsstruktur führen, von der Kommunikationsforschung bestimmt wird. Wie ein derartiges, relativ pragmatisches, auf reale Durchsetzbarkeit hin formuliertes Forschungsprogramm aussehen könnte, zeigt etwa der von einer Expertenkommission der UNESCO ausgearbeitete Vorschlag für ein langfristiges Kommunikations-Forschungsprogramm[24]). Eine derartige alternative Forschung sollte eine neue Phase in der Entwicklung der Kommunikationsforschung einleiten. Marktorientierte Forschung sollte von gesellschaftlich orientierter Forschung abgelöst, bestehende Forschungslücken sollten systematisch aufgearbeitet, die gesamte Forschungsarbeit sollte unter einen stärker theoretisch akzentuierten Bezug gestellt werden.

## 2. 5. Zum Kategorisierungsproblem der Kommunikationsforschung

Im Anschluß an den Versuch der Skizzierung einiger wichtiger Linien in der Entwicklung der Kommunikationsforschung sollen einige Vorschläge diskutiert werden, zu einer Kategorisierung der Kommunikationsforschung zu gelangen, da diese Kategorisierung auch in Hinblick auf die Bestandsaufnahme der spezifisch österreichischen Situation von Bedeutung erscheint.

Einen differenzierten Kategorisierungsansatz schlägt zuletzt etwa Kline vor, der sich im wesentlichen auf eine funktionale Zuordnung der wichtigsten Forscherpersönlichkeiten wie der in der Kommunikationsforschung entwickelten und verwendeten Ansätze bezieht[25]). Sein Vorschlag läuft auf die Unterscheidung zwischen einem makro-sozialen und mikro-sozialen Ansatz hinaus. Zum ersteren zählt er etwa Wright, Breed, Stinchcombe, Kornhauser, Carey, Dervin, Greenberg, Rogers, Shoemaker, zum zweiten etwa Chaffee und Mc Leod, die alle gegenwärtig die amerikanische Forschungsszene beeinflussen[26]). Kline versucht die beiden Ansätze durch einen genuin politologischen Ansatz der Frage nach der „Macht" der Medien zu verbinden. "In virtually every instance", meint er, "we can see that the major impetus to the study of mass media evolves from a concern with its ubiqitousness, its assumed power . . . and the need for rapid understanding of this phenomenon so that it might be harnessed in the war effort. There is also a need to understand the audiences of the mass media in other than wartime so that the messages that provide economic support for the media can be assumed of great exposure and of known effect. Whether the project involves magazine influence (Merton 1949); fashion leadership through media exposure (Katz and Lazarsfeld 1955); drug diffusion in a soziometric sample of doctors (Menzel and Katz 1955) or whether it links to the raw empiricism of readership studies done for major newspapers by schools of journalism, there has been a bias inherent in 'what the media can do to people' (Klapper 1960)"[27]).

Einen an dem Verwertungszusammenhang der Ergebnisse der Kommunikationsforschung und den dahinter sichtbar werdenden Interessen orientierten Kategorisierungsvorschlag finden wir bei Dröge-Modelmog entwickelt. Die Kommunikationswissenschaft hat danach bisher lediglich zwei Grundtypen hervorgebracht, die einmal in der Systematisierung kommunikativer Phänomene, zum anderen als empirische Kommunikationssoziologie in der positivistischen Tradition in Erscheinung getreten sind[28]).

Medienforschung steht in einem gesellschaftlichen „Bedingungsrahmen, genauso wie ihr Gegenstand, die Medien. Sie entwickelt sich theoretisch und methodisch mit ihrem Gegenstand in bedingter Bedingtheit durch die soziostrukturellen Gegebenheiten, die als Erkenntnisinteressen in die Prämissen jeder materialen Theorie von Kommunikation eingehen“[29]). Gegenwärtig etwa sind mindestens fünf dominante forschungsleitende Interessen zu erkennen: 1. Kommunikationspolitische Initiativen zur Lösung der durch Pressekonzentration und die Notwendigkeit neuer Anlagesphären für publizistische Konzerne geschaffenen Situationen; 2. Markt- und Meinungsforschung, „um über die langfristige Absatzplanung die Produktionsentwicklung zu steuern“; 3. Forschung aufgrund des zunehmenden Legitimationsdrucks, unter dem vor allem die öffentlich-rechtlichen Anstalten angesichts drohender Konkurrenzierung durch privaten Rundfunk oder Kabel-Fernsehen stehen; 4. Prognostische Forschung, nicht nur hinsichtlich der technischen Entwicklung, sondern auch der Bedürfnisentwicklung und -schaffung; 5. Wirkungsforschung, die für die Absatz- wie die Legitimationswerbung von Interesse ist. „In allen fünf Punkten“, meint Dröge-Modelmog, „wird der Praxisbezug, das Verwertungsinteresse, in dem kommunikationswissenschaftliche Forschung steht, transparent, wenn auch noch nicht systematisch entwickelt. Die Instrumentalisierung als Politikberatung einerseits und als Managementberatung anderseits bestimmt im faktischen Gegensatz zum Wertfreiheitspostulat das Selbstverständnis der empirischen Kommunikationsforschung als Sozialtechnologie. Das geschieht nicht zuletzt durch öffentliche und private Steuerung der Forschungstätigkeit ...“[30])

Ähnlich unterscheiden Zoll/Hennig nach den dominanten Funktionen der Medien in einer fortgeschrittenen Industriegesellschaft zwischen eingeschränkter Werbeträgerforschung und übergreifender Sozialisationsforschung[31]).

Traditionelle Klassifikationsschemata stellen die Versuche dar, die Ergebnisse der Kommunikationsforschung nach der klassischen „Lasswell-Formel“ oder den Positionen von Kommunikations-Modellen zu ordnen. Danach — und diese Klassifizierung wird auch von den meisten Massenkommunikations-Readern übernommen — wäre zwischen Kommunikatorforschung, Medien- oder Vermittlungsforschung und Rezipienten- oder Wirkungsforschung zu unterscheiden, denen sich dann auch bestimmte methodische Verfahren wie etwa Inhaltsanalyse oder Umfragetechniken zuordnen lassen.

Eine sicherlich aufschlußreiche Unterscheidung ließe sich auch hinsichtlich des dominanten wissenschaftstheoretischen Bezugs der einzelnen Forschungsarbeiten treffen.

Auch die klassische Dreiteilung in Grundlagenforschung, angewandte Forschung und technische Entwicklung, wonach Grundlagenforschung primär der Erweiterung des Wissens, angewandte Forschung primär der Neuentwicklung oder aber Verbesserung eines vorhandenen Verfahrens, und technische Entwicklung der Umsetzung der Forschungsergebnisse dienen soll, bietet sich als Klassifikationsschema an, das für die Bestandsaufnahme der Ergebnisse der Kommunikationsforschung brauchbar erscheint.

Helmut Krauch differenziert generell nach einer Einteilung in militärische bzw. militärisch beeinflußte Forschung, marktorientierte und gesellschaftsorientierte oder zivile Forschung[32]). Diese Unterscheidung deckt sich zumindest teilweise mit der von Lazarsfeld speziell für die Kommunikationsforschung vorgeschlagenen Zweiteilung in „administrative“ und „kritische“ Sozialforschung. Es wäre eine noch zu leistende Aufgabe für eine systematische Bestandsaufnahme der historischen Entwicklung und gegenwärtigen Entfaltung der Kommunikationswissenschaft, den jeweiligen Anteil an militärisch-administrativ beeinflußter Forschung — vornehmlich Propagandaanalyse, Kleingruppenforschung und Wirkungsforschung — und marktorientierter Forschung — vornehmlich Werbeträger- und Rezipienten-Wirkungsforschung — mit ihren jeweiligen Folgerungen in Hinblick auf die methodischen und theoretischen Implikationen jener Forschung gegenüberzustellen, die primär gesellschaftsorientiert bzw. an deklarierten gesellschaftlichen Bedürfnissen ausgerichtet arbeitet. Die feststellbaren Informationslücken, das häufig beklagte theoretische Defizit und „weiße Flecken“ im Forschungsbereich würden — ebenso wie die damit verbundenen Folgewirkungen für die Entwicklung der Medien und die gesamtgesellschaftliche Entwicklung — aufgrund einer solchen, im Rahmen der vorliegenden Arbeit nur ansatzweise möglichen Systematisierung vermutlich besser erklärt werden können, als mit dem Rekurs auf einzelne Forscherpersönlichkeiten und deren scheinbar individuelle Präferenzen.

**Anmerkungen:**

[1]) Vgl. als deutschsprachige Publikation zuletzt etwa Held: Kommunikationsforschung — eine neue Disziplin? München 1973.

[2]) Vgl. dazu etwa Prakke; Kommunikation der Gesellschaft, Münster 1968.

[3]) Vgl. etwa Gerhard Maletzke: Psychologie der Massenkommunikation, Hamburg 1963.
Zur Verwendung des Terminus Massenkommunikationsforschung vgl. zuletzt etwa Gerhard Maletzke (Hrsg.): Einführung in die Massenkommunikationsforschung. Berlin 1972; Dieter Prokop (Hrsg.): Massenkommunikationsforschung, Bd. 1—2. Frankfurt 1972—73.

[4]) Vgl. etwa Bernhard Badura und Klaus Gloy (Hrsg.): Soziologie der Kommunikation. Stuttgart 1972; Denis McQuail: Sociology of mass communications. London 1972; Alphons Silbermann und Udo Michael Krüger: Soziologie der Massenkommunikation. Stuttgart 1973; Horst Holzer: Kommunikationssoziologie. Reinbek bei Hamburg 1973.

[5]) Wilbur Schramm: Kommunikationsforschung in den Vereinigten Staaten, in: ders. (Hersg.): Grundfragen der Kommunikationsforschung, 3. Aufl., München 1970, S. 10.

[6]) Silbermann/Krüger, a. a. O., S. 12.

[7]) Hansjörg Bessler und Frank Bledjian: Systematik der Massenkommunikationsforschung. München Basel 1967, S. 21.

[8]) Marten Brouwer: Mass Communications and the Social Sciences: Some neglected Areas. In: Lewis Anthony Dexter und David Manning White (Hrsg.): People, Society and Mass Communications. London 1964, S. 559.

[9]) Wilbur Schramm, a. a. O., S. 14.

[10]) Ebenda, S. 15.

[11]) Vgl. Bernard Berelson: The State of Communication Research. In: Dexter/White, a. a. O., S. 501—509.

[12]) Ebd., S. 503.

[13]) Ebd., ff.

[14]) Silbermann/Krüger, a. a. O., S. 13 f.

[15]) Ebd., S. 14.

[16]) Ebd., S. 16.

[17]) Eike Hennig: Kommunikationsforschung als Demokratieforschung. In: Österreichische Zeitschrift für Politikwissenschaft 3/1973, S. 216.

[18]) Ebd., S. 217.

[19]) Ebd., S. 218.

[20]) Paul F. Lazarsfeld: Bemerkungen über administrative und kritische Kommunikationsforschung. In: Dieter Prokop (Hrsg.): Kritische Kommunikationsforschung. München 1973.

[21]) Ebd., S. 18.

[22]) Zitiert nach George Gerbner: Critical Research in Mass Communications. In: Dexter/White, a. a. O., S. 498.

[23]) Ebd., S. 499.

[24]) Proposals for an International Programme of Communication Research. Paris 1971.

[25]) Gerald F. Kline: Theory in Mass Communication Research. In: Gerald F. Kline und Phillip J. Tichenor (Hrsg.): Current Perspectives in Mass Communication Research. Beverly Hills-London 1972, S. 17—40.

[26]) Ebd., S. 19 ff.

[27]) Ebd., S. 21.

[28]) Franz Dröge: Wissen ohne Bewußtsein — Materialien zur Medienanalyse. Frankfurt 1972, S. 21 ff.

[29]) Ebd., S. 35.

[30]) Ebd., S. 37 ff. Vgl. dazu auch Hans Bohrmann/Rolf Sulzer: Massenkommunikationsforschung in der BRD. Deutschsprachige Veröffentlichungen nach 1960. Kommentar und Bibliographie. In: Jörg Aufermann/Hans Bohrmann/Rolf Sulzer (Hrsg.): Gesellschaftliche Kommunikation und Information. Frankfurt a. M. 1973, S. 83—120.

[31]) Ralf Zoll und Eike Hennig: Massenmedien und Meinungsbildung. München 1970.

[32]) Vgl. das gleichnamige Kapitel in Helmut Krauch: Die organisierte Forschung. Neuwied-Berlin 1970, S. 176 ff.

# 3. Zur Entwicklung von Sozialwissenschaften und Kommunikationsforschung in Österreich

*Hans H. Fabris*

Obgleich der Streit um die Zuordnung der Publizistik- und Kommunikationswissenschaft — als Hochschuldisziplin im deutschsprachigen Raum — zu den Geistes- oder den Sozialwissenschaften noch durch kein — fiktives oder tatsächlich erfolgtes — Votum entschieden ist, zeigt die Lehr- und stärker noch die Forschungspraxis innerhalb dieses Faches wie insgesamt im Forschungsbereich der Kommunikationsforschung, daß die Behandlung von Fragen und Problemstellungen zum überwiegenden Teil mittels sozialwissenschaftlicher bzw. in den Sozialwissenschaften entwickelter Methoden und theoretischer Ansätze erfolgt — wobei der Anteil anderer Disziplinen an der Kommunikationsforschung nicht unterschlagen werden soll. Von daher erscheint es gerechtfertigt, die historische Entwicklung der Kommunikationsforschung in Österreich exemplarisch in ihrem Zusammenhang mit der allgemeinen Entwicklung der Sozialwissenschaft zu untersuchen[1]).

Daß die Entwicklung in diesem speziellen Wissenschaftsbereich vielfach unterschiedlich von der Entwicklung in anderen Ländern erfolgte, die einen höheren Standard der Forschung beanspruchen können, läßt sich unter anderem mit der in Österreich aufgrund besonderer historischer und gesellschaftlicher Bedingungen spezifisch verlaufen Entwicklung der Sozialwissenschaften erklären. Daß einerseits zwei der „Väter" der amerikanischen Kommunikationsforschung — Kurt Lewin und Paul F. Lazarsfeld — aus Österreich kommen und auch eine Reihe von aus Österreich stammenden Psychologen und Politologen[2]) in diesem Forschungsbereich bedeutende Beiträge geleistet haben, während anderseits die Kommunikationsforschung in Österreich international gesehen kaum Bedeutung erlangte, macht deutlich, in welchem Ausmaß politische und ökonomische Entwicklungen, wie sie Österreich im Verlauf der letzten Jahre erfahren hat, für die Entwicklung einer Wissenschaftsdisziplin wie für die gesamte Wissenschaftsgeschichte eines Landes Gewicht besitzen.

Betrachtet man die Anfänge moderner Sozialforschung in Österreich, sind diese institutionell weitgehend mit der Tätigkeit der Wirtschaftspsychologischen Forschungsstelle und der Person Paul F. Lazarsfelds verbunden. Hans Zeisel, der selbst in den frühen dreißiger Jahren mit Lazarsfeld zusammengearbeitet hat, schrieb über diese Zeit: „Paul Lazarsfeld, damals Assistent am Psychologischen Institut, war der Spiritus rector aller Bemühungen um die neue empirische Sozialforschung"[3]). Es waren die Entwicklung der Sozialwissenschaften in Amerika, in Wien vor allem der Einfluß von Freud und Adler sowie der „Wiener Kreis", die das Interesse an sozialpsychologischen Studien inspiriert hatten. Betrachtet man allerdings den historischen Entstehungszusammenhang näher, wird deutlich, daß die Mehrzahl der von den Mitarbeitern des Instituts unternommenen Arbeiten der wirtschaftspsychologischen Forschungsstelle unmittelbar marktorientierte Auftragsstudien waren: An Produkten, die damals untersucht wurden, nennt Zeisel rückblickend „Bier, Blumen, Butter, elektrische Geräte, Essig, Fett, Fremdenverkehr"[4]) und andere. Neben dieser Marktforschung im engeren Sinn entstanden aber auch eine Reihe von heute bereits „klassischen" Studien, wie vor allem die Arbeit über „Die Arbeitslosen von Marienfeld". Auch das Publikum des Rundfunks wurde bereits Gegenstand von Untersuchungen[5]).

Die Jahre 1934 und 1938 bedeuteten eine brutale Unterbrechung dieser hoffnungsvollen Entwicklung. Mit der Etablierung des Austrofaschismus und schließlich dem Anschluß an das nationalsozialistische Deutschland war eine Zäsur in der Entwicklung der Sozialwissenschaften in Österreich verbunden, von deren Folgen sie sich bis heute nicht erholt hat. Dies gilt auch für andere Disziplinen wie etwa die Politikwissenschaft: „Ständestaat und Nationalsozialismus führten zur Emigration der bedeutendsten Vertreter der Sozialwissenschaften vor allem in die Vereinigten Staaten. Österreichische Emigranten ... übten starken Einfluß auf die Entwicklung der amerikanischen Politikwissenschaft aus"[6]). Die Sozialwissenschaften verloren — wie auch die Psychoanalyse oder der „Wiener Kreis" — in Österreich ihre Heimstätte, während ihre wichtigsten Vertreter vor allem in den USA neue Arbeits- und Wirkungsmöglichkeiten fanden. „In den Vereinigten Staaten", schreibt Hans Zeisel, „gibt es heute eine Reihe von sozialwissenschaftlichen Universitätsinstituten (das erste wurde von Paul F. Lazarsfeld an der Columbia Universität gegründet), deren Urahne die Wiener Forschungsstelle war"[7]). „In Österreich selber", resümmiert dagegen der Ordinarius für Soziologie an der Universität Wien, Leopold Rosenmayr, „blieb die Arbeit dieser bedeutenden österreichischen Forscher ein weiteres Vierteljahrhundert völlig ohne Widerhall. Die um 1930 begonnene Entwicklung riß ab, und erst in der Mitte der fünfziger Jahre begann die Institutionalisierung einer empirischen Soziologie"[8]).

Daß 1942 an der Universität Wien ein Institut für Zeitungswissenschaft eingerichtet wurde, ist nicht als gegenteiliges Indiz zu betrachten, war die Zeitungswissenschaft im nationalsozialistischen Deutschland nach 1933 doch in eine erhebliche Nähe zu einer den Propagandazwecken des Regimes nützlichen Legitimations- und Propagandawissenschaft geraten[9]).

Aber auch für die Entwicklung nach 1945, nach dem Ende des Zweiten Weltkrieges, sind jene Faktoren in hohem Grade maßgeblich geblieben, die die Entwicklung der Sozialwissenschaft schon in den zurückliegenden Jahren beeinträchtigt hatten: Politische Widerstände, die sich gegen die befürchteten Folgewirkungen einer kritischen, aufklärerischen Sozialwissenschaft wandten, der relative ökonomische Entwicklungsrückstand gegenüber anderen Ländern, und nicht zuletzt Widerstände auch innerhalb der Universität: „Die Widerstände an den Hochschulen — wo vor allem an den philosophischen Fakultäten eine Renaissance des christlichen Traditionalismus zu verzeichnen war — trugen wesentlich dazu bei, daß einerseits eine Heimkehr der in den USA wirkenden prominenten österreichischen Sozialwissenschaftler ausblieb und anderseits der bis in die sechziger Jahre anhaltende ‚Brain Drain' auch im Bereich der Sozialwissenschaften voll wirksam war"[10]).

So ist es symptomatisch, daß die Sozialwissenschaften im Österreich der Nachkriegszeit nicht an den Universitäten, sondern von außerhalb des Hochschulbereiches versuchen mußten, den Anschluß an die inzwischen vollzogene internationale wissenschaftliche Entwicklung zu leisten[11]). Rosenmayr zählt in einer Bilanz der Institutionalisierungsbemühungen um die soziologische Forschung in Österreich das Institut für kirchliche Sozialforschung, die Sozialwissenschaftliche Studiengesellschaft, das Institut für empirische Sozialforschung und vor allem das Institut für Höhere Studien und Wissenschaftliche Forschung auf, die neben den Instituten für Soziologie an den Universitäten Wien und Graz zu den wichtigsten Trägern der Sozialwissenschaften zu zählen sind. Mit der Gründung der Hochschule für Sozial- und Wirtschaftswissenschaften Linz im Jahre 1966 und der Aufnahme der Politikwissenschaft als Studienfach in das Hochschulstudiengesetz von 1971 fand diese Entwicklung einen vorläufigen, allerdings erheblich verspäteten Abschluß. „Es wäre reizvoll gewesen", schreibt Leopold Rosenmayr im Rückblick auf jene Barrieren, die die Sozialwissenschaften in Österreich zu überwinden hatten, „die Widerstände zu beschreiben und soziologisch zu deuten ... Dabei wären interessante Lücken sowohl in der Wissenschaftstradition als auch in der Wissenschaftsförderung und Wissenschaftsorganisation in Österreich sichtbar geworden. Die soziologische Deutung hätte ... Ursachen für die Ablehnung anzugeben gehabt, die soziologische Erkenntnisse auf bestimmten Gebieten erfuhren ... Ergebnisse, die vielfach auch zur Sozial*kritik* verwendet werden können ..."[12])

Die Folgen dieser verspäteten Entwicklung und vernachlässigten Förderung der Sozialwissenschaften sind unter anderem in den bestehenden Wissens- und Forschungslücken in weiten Bereichen des gesellschaftlichen Lebens in

Österreich zu sehen. Rosenmayr rechnet dazu vor allem die Bereiche der politischen Soziologie, der Industrie- und Betriebssoziologie, der Soziologie des Gesundheitswesens, der Rechtssoziologie und — nicht zuletzt — der Soziologie der Massenmedien. Zu letzterer stellt er fest: „Selbst bei Zurückhaltung und Beschränkung der Forderungen auf Grund limitierter österreichischer Gegebenheiten wird man als einen weiteren Schwerpunkt in der österreichischen Sozialforschung das Studium der Massenkommunikationsmittel verlangen müssen. Die Frage, wie Informations- und Einflußbahnen verlaufen, welche Rolle darin die persönlichen Interaktionen und Beeinflussungen spielen, bildet eine Grundfrage für die moderne Demokratie"[13]).

Zusammenfassend schreibt Rosenmayr über die Entwicklung der Sozialwissenschaften und die Forschungstätigkeit bis in die Mitte der sechziger Jahre: „Methoden und Forschungstechniken mußten rezipiert, adaptiert und entwickelt werden. Theoretische Verarbeitung erfolgte nur wenig. Der Großteil der Forschung stellt — wenn auch nicht reglementierte, so doch zweckgebundene — Auftragsforschung dar und erlaubte nur in wenigen Bereichen eingehende Analysen . . ."[14]) Diese Entwicklung der Soziologie erscheint als typisch auch für die Entwicklung anderer sozialwissenschaftlicher Disziplinen wie vor allem der Politikwissenschaft, der Sozialpsychologie, auch der Psychologie und letztlich der Kommunikationswissenschaft. Erst in die frühen sechziger Jahre ist der Beginn systematischer staatlicher Wissenschaftspolitik zu datieren, die eine erste Intensivierung nach der Wirtschaftsrezession von 1966/67 erfuhr.

Die Errichtung einer Lehrkanzel für Publizistik an der neuen bzw. wiedergegrünedeten Universität Salzburg im Jahre 1967 und die Neuerrichtung des Wiener Lehrstuhls Ende der sechziger Jahre können allerdings kaum als Ausdruck einer systematischen Förderung der Kommunikationswissenschaft eingeschätzt werden. War der Salzburger Lehrstuhl primär einer Initiative des damaligen Rektors und ehemaligen einflußreichen Publizisten Rene Marcic zu verdanken, so wurde der Wiener Lehrstuhl nach langjähriger Verwaltung durch Vertreter insbesondere der Geschichtswissenschaft erst spät durch einen habilitierten Fachvertreter wiederbesetzt.

Betrachtet man die Entwicklung der Kommunikationsforschung in Österreich schließlich im Zusammenhang mit der allgemeinen Entwicklung der österreichischen Gesellschaft, muß auch der spezifische Zusammenhang zwischen Fachdisziplin, Forschungstätigkeit, der allgemeinen politischen und wirtschaftlichen Entwicklung und dem österreichischen Mediensystem gesehen werden. Dieser historische Entwicklungsprozeß läßt sich — notwendigerweise verkürzt — in den folgenden Thesen darstellen:[15])

— Standen die Massenmedien, besonders Tageszeitungen und Rundfunk, nach 1945 zunächst unter dem Einfluß der Alliierten Siegermächte, wurden sie bald zu einer Einflußsphäre der politischen Parteien. Dieser Einfluß nahm jedoch zugunsten privater Interessenträger kontinuierlich ab. Das Rundfunkvolksbegehren von 1964 markierte den Zeitpunkt zunehmender Einflußlosigkeit politischer Parteien, die durch ein Zurückgehen der Auflage der Parteiorgane und anderseits die Dominanz der Boulevardblätter charakterisiert werden kann. Erst seit den frühen siebziger Jahren ist ein wiedererwachtes Interesse der politischen Parteien an den Massenmedien zu konstatieren, das zuletzt in der Formulierung medienpolitischer Programme seinen sichtbaren Ausdruck gefunden hat.

— Für die ökonomische Situation der österreichischen Massenmedien ist das massive Eindringen von Auslandskapital und die sektoral totale Abhängigkeit davon von Bedeutung. Gegenwärtig werden vor allem der Film- und Schallplattensektor, der Zeitschriften- und Illustriertenmarkt, aber auch die Geräteindustrie, das Fernsehen (über die Abhängigkeit von Zulieferfirmen) und auch Tageszeitungen (durch Kapitalbeteiligung) vom ausländischen Kapital beherrscht, dem ein neuer Markt durch das Kassetten-Fernsehen geöffnet wird. Dies hat im österreichischen Inlandsmarkt die Tendenz zu fortschreitender Konzentration der Medienunternehmen noch verstärkt, sodaß Österreich beispielsweise im Bereich der Tageszeitungen einen der höchsten Konzentrationsgrade in Europa aufzuweisen hat. Die wachsende Bedeutung der Medien als Werbeträger und für das „Management des Verbrauchs" hat dazu geführt, daß die Medien kapitalmäßig immer stärker von Wirtschaftsinteressen abhängig werden.

— Zu jenen Faktoren, die für die aktuelle Situation des österreichischen Mediensystems Bedeutung haben, sind ferner die mangelnde Klärung der medienpolitischen Kompetenzen im staatlichen Regulierungssektor sowie das unzulängliche Qualifikationsniveau der journalistischen Medienarbeiter zu zählen.

Nicht zuletzt ist es aber auch das Fehlen systematischer Kommunikationsforschung, das dazu beigetragen hat, daß viele getroffene Entscheidungen im Medienbereich sich binnen kurzem als falsch herausstellten; daß Basisdaten in vielen Bereichen fehlen usf. Die mangelnde Initiierung und Förderung von Forschungsvorhaben erscheint als zugleich bedingendes wie bedingtes Element der gegenwärtigen Situation, die damit chrakterisiert werden kann, daß

— die politischen Parteien, solange sie Einfluß in und über die Massenmedien hatten, wenig Interesse an Forschung zeigten;

— die Wirtschaft als Auftraggeber zwar Kommunikationsforschung in größerem Ausmaß gefördert hat — dies zeigt auch die Bestandsaufnahme der einschlägigen Forschungsbemühungen —, die Mehrzahl der untersuchten Fragen sich allerdings auf eingeschränkte Problemstellungen im Bereich der Werbewirkungsforschung, die nicht-öffentlich betrieben wurde, beschränkten; aufgrund der Abhängigkeit von Auslandskapital wurde auch seitens der Medienunternehmen keine Grundlagenforschung betrieben, da diese im Ausland durchgeführt wurde.

— Aufgrund ungeklärter medienpolitischer Kompetenzen wurde die Kommunikationsforschung auch seitens des Staates kaum gefördert.

— Die mangelnde Ausbildung der Medienarbeiter sowie die traditionelle Trennung des journalistischen Beschäftigungssystems vom akademischen Bereich bewirkte zudem eine erhebliche Entfremdung zwischen den Bereichen der Medienwissenschaft und der Medienpraxis.

Erst in den letzten Jahren ist hier aufgrund der medienpolitischen Aktivitäten der Parteien, der öffentlichen Diskussionen um Rundfunkreform und Pressekonzentration und der allgemeinen Förderung der Sozialwissenschaften durch staatliche Interventionen ein gewisser Wandel eingetreten, der sich an der Förderung einzelner Forschungsprojekte und einem allgemein zunehmenden Interesse an den Problemen und Ergebnissen der Kommunikationsforschung beobachten läßt[16]). Kritische Kommunikationsforschung und Forschungsprojekte mit einer dezidiert gesellschaftlichen Orientierung sind allerdings nach wie vor sowohl im Bereich der organisierten Nachfrage wie auch im Angebot an Forschungstiteln eindeutig unterrepräsentiert.

**Anmerkungen:**

[1]) Damit soll keineswegs versucht werden, die Tradition der Kommunikationsforschung in Österreich gleichsam als Vorleistung für die spätere Zeitungs- bzw. Publizistik- und Kommunikationswissenschaft in Beschlag zu nehmen. Daß diese junge Disziplin nur einen beschränkten Beitrag zur Entwicklung des Forschungsfeldes geleistet hat, darauf wird in dieser Arbeit mehrfach kritisch verwiesen.

[2]) So unter vielen anderen Rudolf Fletsch oder Karl Deutsch.

[3]) Hans Zeisel: Der Anfang moderner Sozialforschung in Österreich. In: Leopold Rosenmayr und Sigurd Höllinger (Hrsg.): Soziologie. Forschung in Österreich. Wien-Graz 1969, S. 44.

[4]) Ebd., S. 45.

[5]) Gertrud Wagner: Die Programmwünsche der österreichischen Radiohörer, in: Archiv für die gesamte Psychologie, Bd. 90/1934, S. 157.

[6]) Hans Heinz Fabris, Georg Heinrich, Helmut Kramer, Peter Kreisky, Erich Schmidt: Zum Politologenbedarf in Österreich. In: Österreichische Zeitschrift für Politikwissenschaft 4/1973, S. 436.

[7]) Hans Zeisel, a. a. O., S. 46.

[8]) Leopold Rosenmayr: Vorgeschichte und Entwicklung der Soziologie. In: W. Weber (Hrsg.): Einheit und Vielfalt in den Sozialwissenschaften, 1966, S. 282.

[9]) Vgl. Franz Dröge: Wissen ohne Bewußtsein — Materialien zur Medienanalyse. Frankfurt 1972, S. 39 ff.

[10]) Fabris u. a., a. a. O., S. 437.

[11]) Leopold Rosenmayr: Die Institutionalisierung der soziologischen Forschung in Österreich, in: ders. und S. Höllinger (Hrsg.): Soziologie, a. a. O., S. 47: „Die Geschichte der Sozialforschung in Österreich seit 1950 ist ... die Geschichte der Forschungseinrichtungen."

[12]) Ebd., S. 67.

[13]) Ebd., S. 68.

[14]) Ebd., S. 72.

[15]) Vgl. dazu u. v. a. Hans Heinz Fabris: Restriktive Bedingungen der medienpolitischen Diskussion in Österreich. In. Österreichische Zeitschrift für Politikwissenschaft 3/1973, S. 225—242.

[16] Als ein Beispiel für solche Forschungen ist der ORF-Forschungsauftrag über Aggression im Fernsehen, Projektleitung Professor Dietrich, zu nennen.

## 4. Medienforschung in Österreich: Bestandsaufnahme und Problemkatalog — Ergebnisse der ersten Basiserhebung

*Hans H. Fabris*

### 4. 1. Zum Untersuchungsprogramm

Nach Vorlage eines Untersuchungs-Exposés und der Auftragserteilung durch das Bundesministerium für Wissenschaft und Forschung wurde mit der Vorbereitung der beiden ersten Stufen des mehrstufig konzipierten Forschungsprojektes im September 1972 begonnen. Im Zusammenwirken mit Mitarbeitern des Institutes für empirische Sozialforschung, Wien, wurde von den Projektbearbeitern nach vorangegangenen Literatur- und Dokumentenstudien ein Katalog der Untersuchungsfragen zur Beantwortung der Punkte

— Bestandsaufnahme der Institutionen (personelle Besetzung, Finanzierung, Organisationsstruktur, Forschungskapazität) und Personen in Österreich, die sich mit Fragen der Medienforschung beschäftigen,

— Analyse der Forschungstätigkeit dieser Institutionen und Personen nach einem detaillierten Kategorienschema

erstellt. Die Ausarbeitung und endgültige Formulierung des Fragebogens erfolgte, in ständiger Kontaktnahme mit dem Institut für empirische Sozialforschung, durch Mitarbeiter des Salzburger Institutes für Publizistik und Kommunikationstheorie.

Die erste Erhebungswelle mittels Fragebogen wurde im November 1972 durchgeführt. Im Jänner 1973 erfolgte eine Mahnaktion.

Da über den Kreis jener Institutionen beziehungsweise Personen, die in Österreich im Bereich der Medienforschung tätig sind, zum Untersuchungszeitpunkt keine zureichende Unterlagen verfügbar waren, wurde in der ersten Umfragestufe versucht, einen zahlenmäßig sehr umfangreichen Adressatenkreis — der aufgrund der beruflichen Tätigkeit beziehungsweise Position als für den Gegenstand der Untersuchung im weitesten Sinne kompetent erachtet wurde, in zweifacher Hinsicht für den Fortgang der Untersuchung zu gewinnen: Einmal als Umfrage-Teilnehmer, zum anderen als Auskunftsperson in Hinblick auf weitere, nicht erfaßte potentielle Interessenten beziehungsweise im Bereich der Medienforschung aktiv tätige Personen und Institutionen. Im Rahmen dieser ersten Umfrageaktion wurden 242 Adressen angeschrieben. Die Ergebnisse dieser ersten Befragungswelle sollten zusätzlich Informationen für begleitende explorative, mündliche Interviews mit ausgewählten Vertretern von Forschungsinstitutionen erbringen und die Planung der zweiten Befragung über Organisationsmodelle zur Kooperation innerhalb der Medienforschung ermöglichen.

Für die Auswertung der Ergebnisse war die Anwendung verschiedener statistischer Verfahren vorgesehen.

## 4. 2. **Zur Methode**

Die Wahl der Variablen für die Befragung wurde von der Überlegung bestimmt, daß die unabhängigen Variablen ihrer Größe nach veränderbar sein sollten. Bei der Ausarbeitung des Fragebogens wurde auch darauf Bedacht genommen, für die meisten verwendeten Variablen zu einem höheren Wert von r als $r = 2$ (Dichothomisierung in ihrer typischen Form: ja vs. Nein) zu kommen. Bei einer Reihe von Variablen konnte auf eine Dichothomisierung allerdings nicht verzichtet werden.

Bezüglich der Grundgesamtheit ergab sich das Problem, daß ihr Umfang nur vermutet werden konnte. Indem die Möglichkeit eingeschlossen wurde, auf andere Institutionen und Personen im Bereich der Medienforschung einzugehen, wurde auf einen „Snow-ball-effect“ gesetzt. Der Rücklauf der Fragebogen kann als zufriedenstellend angesehen werden. Allerdings hat sich bei den kommerziell arbeitenden Medienforschungsunternehmen — trotz des dezidierten Hinweises auf den nicht-kommerziellen Charakter des Forschungsvorhabens — eine geringe Bereitschaft zur Mitarbeit ergeben. Bei Daten solcher Art mußte für die Kooperationsbereitschaft in der Auswertung der Minimalwert eingetragen werden, um so ein — wenn auch negatives — Ergebnis zu erhalten.

Das grundsätzliche theoretische Schema der Analyse hatte folgenden Charakter:

MODELL I

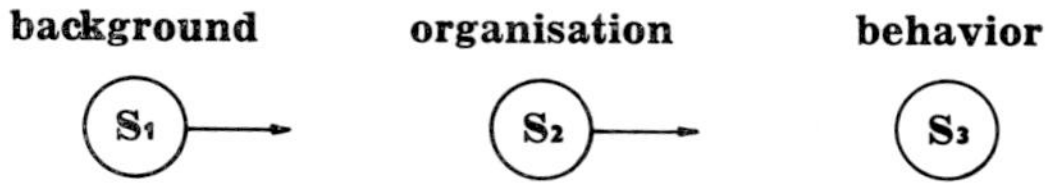


Denkbar war auch noch das folgende Modell, das in der heutigen Sozialwissenschaft, etwa in den comparative politics und auch in der Sozialpsychologie verwandt wird (im Modell bedeutet ein Pfeil, der bei einem Kreis endet, einen Beeinflußungsprozeß, S, mit Indikator versehen, bedeutet die Menge der Variablen).

MODELL II

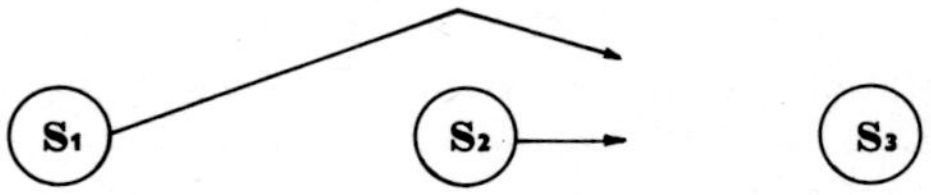


Mit den Methoden der höheren statistischen Analyse sollte ermittelt werden, ob Modell I oder Modell II anzunehmen ist.

Die Relevanz der einzelnen Untersuchungsphasen wird im folgenden Raster schematisch dargestellt (MF = Medienforschung).

| Phase | Unter-<br>suchungs-<br>schritte | Unter-<br>suchungs-<br>einheit | Methode | Zeitabschnitt |
|---|---|---|---|---|
| 0 | Erstellung<br>Fragebogen | Institutionen<br>MF | | bis<br>Dezember 1972 |
| I | Aussenden —<br>Auswerten der<br>Fragebogen | Institutionen<br>MF | structured<br>questionnaire,<br>Indikator-<br>bildung,<br>Korrelation,<br>Faktoren-<br>analyse,<br>Regression,<br>chi-Quadrat<br>für Sonderfälle | bis Mitte<br>Feber 1973 |
| II<br>a | Mündliche<br>Interviews | Institutionen<br>MF | open-ended<br>interview | ab Jänner 1973 |
| b | Erstellung<br>eines<br>theoretischen<br>Rahmens<br>der MF | a) theoretisches<br>Gedankengut<br>b) Theorien der<br>MF (input)<br>c) „praktische"<br>Ergebnisse =<br>Hypothesen-<br>prüfung in der<br>MF (output) | Theorie-<br>bildung =<br>Induktion +<br>Deduktion<br>input-output-<br>analysis<br>unstrukturiert<br>(wiss. Kritik) | |
| c | Untersuchung<br>des wissen-<br>schaftlichen<br>outputs der<br>MF in<br>Österreich | Output MF | content<br>analysis | |

| | | | | |
|---|---|---|---|---|
| d | Vergleich von b und c | MF-international versus national | wiss. Kritik | |
| e | Sozialw. Theorienbildung auf Grund von I | | | |
| f | Organisations- und Verhaltensnormen für MF-national | MF-national | | |

## 4. 3. **Die Untersuchungsergebnisse**

Von den 242 versendeten Fragebogen wurden bis zum Stichtag der Auswertung 25 vollständig ausgefüllt zurückgesendet. Vier Fragebogen waren nur teilweise ausgefüllt worden und fünf Fragebogen trafen so spät ein, daß sie nicht mehr für die Auswertung herangezogen werden konnten. 12 weitere Fragebogen wurden für nicht erfaßte Interessenten angefordert, davon wurden jedoch nur zwei tatsächlich beantwortet, die allerdings nicht in die Auswertung einbezogen werden konnten. 20 Adressaten zeigten sich an der Umfrage interessiert, ohne sich zu den von der Erhebung zu erfassenden Personen zu zählen. Von 27 Adressaten kamen negative Meldungen, zwei Adressaten wollten dezidiert an der schriftlichen Umfrage nicht teilnehmen, zeigten sich aber zu Kontaktgesprächen bereit. 9 Fehladressen konnten nicht mehr eruiert werden. Zusätzliche Adressaten wurden im Verlauf der weiteren Forschungsarbeit kontaktiert.

Untersucht man die Bereitschaft zur Teilnahme an der Umfrage beziehungsweise die Aktivität im Bereich der Medienforschung — im Sinne der vorgelegten Definition — nach verschiedenen Zuordnungskriterien, lassen sich daraus eine Reihe von Schlußfolgerungen ziehen:

*Markt- und Meinungsforschungsinstitute* betreiben in erheblichem Ausmaß Forschungsarbeit in diesem Bereich, die allerdings nur in sehr eingeschränktem und punktuellem Verständnis als Medienforschung bezeichnet werden kann, wenn daran ein bestimmtes wissenschaftliches Erwartungsniveau geknüpft wird. Diese Aussage gilt allerdings nicht für die großen Institute. Allgemein hat sich unter den angeschriebenen Institutionen eine geringe Bereitschaft zur Teilnahme an der Umfrage wie auch an den Bemühungen um eine Koordinierung der Medienforschung in Österreich gezeigt. Als Erklärung für diese reduzierte Bereitschaft zur Information über die eigene Tätigkeit bieten sich Konkurrenz-Überlegungen, möglicherweise auch Aversionen gegenüber Universitätsinstituten als Befrager an. Da die meisten Institute zudem ihren Auftraggebern gegenüber zumeist zum Stillschweigen über den Auftragsinhalt verpflichtet sind, können über die Kapazität und die tatsächliche Forschungsaktivität in diesem Bereich keine zureichende Aussagen getroffen werden.

*Öffentliche Stellen,* wie etwa die Pressestellen bei Ministerien und Ämter, treten nach den erhaltenen Auskünften im Bereich der Medienforschung nicht aktiv in Erscheinung.

Auch die angeschriebenen *Verlage* zeigten relativ geringes Interesse an der Umfrage.

Das relativ größte Interesse am Gegenstand und den Intentionen der Befragung zeigten die angeschriebenen Institute bzw. Lehrkanzeln (der Publizistik, Soziologie, Psychologie, Pädagogik, Theaterwissenschaft sowie Institute der Technischen Hochschule) an den österreichischen *Hochschulen* bzw. *Universitäten.*

Von den durch die Umfrage erfaßten *Medieninstitutionen* zeigten sich lediglich der Österreichische Rundfunk und einzelne Tageszeitungen interessiert.

Geringen Widerhall fand die Umfrage auch bei den Stellen für Werbung und Öffentlichkeitsarbeit in den *politischen Parteien* und den *Interessenverbänden.*

## 4. 4. Ergebnisse der ersten Befragung

Die in der ersten Umfragewelle erfaßten Forschungsadressen bestanden zu 40% aus universitären, und zu 40% aus privatrechtlich organisierten Einrichtungen. Je einmal waren eine Privatperson und eine Einrichtung internationaler Organisationen, zweimal Einrichtungen öffentlicher Institutionen vertreten. Knapp die Hälfte der Befragten gab an, als selbständige

---

**Tabelle 1:**

Handelt es sich bei Ihrer Forschungseinrichtung um

| | | % |
|---|---|---|
| 1. 1. | ein Universitäts-Institut | 40 |
| 1. 2. | eine Einrichtung öffentlicher Institutionen | 8 |
| 1. 3. | eine Einrichtung von Körperschaften öffentlichen Rechts und Interessenvertretungen | — |

| | |
|---|---|
| 1. 4. eine privatrechtlich organisierte Einrichtung | 40 |
| 1. 5. eine Einrichtung internationaler Organisationen | 4 |
| 1. 6. eine Privatperson | 4 |
| 1. 7. sonstiges | 4 |

**Tabelle 2:**

Handelt es sich bei Ihrer Forschungseinrichtung um

| | % |
|---|---|
| eine unselbständige Einrichtung (z. B. Mediaabteilung in einer Werbeagentur) | 40 |
| eine selbständige Einrichtung | 56 |
| k. A. | 4 |

Liegt der Schwerpunkt Ihrer (der Institution, der Firma) Forschungstätigkeit allgemein gesprochen

| | |
|---|---|
| bei der Medienforschung (vgl. Definition) | 52 |
| nicht bei der Medienforschung | 48 |

Arbeiten Sie (Ihre Institution, Ihre Firma) in erster Linie

| | |
|---|---|
| kommerziell (eher angewandte Wissenschaft) | 48 |
| wissenschaftlich (eher Grundlagenforschung) | 52 |

Einrichtung zu arbeiten. Ebenfalls knapp die Hälfte der durch die Umfrage erfaßten Institutionen befaßt sich schwerpunktmäßig mit Medienforschung im Sinne der in der Umfrage verwendeten Definition. Ein Verhältnis von eins zu eins ergab sich auch hinsichtlich der Frage nach einer vorrangig kommerziellen oder vorrangig nicht-profitorientierten Organsation der Forschung.

Die Bedeutung, welche den Medien selbst als Träger, Initiator, vor allem aber als Objekt der Forschung zukommt, wird durch das Ergebnis der Frage nach jenen Institutionen illustriert, mit denen die jeweils befragte Forschungsstelle in Verbindung steht. Danach werden zwar als die häufigsten Kontakte Verbindungen mit Instituten an österreichischen Hochschulen und an zweiter Stelle „ausländische Institutionen und Organisationen" genannt — was auf eine doch recht beachtliche, wenngleich in ihrer Intensität inhaltlich nicht erfaßte Kommunikation auf wissenschaftlicher Ebene schließen läßt —, dann folgen jedoch bereits der ORF und Zeitschriftenverlage und damit jene Medienbereiche, die in Österreich zu den relativ am weitesten entwickelten und auch finanziell relativ potenten bzw. für Auftraggeber etwa aus der Werbewirtschaft interessanten Werbeträgern

**Tabelle 3:**

Mit welchen der nachstehend genannten Institutionen stehen Sie in Zusammenhang? (Beantworten Sie die Frage nur, wenn Sie es wünschen) (Mehrfachnennungen)

| | % |
|---|---|
| ORF | 40 |
| Tages- oder Wochenzeitungen | 32 |
| Zeitschriftenverlage | 40 |
| Buchverlage | 32 |
| Institutionen und Interessenvertretungen des Pressewesens (wie Herausgeberverband) | 32 |
| Religionsgemeinschaften und deren Institutionen | 20 |
| ÖGB | 8 |
| Arbeiterkammer | 12 |
| Industriellenvereinigung | 16 |
| Bundeswirtschaftskammer | 16 |
| Landwirtschaftskammer | 8 |
| andere Verbände oder Interessenvertretungen | 4 |
| SPÖ | 12 |
| ÖVP | 8 |
| FPÖ | 4 |
| KPÖ | — |
| Institute an österreichischen Universitäten und Hochschulen | 60 |
| ausländische Institutionen und Organisationen | 44 |
| keine der genannten Institutionen | 16 |
| sonstige Institutionen | 16 |

gerechnet werden können. Buchverlage, Institutionen und Interessenvertretungen des Pressewesens (wie der Zeitungsherausgeber-Verband), „Religionsgemeinschaften und deren Institutionen“ rangieren auf den nächsten Plätzen. Als Kontaktadressen werden ferner die Industriellenvereinigung, die Bundeswirtschaftskammer, die Arbeiterkammer, die Sozialistische Partei die Österreichische Volkspartei, der Österreichische Gewerkschaftsbund, „andere Verbände und Interessenvertretungen“ sowie die Freiheitliche Partei genannt. Nur vier der Befragten gaben an, mit keiner der oben genannten Organisationen und Unternehmungen in Verbindung zu stehen. Dies beleuchtet die beträchtlichen, wechselweise wirksamen Einflüsse zwischen Medienunternehmen und gesellschaftlichen Interessengruppen und die Bedeutung, die der Medienforschung in diesem — durch persönliche und/oder kapitalsmäßige Beteiligung sicherlich ungleich wirksamer hergestellten und gesicherten — Zusammenhang zukommt.

Als die wichtigsten Forschungsobjekte werden in der Reihenfolge der Häufigkeit der Nennungen das Fernsehen, Tageszeitungen und Zeitschriften angegeben. Nur wenige der Befragten befassen sich nicht oder nur selten mit diesen „Leit-Medien“.

**Tabelle 4:**

Was sind die hauptsächlichen Untersuchungsgegenstände Ihrer Forschung?

| | vorwiegend | selten | nie | k. A. |
|---|---|---|---|---|
| Hörfunk | 36 | 20 | 16 | 28 |
| Fernsehen | 52 | 24 | 8 | 16 |
| Kino—Film | 20 | 20 | 32 | 28 |
| Theater- und Konzertwesen | 4 | 12 | 44 | 40 |
| Ballett, Oper | 4 | 8 | 44 | 44 |
| Zeitungen | 51 | 16 | — | 32 |
| Zeitschriften | 48 | 24 | — | 28 |
| Plakatwerbung | 16 | 28 | 20 | 32 |
| Buch | 20 | 32 | 16 | 32 |
| Schallplatte | 4 | 24 | 22 | 40 |
| Fotographie | — | 16 | 40 | 44 |
| Kassette | 12 | 16 | 23 | 44 |
| Sonstiges: (Angabe bitte in Stichworten) | 8 | — | — | 92 |

Als häufigsten Ansatz für Untersuchungen, die sich auf diese Materialobjekte beziehen, nennen 56% der Befragten einen vorwiegenden „kommunikationswissenschaftlichen" Fachbezug. 24% der Befragten wenden einen solchen Ansatz „selten" an und nur ein einziger Befragter verneinte für sich dezidiert, einen solchen Ansatz zu verwenden[1]).

**Tabelle 5:**

Wie ist der Fachbezug Ihrer Forschungstätigkeit?

| | vorwiegend | selten | nie | k. A. |
|---|---|---|---|---|
| publizistikwissenschaftlich | 36 | 20 | 16 | 28 |
| kommunikationswissensch. | 56 | 24 | 4 | 16 |
| politologisch | 16 | 32 | 12 | 40 |
| ökonomisch | 36 | 12 | 16 | 36 |
| psychologisch | 52 | 36 | 4 | 8 |
| soziologisch | 32 | 36 | 4 | 28 |
| pädagogisch | 20 | 36 | 20 | 24 |
| sprachwissenschaftlich | — | 24 | 40 | 36 |
| kunsthistorisch | 4 | 12 | 48 | 36 |
| theater- u. musikwissensch. | 12 | — | 54 | 32 |
| techn. Wissensch. | 4 | 16 | 36 | 44 |
| naturwissenschaftlich | — | 16 | 44 | 40 |
| historisch | 16 | 12 | 36 | 36 |
| philosophisch | 8 | 20 | 36 | 36 |
| theologisch | 4 | 16 | 36 | 44 |
| kybernetisch | 8 | 10 | 40 | 36 |
| anderes | — | — | — | — |

Mindestens so häufig steht jedoch auch der psychologische Ansatz im Vordergrund: 52% geben einen vorwiegend psychologischen, 36% zumindest einen seltenen psychologischen Fachbezug an. Andere Forschungseinrichtungen arbeiten vorwiegend mit Ansätzen der Publizistikwissenschaft, ökonomischen Methoden, soziologischen Ansätzen, pädagogischen, politologischen, historischen und Methoden der Theater- und Musikwissenschaft. „Nie" arbeiten 56% der Befragten mit einem vorwiegenden Fachbezug zur Theater- und Musikwissenschaft, 48% zur Kunsthistorik, 44% zu den Naturwissenschaften und 40% zu den Sprachwissenschaften sowie zur Kybernetik.

Dies verdeutlicht die Kategorisierungsschwierigkeiten, die sich bei der Zuordnung von Forschungsaktivitäten zur Medienforschung ergeben. Mangels eingehender Befragungen kann auch nur spekuliert werden, ob sich hinter der Bezeichnung „Kommunikationswissenschaft" bei den Befragten eine bestimmte Vorstellung des damit verbundenen Ansatzes, nämlich den gesamten Kommunikationsprozeß einbeziehende Fragestellungen, oder aber lediglich Verlegenheitsantworten angesichts mangelnder Reflexion über angewandte Forschung verbergen. Zum anderen demonstriert die selbst bei dem relativ kleinen Sample der ersten Umfrage feststellbare Breite und Vielfalt der methodischen und Fachbezüge den spezifischen Charakter der Medienforschung als einem interdisziplinär zugänglichen und auch in der Praxis der Forschung interdisziplinären Forschungsfeld.

Aufschlußreich hinsichtlich der Kategorisierung der Forschungstätigkeit und der Feststellung bestimmter Schwerpunkte und Lücken erscheinen in diesem Zusammenhang die Antworten auf jenen den Befragten vorgelegten Katalog von Forschungsproblemen, der von der Abteilung Medienforschung der UNESCO aufgestellt wurde[2]). Hier zeigt sich, daß bestimmte Fragestellungen häufig untersucht, andere dagegen so gut wie nie behandelt wurden. Zwar ist es zweifellos problematisch, aus den vorgegebenen

---

**Tabelle 6:**

Die UNESCO hat einen Katalog von möglichen Forschungsproblemen der Medienforschung aufgestellt. Welche der folgenden Probleme wurden bei Ihren Forschungen behandelt: (Mehrfachnennungen)

| | |
|---|---|
| Finanzierungsprobleme der Medien | 8 |
| personelle und marktwirtschaftliche Probleme | 88 |
| produkttheoretische Probleme (z. B. Konzentration) | 20 |
| konsumtheoretische Probleme | 52 |
| produktionsstatistische Probleme | 16 |
| juristische Probleme des Status der Medien | 24 |
| technologische Probleme | 16 |
| distributive Probleme, der Medienprodukte (z. B. Auslieferungsapparate, ionosphärische Bedingungen der radio-propagation etc.) | 16 |

| | |
|---|---|
| Ausbildungsprobleme des Medienpersonals . . . . . . . | 24 |
| soziale Stellung des Kommunikators . . . . . . . . . . | 28 |
| soziale Stellung des Rezipienten . . . . . . . . . . . | 56 |
| Entscheidungsprozesse in den Medien . . . . . . . . . . | 44 |
| Wertsystem der Kommunikatoren und Rezipienten . . . | 52 |
| Motivationsprobleme der Kommunikatoren u. Rezipienten | 76 |
| Inhaltsanalysen nach der Quelle der Kommunikation . . . | 42 |
| Funktionale Probleme der Kommunikation . . . . . . . | 56 |
| Struktur d. tatsächlichen u. potentiellen Rezipientenschaft | 56 |
| Inhaltsanalysen der Wertsysteme von Kommunikatoren . | 36 |
| Konsumgewohnheiten der Rezipienten . . . . . . . . . | 68 |
| Images der Medien . . . . . . . . . . . . . . . . . . . | 60 |
| Images der Rezipienten bei den Kommunikatoren . . . . | 48 |
| Images der Kommunikatoren bei den Rezipienten . . . . | 40 |
| die Rolle der Medien beim ökonomischen und sozialen Entwicklungsprozeß in den Ländern der 3. Welt . . . . . | 8 |
| anderes (bitte um genauere Angaben): . . . . . . . . . . . . . . . . . . . . . . . . . . . | 4 |

Antwortkategorien auf den tatsächlichen Inhalt der Forschungsarbeiten zu schließen, doch geben etwa 56% der Befragten an, sich mit der „sozialen Stellung der Rezipienten“ beschäftigt zu haben, 52% haben sich mit „konsumtheoretischen Problemen“ und der Struktur der Rezipientenschaft, und 68% mit „Konsumgewohnheiten der Rezipienten“ befaßt. An der Spitze dieses Kataloges rangieren — mit 76% der Befragten, die diese Antwort gegeben haben — „Motivationsproblme der Kommunikatoren und Rezipienten“. Dagegen werden Probleme der Medienkonzentration (20%), Ausbildungsprobleme (24%), technologische und produktionsstatistische Probleme (16%) oder gar die „Rolle der Medien beim ökonomischen und sozialen Entwicklungsprozeß in den Ländern der Dritten Welt“ gar nicht oder nur am Rande behandelt. Dies macht — bei einer Sampleverteilung, die einen hohen Anteil von Universitätsinstituten aufwies — deutlich, daß jene Fragestellungen, die einen direkten oder unmittelbaren Zusammenhang mit Interessen der Werbeindustrie aufweisen — so ist etwa die Untersuchung der sozialen Stellung der Rezipienten eines Mediums wichtig in Hinblick auf dessen einzuschätzende Konsumgewohnheiten und Kaufkraft — deutlich an der Spitze des Forschungsinteresses stehen und andere Problembereiche in der Regel nur dann berührt werden, wenn etwa politische oder die Interessen anderer gesellschaftlicher Organisationen im Spiel sind.

In diesem Zusammenhang verdient auch die Frage nach dem Praxisbezug der Forschungstätigkeit Interesse: Bei mehr als der Hälfte der Forschungsarbeiten handelt es sich nach Auskunft der befragten Personen und Institutionen um die direkte Beantwortung einer Frage oder eines Problems aus der Praxis des jeweiligen Auftraggebers. In der allgemeinen Bilanz der

**Tabelle 7:**

Wenn Sie Ihre gesamte Forschungstätigkeit analysieren, handelt es sich dabei zumeist um

| | vorwiegend | selten | nie | k. A. |
|---|---|---|---|---|
| eine direkte Beantwortung einer Frage aus der Praxis Ihrer Auftraggeber . . . . | 52 | 16 | 12 | 20 |
| einen Vorstoß in wissenschaftliches Neuland (Leitstudie) . . . . . . . . | 40 | 48 | 4 | 8 |
| die Überprüfung wissenschaftlicher Annahmen . . . | 40 | 28 | 8 | 24 |
| oder sonstige Forschungsziele (bitte Angabe in Stichworten . . . . . . . . | 4 | 4 | 8 | 84 |

Forschungstätigkeit im Bereich der Medienforschung dürfte dieser Prozentsatz allerdings weitaus höher liegen, da in dieser Umfrage ja nur der geringere Teil der kommerziell arbeitenden Institute erfaßt werden konnte bzw. außerhalb der Fragebogenaktion erfaßt werden mußte.
Gleichzeitig wird jedoch angegeben, daß die Untersuchungen auch relativ häufig den Charakter einer Leitstudie haben. 40% der Befragten bejahten diese Frage jedenfalls positiv. Ebenso häufig wird angegeben, daß die Forschungstätigkeit der Überprüfung wissenschaftlicher Annahmen dient. Daraus läßt sich der — vorsichtig zu formulierende — Schluß ziehen, daß selbst im Bereich der kommerziellen Forschung standardisierte Forschungsprogramme keineswegs die Regel sind, sondern auch hier erst an den entsprechenden Forschungskonzepten gearbeitet werden muß, da der Standard der Medienforschung in Österreich insgesamt als ungenügend erachtet wird.

Die Wissenschaftlichkeit beziehungsweise die Dominanz bestimmter wissenschaftstheoretisch begründeter Forschungsansätze und/oder das Vorverständnis, das in den Forschungsarbeiten zum Ausdruck gelangt, wird dadurch illustriert, daß 56% der Befragten angeben, vorwiegend mittels Umfragemethoden zu arbeiten. 48% geben an, Methoden der Beobachtung und ein gleich hoher Prozentsatz Methoden der Aussagenanalyse zu verwenden. 32% der Befragten geben vorwiegend experimentellen Methoden den Vorzug.

**Tabelle 8:**

Welche Methoden wurden von Ihnen (Ihrer Institution, Ihrer Firma) bei Ihrer Forschungstätigkeit angewandt?

| | vorwiegend | selten | nie | k. A. |
|---|---|---|---|---|
| interpretativ-geisteswiss. | | | | |
| Umfragen | 56 | 32 | — | 12 |
| Experimente | 32 | 48 | 4 | 16 |
| Aussagenanalyse | 40 | 24 | 12 | 24 |
| Beobachtung | 48 | 28 | — | 24 |
| ökonom. Methoden (cost-benefit-analysis etc.) | 8 | 32 | 24 | 36 |
| naturwiss. Experimente und Beobachtungen | 8 | 16 | 40 | 36 |
| technologische Experimente und Beobachtungen | 4 | 16 | 36 | 36 |
| andere: | | | | |

72% arbeiten bei der Auswertung der Erhebungsdaten mit höheren mathematischen und statistischen Methoden. Bei 48% werden die Daten auf einem gemieteten Computer, bei 32% ohne die Zuhilfenahme eines Computers ausgewertet.

**Tabelle 9:**

Wurden bei der Auswertung der Daten höhere mathematische oder statistische Verfahren (z. B. Faktorenanalyse) verwendet?

| | |
|---|---|
| ja | 72 |
| nein | 20 |
| k. A. | 8 |

**Tabelle 10:**

Bei wieviel Prozent der Aufträge (alle Aufträge bzw. Projekte = 100%) fand die Ausrechnung der Daten auf

| | % |
|---|---|
| einer eigenen EDV-Anlage | — |
| einem gemieteten Computer | 48 |
| auf keinem Computer statt. | 32 |
| k. A. | 20 |

Ergebnisberichte erscheinen vorwiegend in hektographierter Form — sicher eine Folge des Umstandes, daß es sich bei der Mehrzahl der Forschungsarbeiten um Auftragsforschung handelt, deren Ergebnisse unter Verschluß stehen. Allerdings mag auch das Fehlen geeigneter Publikationsmöglich-

**Tabelle 11:**

Erscheint die Endfassung Ihrer Berichte

| | vorwiegend | selten | nie | k. A. |
|---|---|---|---|---|
| gedruckt . . . . . . . . . | 28 | 52 | 8 | 12 |
| hektrographiert bzw. Maschinschrift . . . . . . . | 68 | 4 | 4 | 24 |
| mit anderen Verfahren vervielfältigt . . . . . . . | 4 | 16 | 20 | 60 |

keiten — selbst solche Forschungsergebnisse, die für den Auftraggeber im Augenblick der Auftragserteilung höchst wichtig sind und daher zur Geheimsache gemacht werden, könnten etwa nach einer Sperrfrist von einem oder zwei Jahren publiziert werden — ein Grund dafür sein, daß die überwiegende Mehrzahl der Forschungsergebnisse im Bereich der Medienforschung in Österreich niemals — und dieser Zustand ist gerade für eine Wissenschaft beziehungsweise einen Forschungsbereich, der sich mit Aspekten der Öffentlichkeit beschäftigt, als schlicht skandalös zu bezeichnen — veröffentlicht werden.

Das Kommunikationsbedürfnis zwischen den in diesem Forschungsbereich tätigen Personen und Institutionen ist allerdings relativ stark entwickelt — wobei hier nicht untersucht werden kann, wieweit dieses artikulierte Bedürfnis bereits eine entsprechende Kommunikationspraxis nach sich gezogen hat. Mit dazu beigetragen dürfte die Form der Projektvergabe haben, da

**Tabelle 12:**

Wird die Zusammenarbeit mit anderen Medienforschungseinrichtungen von Ihnen eher befürwortet oder abgelehnt?

Kreuzen Sie bitte in der untenstehenden Skala an, was auf Sie (Ihre Institution, Ihre Firma) zutrifft.

(7 bedeutet eine starke Befürwortung der Zusammenarbeit. 1 eine starke Ablehnung der Zusammenarbeit.)

| 7 | 6 | 5 | 4 | 3 | 2 | 1 |
|---|---|---|---|---|---|---|
| 36 | 20 | 16 | 20 | 8 | | |

**Tabelle 13:**

Wenn Sie die Gesamtzahl Ihrer Projekte als 100% annehmen — wie groß ist dann der Anteil jener Projekte, die in Zusammenarbeit mit anderen Institutionen (Einrichtungen, Institutionen, Firmen) durchgeführt wurden (Subaufträge mit eingerechnet)?

Bitte im Raster den jeweiligen Wert ankreuzen (Angaben in Prozenten):

| 0 | 1—20 | 20—40 | 40—60 | 60—80 | 80—100 |
|---|---|---|---|---|---|
| 12 | 24 | 12 | 40 | — | 12 |

Und wie groß ist der Anteil jener Projekte, die vom Auftraggeber von vornherein an mehrere Institute gemeinsam vergeben wurden?

(Bitte im Raster wieder den jeweiligen Wert ankreuzen)

| 0 | 1—20 | 20—40 | 40—60 | 60—80 | 80—100 |
|---|---|---|---|---|---|
| 40 | 28 | — | 4 | — | 4 |

ein erheblicher Teil der Projekte in Zusammenarbeit mit anderen Firmen oder Institutionen abgewickelt wird — was freilich wiederum auch als Reflex der vielfach ungenügenden Ausstattung der Forschungseinrichtungen angesehen werden kann, die wiederum mit dem relativ geringen Umsatz beziehungsweise der relativ geringen Dotierung der Einrichtungen im Bereich der Medienforschung in Zusammenhang steht. Die Zusammenarbeit der Forschungsinstitute wird deutlich befürwortet und in keinem einzigen Fall abgelehnt.

**Tabelle 14:**

Über welche der untenstehenden genannten Einrichtungen verfügen Sie (bzw. Ihre Institution, Ihre Firma):

| | |
|---|---|
| Bibliothek (zum Zweck der Medienforschung) von der Größe (auf 100 Bände gerundet) | 4 |
| Interne Schulungskurse | 4 |
| Sonstige Einrichtungen (inkl. EDV) | 88 |

**Tabelle 15:**

Die Ausgaben für Medienforschung inklusive anteiliger Personal- und Betriebskosten betragen (betrugen) jährlich in öS:

| | |
|---|---|
| unter 50.000,— | 16 |
| 50— 250.000,— | 36 |
| 250— 500.000,— | 12 |
| 500— 750.000,— | 4 |
| 750—1,000.000,— | 8 |
| 1,000.000—5,000.000,— | 8 |
| 5,000.000,— und darüber | — |
| k. A. | 16 |

**Tabelle 16:**

Liegt der Schwerpunkt Ihrer Forschung primär im

| | |
|---|---|
| wissenschaftlichen Bereich | 44 |
| praktischen Bereich | 56 |

**Tabelle 17:**

Wenn Sie Ihre gesamten Ausgaben für Medienforschung als 100% annehmen, wie groß ist dann der jeweilige Anteil (bitte den %-Wert im Raster ankreuzen)

| | 0 | 1—20 | 20—40 | 40—60 | 60—80 | 80—109 | k. A. |
|---|---|---|---|---|---|---|---|
| nicht auftraggebundener Subventionen | 28 | 4 | — | — | — | — | 54 |
| auftraggebundener Subventionen | 24 | 4 | — | — | 8 | 12 | 52 |
| sonstiges (bitte nähere Angaben auf der nächsten Seite) | — | — | 4 | — | — | 4 | 92 |

**Tabelle 18:**

Haben Sie gedrucktes Informationsmaterial über Ihre Tätigkeit verfügbar?

| | |
|---|---|
| ja | 44 |
| nein | 48 |
| k. A. | 8 |

Alle jene Daten, die hier nicht dargestellt wurden, waren Gegenstand einer statistischen Auswertung nach einem detaillierten und umfangreichen Auswertungsprogramm und werden im anschließenden Kapitel analysiert.

## Anmerkungen:

1) Es ist in diesem Zusammenhang erstaunlich, wie weitgehend sich die Bezeichnung „Kommunikationswissenschaft“ bereits durchgesetzt hat. Die Umbenennung des Studiums der Zeitungswissenschaft in die Studienrichtung Publizistik- und Kommunikationswissenschaft im neuen Studiengesetz erscheint dadurch nachträglich gerechtfertigt. Zu vermuten steht, daß es sich bei der Verwendung dieses Terminus um die Übernahme der amerikanischen Bezeichnung dieser Forschungsrichtung als „communication research“ handeln dürfte.

2) Es handelt sich dabei um die Übersetzung der „Proposals for an International Program of Communication Research“, Paris 1971.

## 4. 5. **Statistische Auswertung der Befragung Medienforschung in Österreich (I)**

*Arno Tausch*

Inhalt:
1. Einleitung
2. Design
3. Variblen der Untersuchung
4. Ergebnisse der Faktorenanalyse
5. Ergebnisse der Korrelationsanalyse
6. Interpretation
7. Zusammenfassung

### 4. 5. 1. EINLEITUNG

Die von der Projektgruppe durchgeführte erste Befragung wurde in zwei Etappen ausgewertet: Die *erste Etappe* beinhaltete die Darstellung der Gesamtergebnisse der Befragung in Prozentwerten. Die Teile des Fragebogens, die sich besonders für eine prozentuale Darstellung eigneten (Daten auf dem Nominal-Skalen-Niveau), wurden in der *zweiten Etappe*, der statistischen Untersuchung, nicht berücksichtigt; das angestrebte Meßskalenniveau war mindestens die Ordinalskala. Die Durchführung des gewählten statistischen Verfahrens erlaubte unter anderem das Operieren mit einer kleinen Anzahl von Untersuchungseinheiten; diese waren durch den Stichtag 8. Februar 1973 bestimmt: alle Fragebögen, die bis zu diesem Datum im Salzburger Institut für Publizistik eintrafen, wurden in der Aufstellung der Datenmatrix berücksichtigt.

### 4.5.2. DESIGN

Mittels der Verfahren der Korrelations- und Faktorenanalyse sollte der Versuch unternommen werden, diejenigen Items des Fragebogens, die sich quantifizieren ließen, einer statistischen Analyse zu unterziehen. Aus den insgesamt 30 Fragen (ohne die diversen Unterteilungen zu berücksichtigen) des Fragebogens „Medienforschung in Österreich (I)" wurden insgesamt 18 Variablen ausgewählt, die sich auf einem für statistische Zwecke günstigen Meßskalenniveau befanden, und die überdies von strategischer Bedeutung für das untersuchte Forschungsgebiet waren. Der Hauptzweck der genannten Verfahren liegt darin, neben der *Indikatorbildung* für künftige Vorhaben *quantifizierte Aussagen über den Wirkungszusammenhang von Variablen* zu machen. Bis zum 8. Februar trafen am Institut insgesamt 25 beantwortete Fragebogen ein; mit den Verfahren der Statistik sind bei dieser Anzahl von Untersuchungseinheiten auch Aussagen über die statistische *Signifikanz* möglich. Die Auswertung der Datenmatrix durch

Korrelationsanalyse (Spearman's rho) und Faktorenanalyse (BASIC-PProgramm nach Jacobi) erfolgte mittels der digitalen Rechenanlage *DIGITAL-PDP 8/e* des Instituts für Psychologie II der Universität Salzburg[1]).

### 4.5.3. VARIABLEN

Aus Gründen der Übersichtlichkeit werden die Variablen ohne Verweis auf die entsprechende Nummer im Fragebogen angeführt. Das jeweilige Meßniveau wird folgendermaßen bezeichnet:

I = Intervallskala

O = Ordinalskala.

Ein Index bei O, z. B. O/7 bedeutet Ordinalskala, siebenteilig.
,V' bedeutet jeweils die Abkürzung für ,Variable', die Variablen sind jeweils mit einem Index versehen. ,B' bedeutet background-Variable, ,S' intervenierende Variable und ,A' abhängige Variable.

| | | | |
|---|---|---|---|
| B $V_1$ | = | Dauer der Forschungstätigkeit in Jahren | (I) |
| B $V_2$ | = | Anzahl der wissenschaftlich qualifizierten hauptberuflichen Mitarbeiter (= w. q. h. M.) | (I) |
| B $V_3$ | = | Anzahl der Soziologen und Wirtschaftswissenschaftler unter den w. q. h. M. | (I) |
| B $V_4$ | = | Anzahl der Juristen und Geisteswissenschaftler unter den w. q. h. M. | (I) |
| B $V_5$ | = | Anzahl der Naturwissenschaftler und Techniker unter den w. q. h. M. | (I) |
| B $V_6$ | = | Anzahl der sonstigen Wissenschaftler unter den w. q. h. M. | (I) |
| B $V_7$ | = | Summe der Anzahl der w. q. h. M. mit postgraduate- oder Auslandsstudium und/oder Auslandserfahrung | (I) |
| B $V_8$ | = | Anzahl der freien wissenschaftlich qualifizierten Mitarbeiter | (I) |
| S $V_9$ | = | Kosten für von der Institution vergebene Forschungsaufträge in öS | (I) |
| A $V_{10}$ | = | Anteilsgröße der mit anderen Institutionen gemeinsam durchgeführten Forschungsprojekte | (O/6) |
| S $V_{11}$ | = | Anteilsgröße der vom Auftraggeber von vornherein an mehrere Institutionen vergebenen Forschungsprojekte | (O/6) |

A $V_{12}$ = Kooperationsbereitschaft mit anderen Medienforschungseinrichtungen (O/7)
B $V_{13}$ = Bibliothek, auf 100 Bände gerundet (I)
B $V_{14}$ = Budget Medienforschung (O/7)
S $V_{15}$ = Anteilsgröße der nicht auftragsgebundenen Subventionen am Gesamtbudget (O/6)
S $V_{16}$ = Anteilsgröße der auftragsgebundenen Subventionen am Gesamtbudget[2]) (O/6)
A $V_{17}$ = Anzahl der seit 1965 veröffentlichten Forschungsberichte (I)
A $V_{18}$ = Anzahl der laufenden Projekte (I)

### 4. 5. 4. DIE ERGEBNISSE DER FAKTORENANALYSE

Mit den gegebenen Variablen wurde eine Faktorenanalyse durchgeführt; nach der VARIMAX-Rotation wurden folgende Ergebnisse bei einem erklärten Gesamt-Varianzanteil von 39% erzielt:

*Faktor 1 „Größe der Institution"*

a) Ladungen, positiv $\geq 0.5$

0.66 mit $V_8$ (Anzahl der freien wissenschaftlichen Mitarbeiter)
0.64 mit $V_2$ (Anzahl der wissenschaftlich qualifizierten hauptberuflichen Mitarbeiter) (= w. q. h. M.)
0.55 mit $V_7$ (Anzahl der w. q. h. M. mit Auslands/postgraduate-Erfahrung)

b) Ladungen, negativ $\geq 0.5$

—

c) Ladungen, positiv $< 0.5$, aber nicht unter 0.4

0.49 mit $V_{18}$ (Anzahl der laufenden Projekte)
0.48 mit $V_6$ (Anzahl der sonstigen Wissenschaftler unter den w. q. h. M.)
0.47 mit $V_{10}$ (Anteilsgröße der mit anderen Institutionen gemeinsam durchgeführten Forschungsprojekte)
0.413 mit $V_{17}$ (Anzahl der Forschungsberichte seit 1965)
0.410 mit $V_{11}$ (Anteilsgröße der an mehreren Institutionen vergebenen Forschungsprojekte)
0.40 mit $V_{16}$ (Anteilsgröße der auftragsgebundenen Subventionen am Gesamtbudget)

d) Ladungen, negativ $< 0.5$, aber nicht unter 0.4

—

e) keine nennenswerte Ladungen mit
$V_1$, $V_3$, $V_4$, $V_5$, $V_9$, $V_{12}$, $V_{13}$, $V_{14}$, $V_{15}$

*Faktor 2 „Nicht auftragsgebundene finanzielle Ressourcen"*

a) Ladungen, positiv > 0.5

0.59 mit $V_{15}$ (Anteilsgröße der nicht-auftragsgebundenen Subventionen am Gesamtbudget)
0.566 mit $V_{14}$ (Budget Medienforschung)
0.560 mit $V_9$ (Kosten für von der Institution vergebene Forschungsaufträge)

b) Ladungen, negativ ≥ 0.5

—

c) Ladungen, positiv < 0.5, aber nicht unter 0.4

0.47 mit $V_4$ (Anzahl der Juristen und Geisteswissenschaftler unter den w. q. h. M.)
0.45 mit $V_{18}$ (Anzahl der laufenden Projekte)
0.447 mit $V_6$ (Anzahl der sonstigen Wissenschaftler unter den w. q. h. M.)
0.441 mit $V_2$ (Anzahl der w. q. h. M.)

d) Ladungen, negativ < 0.5 aber nicht unter 0.4

—

e) keine nennenswerte Ladungen mit
$V_1$, $V_3$, $V_5$, $V_7$, $V_8$, $V_{10}$, $V_{11}$, $V_{12}$, $V_{13}$, $V_{16}$, $V_{17}$

*Faktor 3 „Forschungserfahrung"*

a) Ladungen, positiv ≥ 0.5
0.508 mit $V_{13}$ (Bibliothek, auf 100 Bände gerundet)

b) Ladungen, negativ ≥ 0.5

—

c) Ladungen, positiv < 0.5 aber nicht unter 0.4

0.49 mit $V_1$ (Dauer der Forschungstätigkeit in Jahren)
0.49 mit $V_7$ (Summe der Anzahlen der w. q. h. M. mit postgraduate oder Auslandsstudium und/oder Auslandserfahrung)

d) Ladungen, negativ < 0.5 aber nicht unter 0.4

—

e) Keine nennenswerte Ladungen mit

$V_2$, $V_3$, $V_4$, $V_5$, $V_6$, $V_8$, $V_9$, $V_{10}$, $V_{11}$, $V_{12}$, $V_{14}$, $V_{15}$, $V_{16}$, $V_{17}$, $V_{18}$

Im Modell insgesamt erzielten folgende Variablen keine nennenswerten Faktorladungen mit irgendeinem der Faktoren

$V_3$ (Anzahl der Soziologen und Wirtschaftswissenschaftler unter den w. q. h. M.)

Ladung mit Faktor ‚Größe' 0.35, mit Faktor ‚Ressourcen' 0.34, mit Faktor ‚Erfahrung' 0.31

$V_5$ (Anzahl der Naturwissenschaftler und Techniker unter den w. q. h. M.)
Ladung mit Faktor ‚Größe' 0.28, mit Faktor ‚Ressourcen' 0.06, mit Faktor ‚Erfahrung' 0.11

$V_{12}$ (Kooperationsbereitschaft mit anderen Medienforschungseinrichtungen)
Ladung mit Faktor ‚Größe' 0.10, mit Faktor ‚Ressourcen' 0.04, mit Faktor ‚Erfahrung' 0.01

### 4. 5. 5. ERGEBNISSE DER KORRELATIONSANALYSE

Insgesamt sind bei der Analyse der Datenmatrix $\left(\frac{N^2 - N}{2}\right)$ Korrelationseffizienten zu betrachten; bei einer Anzahl von 18 Variablen ergibt das 153 Koeffizienten.

Bei einer solch großen Anzahl von Variablen ist zur Interpretation der Korrelationsmatrix das Verfahren der Faktorenanalyse mit in Betracht zu ziehen; neben den für die Formulierung der substantiellen Hypothesen wichtigen Korrelationskoeffizienten seien hier nur die signifikanten und die sehr signifikanten Koeffizienten namentlich angeführt.

a) sehr signifikante Korrelationen (1%-Niveau)

1. **positiv**

| $C \pm r_s$ $(V_x/V_y)$ | Bedeutet einen neg./pos. Zusammenhang zwischen x | und y |
|---|---|---|
| 1) +0.73 $(V_{17}/V_{18})$ | Anzahl der seit 1965 veröffentlichten Forschungsberichte | Anzahl der laufenden Projekte |
| 2) +0.60 $(V_2/V_8)$ | Anzahl der w. q. h. M. | Anzahl der freien w. q. h. M. |
| 3) +0.54 $(V_9/V_{15})$ | Kosten weitervergebener Forschungsaufträge | Anteilsgröße nicht auftragsgebundener Subventionen am Gesamtbudget |
| 4) +0.50 $(V_8/V_{17})$ | Anzahl der freien w. q. h. M. | Anzahl der seit 1965 veröffentlichten Forschungsberichte |

2. **negativ**
—

b) signifikante Korrelationen (5%-Niveau)

$C \pm r_s$ $(V_x/V_y)$ Bedeutet einen neg./pos. Zusammenhang

1. **negativ**

| | | | |
|---|---|---|---|
| | —0.41 ($V_2$ / $V_9$) | Anzahl der w. q. h. M. | Kosten weitervergebener Forschungsaufträge |

2. **positiv**

| | | | |
|---|---|---|---|
| 1) | +0.40 ($V_1$ / $V_3$) | Dauer der Forschungstätigkeit in Jahren | Anzahl der Sozial- und Wirtschaftswissenschaftler unter den w. q. h. M.'s |
| 2) | +0.36 ($V_1$ / $V_2$) | Dauer der Forschungstätigkeit in Jahren | Anzahl der w. q. h. M. |
| | +0.44 ($V_2$ / $V_5$) | Anzahl der w. q. h. M. | Anzahl der Naturwissenschaftler und Techniker unter w. q. h. M.'s |
| | +0.40 ($V_2$ / $V_7$) | Anzahl der w. q. h. M. | w. q. h. M. mit postgraduate oder Auslandserfahrung |
| | +0.35 ($V_2$ / $V_4$) | Anzahl der w. q. h. M. | Anzahl der Juristen und Geisteswissenschaftler unter den w. q. h. M.'s |
| | +0.34 ($V_2$ / $V_7$) | Anzahl der w. q. h. M. | Anzahl der sonstigen Wissenschaftler unter den w. q. h. M.'s |
| | +0.43 ($V_4$ / $V_7$) | Anzahl der Juristen und Geisteswissenschaftler unter den w. q. h. M.'s | w. q. h. M. mit postgraduate oder Auslandserfahrung |
| | +0.47 ($V_4$ / $V_8$) | Anzahl der Juristen und Geisteswissenschaftler unter den w. q. h. M.'s | Anzahl der freien w. q. h. M. |
| | +0.347 ($V_7$/$V_8$) | w. q. h. M. mit postgraduate oder Auslandserfahrung | Anzahl der freien w. q. h. M. |
| | +0.346 ($V_6$/$V_8$) | Anzahl der sonstigen Wissenschaftler unter den w. q. h. M.'s | Anzahl der freien w. q. h. M. |
| | +0.45 ($V_{10}$/$V_{11}$) | Anteilsgröße der mit anderen Institutionen durchgeführten Aufträge | Anteilsgröße der an mehrere Institutionen **vergebenen** Aufträge |
| | +0.348 ($V_6$/$V_{11}$) | Anzahl der sonstigen Wissenschaftler unter den w. q. h. M.'s | Anteilsgröße der an mehrere Institutionen **vergebenen** Aufträge |
| | +0.40 ($V_{10}$/$V_{12}$) | Anteilsgröße der mit anderen Institutionen durchgeführten Aufträge | Kooperationsbereitschaft |
| | +0.45 ($V_7$ / $V_{13}$) | w. q. h. M. mit postgraduate oder Auslandserfahrung | Bibliotheksbestand |
| | +0.40 ($V_1$ / $V_{13}$) | Dauer der Forschungstätigkeit in Jahren | Bibliotheksbestand |

| | | | |
|---|---|---|---|
| +0.46 | ($V_3$ / $V_{14}$) | Anzahl der Sozial- und Wirtschaftswissenschaftler unter den w. q. h. M.'s | Budget Medienforschung |
| +0.38 | ($V_{11}$/$V_{14}$) | Anteilsgröße der an mehrere Institutionen vergebenen Aufträge | Budget Medienforschung |
| +0.47 | ($V_6$ / $V_{15}$) | Anzahl der sonstigen Wissenschaftler unter den w. q. h. M.'s | Anteilsgröße nicht auftragsgebundener Subventionen am Gesamtbudget |
| +0.43 | ($V_8$ / $V_{16}$) | Anzahl der freien w. q. h. M. | Anteilsgröße auftragsgebundener Subventionen am Gesamtbudget |
| +0.34 | ($V_{11}$/$V_{16}$) | Anteilsgröße der an mehrere Institutionen vergebenen Aufträge | Anteilsgröße auftragsgebundener Subventionen am Gesamtbudget |
| +0.46 | ($V_8$ / $V_{18}$) | Anzahl der freien w. q. h. M. | Anzahl der laufenden Projekte |
| +0.44 | ($V_7$ / $V_{18}$) | w. q. h. M. mit postgraduate oder Auslandserfahrung | Anzahl der laufenden Projekte |
| +0.38 | ($V_4$ / $V_{18}$) | Anzahl der Juristen und Geisteswissenschaftler unter den w. q. h. M.'s | Anzahl der laufenden Projekte |

Es gab keine einzige Variable, die nicht mindestens eine signifikante Korrelation erzielen konnte. Die nicht angeführten Koeffizienten waren *alle* statistisch nicht signifikant auf dem 5%- oder 1%-Niveau.

Bevor zur Interpretation der Analyse übergegangen wird, seien die Korrelationseffizienten und die Faktorenladungen für eine der vier abhängigen Variablen der Untersuchung eigens angeführt.

c) Korrelationseffizienten und Faktorenladungen für Variable Kooperationsbereitschaft

| $C \pm r_s$ ($V_x/V_{12}$) | bedeutet Korrelation in der Höhe von ... mit |
|---|---|
| +0.40 | Anteil der mit anderen Institutionen durchgeführten Forschungsprojekte |
| —0.28 | Budget Medienforschung (!) |
| —0.28 | auftragsgebundene Subvention (!) |
| +0.25 | Dauer der Forschungstätigkeit |
| —0.18 | Anzahl der freien w. q. h. M. |
| +0.17 | Zahl der sonstigen Wissenschaftler und Techniker |
| —0.15 | Zahl der Juristen und Geisteswissenschaftler |
| +0.12 | Zahl der Sozial- und Wirtschaftswissenschaftler |
| +0.10 | Kosten vergebener Forschungsaufträge |
| —0.09 | Anzahl der Forschungsberichte |

| | |
|---|---|
| +0.05 | Bibliotheksbestand |
| +0.04 | w. q. h. M. |
| —0.04 | Anteil nicht auftragsgebundener Subvention |
| +0.04 | Anzahl der laufenden Projekte |
| +0.03 | Anteil der an andere mit vergebenen Forschungsprojekte |
| —0.02 | Zahl mit postgraduate oder Auslandserfahrung |
| +0.01 | Zahl Naturwissenschaftler und Techniker |

d) Faktorenladungen der Variable 12, Kooperationsbereitschaft

0.10 mit Faktor „Größe der Institution"
0.04 mit Faktor „nicht auftragsgebundene finanzielle Ressourcen"
0.01 mit Faktor „Forschungserfahrung"

### 4. 5. 6. INTERPRETATION

a) Statistisches Hypothesenprüfverfahren

Schema:

| | |
|---|---|
| Daten | Modell |
| Sample-Verteilung | Universe Spezifizierung |
| Sample-Prozedur | Sample-Spezifizierung |

*Die Null-Hypothese, Ho:*

„S ist ein Sample aus U, generiert von einem spezifischen Sampling-Prozeß ‚oder einfach' S ist vom Modell M generiert worden."

*Die Alternativ-Hypothese, $H_1$:*

„S ist nicht vom Modell M generiert."

Der eigentliche Prozeß der verwendeten Hypothesenprüfung verläuft derart, daß die Verteilung eines Samples von der Größe von S gezogen unter den Bedingungen von M mit den Methoden der mathematischen Statistik *simuliert* wird. *S wird mit dieser mathematisch gebildeten Sampleverteilung verglichen,* und unter dem Gesichtspunkt von M ausgewertet danach, ein wie seltenes Ereignis es darstellt. Eine kritische Region wird ausgewählt, um zwei Prinzipien zu genügen:

→ die *Wahrscheinlichkeit* für das Sample, *in der kritischen Region* registriert zu werden, *wenn Ho wahr ist* (Irrtum I) soll gleich einem a priori ausgewählten *Niveau der Signifikanz* (in unserem Fall *5%* und *1%)* sein.

→ Die *Wahrscheinlichkeit* für das *Sample, nicht in der kritischen Region* registriert zu werden, *wenn $H_1$ wahr ist* (Irrtum II) soll einem *Minimum* entsprechen.
Daher gilt:

→ Wenn das Sample in der kritischen Region registriert wird, wird Ho zurückgewiesen *und* $H_1$ angenommen, und bei keinem Auftreten des Samples in der kritischen Region wird Ho *nicht* zurückgewiesen.

Mit den durchgeführten Verfahren bei der Korrelationsanalyse wurden nicht direkt substantielle Hypothesen überprüft; was überprüft wurde, sind die oben angeführten statistischen Hypothesen, die sich auf die Generalisierbarkeit der korrelationalen Hypothese beziehen. Zur Bildung der substantiellen Hypothesen (Forschungspsychosen) wird meist ein Zusammenfallen der Begriffe „statistische" und „theoretische Signifikanz" angenommen. Von dieser Annahme gingen wir nicht aus; das Zusammenfallen der beiden Begriffe ist rein zufällig und empirisch, nicht logisch. Aus praktischen Gründen interpretieren wir das Signifikanzniveau von 5% *auch* als für die Formulierung von *Forschungshypothesen genügend hohe Korrelation*[4]).

Aber diejenigen Korrelationseffizienten, die unter dem Wert liegen, der der statistischen Signifikanz entspricht, sollten genannt und interpretiert werden; sie sind am Ende des Berichts in der Korrelationsmatrix angeführt (Schaubild F).

b) Substantielles Hypotheseprüfverfahren

1) Die 18 Variablen der Untersuchung wurden unter Punkt 3. in background (B) / intervenierend (S) / abhängig (A) eingeteilt Mit den durchgeführten Verfahren der Korrelations- und Faktorenanalyse konnten wir überprüfen, welches der folgenden *Modelle* dem empirischen Datenmaterial am besten entspricht.

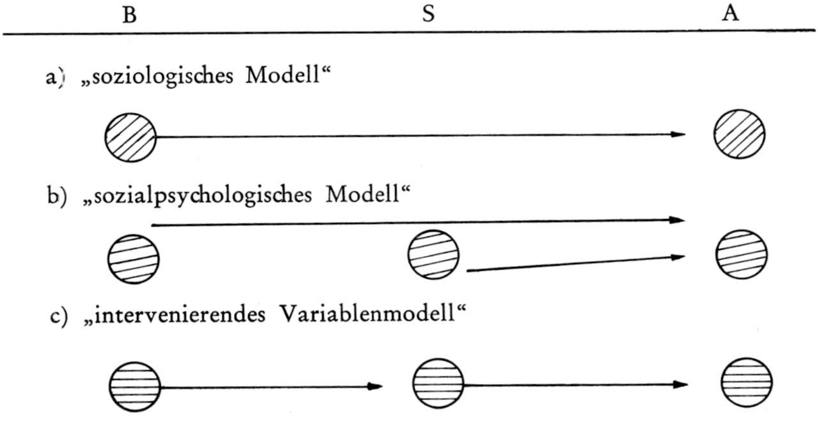

Die Ergebnisse der Korrelationsanalyse können u. a. dazu verwendet werden, um die Richtigkeit der genannten Modelle für den empirisch vorliegenden Fall zu überprüfen. Wenn wir die Korrelationskoeffizienten der Variablen $\geqq \pm 25$ betrachten (was etwa einer *statistischen* Signifikanz auf dem 10%-Niveau entsprechen würde), und so das Maß für die Covarianz der Variablen betrachten, können wir eine — auf die Covarianz — bezogene Aussage über die „Interaktion" zwischen den drei Variablenklassen

— background (B)

— intervenierend (S)

— abhängig (A) machen.

Sollte das Modell a) zutreffen, dürften keine nennenswerten Korrelationen zwischen B und S einerseits und S und A andererseits stattfinden. Würde b) den empirischen Beziehungen entsprechen, dürften keine stärkeren Korrelationen zwischen B und S stattfinden. Zur Überprüfung von c) gilt, daß der Zusammenhang zwischen B und A in Korrelationen $r_s = 0.00$ gestaltet sein müßte. Schaubild G faßt die empirisch gegebenen Interaktionen zusammen; durch die ungleiche Anzahl von Variablen in den einzelnen Variablengruppen führen wir neben dem Absolut-Wert der aufgetretenen Korrelationen $\geqq 0.25$ (in Klammer) auch insgesamt den Prozentwert an, den diese Korrelationskoeffizienten aus der Anzahl der vorkommenden Korrelationskoeffizienten darstellen. Ein überraschendes Ergebnis ist, daß weder das Modell b) noch das Modell c) vollkommen den empirischen Gegebenheiten entspricht; für unsere Darstellung wählten wir ein 3-Weg-Modell, das eine starke Beeinflussung der abhängigen Variablen durch den background einerseits und durch die Struktur andererseits aufweist. Aus den in Schaubild F angeführten und bestätigten 153 Hypothesen (Korrelationsmatrix) über das Ausmaß der Korrelationen zwischen den 18 Variablen kann man aber auch ersehen, daß innerhalb der einzelnen Variablengruppen starke Korrelationen auftraten (starke Interaktion auf dem Niveau der Variablen des Backgrounds, der Struktur und der Forschungstätigkeit der Medienforschung [Schaubild G]). Das Ergebnis der Überprüfung der Gültigkeit der Modelle a—c) mittels Faktorenanalyse ist, daß mit Ausnahme von Faktor 3, der ausschließlich mit Background-Variablen Ladungen über $\pm 0.4$ erzielen konnte, das 3-Weg-Modell auch auf die Ergebnisse der Faktorenanalyse übertragen läßt — Faktor 1 wie Faktor 2 enthalten sowohl Konzepte der Background-Variablen wie der intervenierenden (Struktur)-Variablen (Schaubild D).

2) Bevor wir den Aussagegehalt der Modelle der Faktorenanalyse und der Korrelationsmatrix für den Charakter der Medienforschung in Österreich überprüfen, sollen hier die wichtigsten strukturellen Zusammenhänge

an Hand einiger Rohdaten von einigen der 18 Variablen dargestellt werden. Nur 1/5 der Institutionen verfügten über 4 oder mehr freie w. q. h. Mitarbeiter, und nur 1/3 der Institutionen über vier oder mehr w. q. h. Mitarbeiter. Nur etwa 1/20 der Institutionen gaben an, über nicht-auftragsgebundene Subventionen zu verfügen, die mehr als 40% Anteil an den Ausgaben für Medienforschung ausmachen. Die ungleiche Verteilung der Ressourcen äußer sich unter anderem auch darin, daß nur 1/5 der Institutionen über ein Budget von mehr als 500.000 öS verfügen und subventionierte Aufträge an andere Institutionen vergeben konnten. Jene Prozesse der Medienforschung, die mit dem Kapitalaufwand der Unternehmungen zu tun haben: also Technisierung von Forschung und Verwaltung, Verwendung moderner Analysen-Techniken und große Untersuchungen („big science“) sind in Österreich auf einige wenige Institutionen beschränkt; die übrigen befinden sich in einer auf den Wissensbildungsprozeß bezogenen peripheren Situation. So arbeiteten an mehr als 4 Projekten lediglich 1/6 der Institutionen; ebenso klein ist die Anzahl der Institutionen, die seit 1965 mindestens 5 Forschungsberichte erstellten, sie beträgt 1/4, und dies, obwohl fast die Hälfte der Institutionen schon *vor* 1965 tätig war. Andererseits gibt es in Österreich einige Institutionen der Medienforschung, die auftragsgebundene Subventionen, die mehr als 40% des Anteils an den Ausgaben für Medienforschung ausmachten, erhalten; ihre Anzahl ist ungefähr 1/5 der Gesamtheit. Es ist besonders wichtig, hier noch einmal festzuhalten, daß die Höhe der auftragsgebundenen Subventionen sehr wohl einen statistischen Zusammenhang mit anderen Variablen aufweist. Der kritische Ausgangspunkt unserer Betrachtung ist die Tatsache, daß ein Zusammenhang von $r_s = -0.28$ zwischen dem Anteil dieser Subventionen am Gesamtetat Medienforschung und der Kooperationsbereitschaft besteht.

(Die Korrelation ist statistisch nicht signifikant auf dem 5%-Niveau, wäre aber statistisch signifikant auf einem 7,5%-Niveau.) So besteht auch ein statistisch signifikanter Zusammenhang (5%-Niveau) zwischen der Anzahl der Forschungsprojekte und dem Anteil der auftragsgebundenen Subventionen von $r_s = +0.31$; Bemerkenswert erscheint die (fast auf dem 5%-Niveau signifikante) negative Korrelation von — 0.29 zwischen der Dauer der Forschungstätigkeit und den auftragsgebundenen Ressourcen.

Institutionen, die über solche Ressourcen verfügen, haben auch die Tendenz, Unter-Aufträge an andere Institutionen zu verteilen (signifikante Korrelation auf dem 1%-Niveau von + 0.54), ein Ausdruck ihrer Fähigkeit, selbst unabhängig zu arbeiten. Umso mehr muß das Ausbleiben von hohen Korrelationen zwischen dieser Variable und der Zahl der Publikationen und Forschungsprojekte ($r_s = 0.04$) überraschen; ein Erklärungsgrund wäre etwa die Tendenz zur Nicht-Veröffentlichung und Nicht-Bekanntgabe der Untersuchungsergebnisse.

Dem Konzentrationsprozeß, der sich auch in den (signifikanten) Korrelationen (auf dem 5%-Niveau) zwischen der Anteilsgröße der vom Auftraggeber von vornherein an mehrere Institutionen vergebenen Forschungsprojekte und der Größe des Budgets (+ 0.38) einerseits und der Anteilsgröße der auftragsgebundenen Subventionen (+ 0.34) andererseits äußert, steht die periphere Situation der kleinen Medienforschungsinstitutionen gegenüber: Mehr als 2/3 der Institutionen gaben an, ein Budget von weniger als 250.000 öS jährlich für die Medienforschung zur Verfügung zu haben. An der Peripherie der österreichischen Medienforschung ist die Kooperationsbereitschaft größer; je größer das Budget, desto *geringer die Kooperationsbereitschaft* (Korrelation von — 0.28).

Der Mechanismus der zirkulären Bedingtheit von Entwicklung oder Unterentwicklung der Forschungstätigkeit *und Kapazität* zeigt sich mit Deutlichkeit am empirischen Modell der Faktorenanalyse.

Von dieser Korrelation abgesehen tritt ein auch statistisch signifikanter Zusammenhang zwischen (5%-Niveau) Kooperationsbereitschaft und der Anteilsgröße der gemeinsam durchgeführten Forschungsprojekte auf (0.40). Der Prozeß der Bildung einer hohen Kooperationsbereitschaft hat zwei Aspekte; einerseits die positionsbedingte Ablehnung der Kooperation, andererseits die Willigkeit auch der (zentralen) Institutionen, wenn sie gemeinsame Projekte durchführen. Die Frage bleibt allerdings zu klären, ob es sich um eine Kooperation der zentralen Institutionen untereinander handelt, wenn diese Institutionen eine Kooperation befürworten.

Wenn wir die Ergebnisse der Faktorenanalyse graphisch darstellen, so setzen wir die errechneten Daten (die quadrierten Werte der Faktorenladungen) als den *erklärten Varianzanteil* der jeweiligen Variablen, wie dies vom Modell der Faktorenanalyse angenommen wird, in die jeweilige Graphik ein (mit fast 40% vom Gesamtmodell erklärten Varianzanteil kann das Modell mit den 3 Faktoren als sehr zufriedenstellend bezeichnet werden). (Schaubild A—D)

Als allgemeine Charakteristik des verwendeten Modells kann u. a. angeführt werden, daß die Faktoren unabhängig voneinander (orthogonal) sind, was für die Formulierung von Forschungshypothesen äußerst wichtig ist. Die Faktorenanalyse bietet gegenüber anderen Verfahren, die die Variablenvielfalt verkleinern *und* Aussagen über den Wirkungszusammenhang in *quantifizierten* Hypothesen erlauben, vor allem den Vorteil der mathematischen Exaktheit *und* der Interpretierbarkeit. Bei der Interpretation der drei errechneten Faktoren stellten wir auf Grund der Faktorenladungen über 0.5 (0.4 im zweiten Interpretationsschritt) fest, daß es sich

bei den drei Faktoren nur um „Größe der Institution“ (Faktor 1)
„nicht auftragsgebundene finanzielle Ressourcen“ (Faktor 2)
„Forschungserfahrung“ (Faktor 3)
handeln kann. Der letzte Faktor erscheint in etwa deckungsgleich mit dem Charakteristikum, das auf alle Fälle für universitäre Einrichtungen zutrifft (Größe der Bibliothek, große Anzahl der Mitarbeiter hat Auslandserfahrung, lange Tätigkeit im Bereich), ohne jedoch andere Institutionen mit den gleichen Eigenschaften auszuschließen. Bei der Interpretation der Faktoren wurde darauf gesehen, die Daten der Korrelationsmatrix in Zweifelsfällen mit zu beachten. Beim Faktor 3 ist bemerkenswert, daß sich auch in der Korrelationsmatrix ein besonders großer Zusammenhang (0.45) zwischen Größe der Bibliothek und postgraduate/Auslandserfahrung der Mitarbeiter zeigt. An der Generalisierungsmöglichkeit des errechneten Modells ist nicht zu zweifeln; der erklärte Gesamtvarianzanteil beträgt fast 40%.

Welche Aussagen trifft das Modell? Schaubild E mit seinen 18 Wirkungszusammenhängen (Ladung über 0.4) der Faktoren gibt einen Überblick über die Art und Weise, wie die Faktoren die Variablen beeinflussen. Das Modell weicht in einigen wesentlichen Aspekten von den in der Sozialforschung sonst üblichen „Feldschemen“ ab — die gezeichneten Einflußpfeile bilden einen Wirkungszusammenhang, von dem feststeht

a) wie groß er ist (Faktorenladungen über 0.4)

b) die Richtung des Einflusses (positiv oder negativ — im Modell ergaben sich *keine* negativen Faktorenladungen über 0.4)

c) wo kein Einflußpfeil vorhanden ist, ist der Einfluß nicht nennenswert groß (Faktorenladung unter 0.4)

d) daß in künftigen Untersuchungen angenommen werden kann, daß die festgestellten Einflüsse auch für diese Untersuchungen gelten werden.

So genügt das Schaubild E mehreren wichtigen Bedingungen der Wissenschaftstheorie für den Charakter der Hypothesen, so etwa der Allgemeinheit, der Komplexität, der Spezifität, der Determiniertheit, der Falsifizierbarkeit, der Testbarkeit und der Vorhersagekraft[5]).

Beim Modell zeigt sich auch, daß — faktorenanalytisch gesprochen — der Versuch mißglückte, die Variablen 3,5 und 12 mit Hilfe der 3 Faktoren zu erklären. Während bei Variable 3 jedoch der durch das Modell nicht erklärte Varianzanteil 66% beträgt, und jeder Faktor einen Einfluß ausübt, der ungefähr gleich stark ist und überdies nur knapp je unter dem zu fordernden Niveau von 16% erklärten Varianzanteil für eine nennenswerte Einflußgröße liegt und die drei Faktoren *zusammen* mehr von der Varianz dieser Variable (Anzahl der Sozial- und Wirtschaftswissenschaftler unter den w. q. h. Mitarbeitern) erklären als bei einigen anderen Variablen, ist der Anteil der erklärten Varianz bei den Variablen 5 (Naturwissenschaftler und Techniker unter den w. q. h. Mitarbeitern) und 12 (Kooperationsbereitschaft) besonders gering; diese 3 Variablen bilden die einzigen im Modell, die keine nennenswerten Faktorenladungen erzielen konnten. Variable 5 wäre also bei künftigen Untersuchungen zu eliminieren, und für Variable 12 wäre der Versuch zu unternehmen, deren Varianz mit Hilfe anderer Variablen besser zu erklären. Auf Grund der Korrelationsmatrix kann man schließen, daß zur Erklärung der Variable 12 etwa die Abhängigkeit von Aufträgen und damit von übergeordneten Institutionen der Gesellschaft, wie Parteien und Verbände, die Relation zwischen veröffentlichten und nicht veröffentlichten Forschungsberichten (Geheimhaltungstendenz) und dem Druck der Konkurrenz in wirtschaftlicher Hinsicht (Relation zwischen Kosten und Ergebnis früherer Vorhaben, gegenwärtige Ressourcen, Liquidität der Unternehmung, Entwicklungsstand der „Produktionstechnik“, Forschungstätigkeit und Aussichten auf künftige Aufträge) dienen könnten. Die genannten Arbeitshypothesen werden durch das Verhalten einer Anzahl von Institutionen erhärtet, die sich weigerten, den Fragebogen „Medienforschung in Österreich“ auszufüllen.

Neben Schaubild D geben die Schaubilder A—C genaue Auskunft über die Wirkungsweise der Faktoren. Die Schaubilder sind nach Variablengruppen geordnet; eine „Säule“ stellt jeweils 100% der Varianz einer Variable dar. Aus den Schaubildern kann man z. B. direkt ablesen, daß die Anzahl der laufenden Projekte (Variable 18) zu 24% von der Größe (Faktor 1), zu 20% von den ungebundenen Ressourcen (Faktor 2) und zu 9% von der Erfahrung (Faktor 3) determiniert wird. Eine direkte Abzählung des %-Satzes der Determiniertheit ist am Millimeter-Papier möglich. Die Anteilsgröße der mit anderen Institutionen gemeinsam durchgeführten Forschungsprojekte (Varianz) — (Variable 10) wird zu 22% vom Faktor 1, zu einem Prozentsatz $<$ 1% von Faktor 2, und zu 2% von Faktor 3 beeinflußt.

Die (Varianz der) Anzahl der Forschungsberichte (Variable 17) wird so zu 17% von Faktor 1 bestimmt, zu 5% von Faktor 2 und zu 12% von Faktor 3.

Das Schema erlaubt einen Überblick über die Wirkungszusammenhänge in der österreichischen Medienforschung und liefert 56 bestätigte Hypothesen über das Ausmaß dieses Wirkungszusammenhanges und 18 Hypothesen über die Qualität des Modells (nicht erklärter Varianzanteil).

3) Der Prozeß der zirkulären Bedingtheit von Entwicklung und Unterentwicklung der Medienforschung in Österreich kann unmittelbar aus der Charakteristik des faktorenanalytischen Modells abgeleitet werden: Die Faktoren sind voneinander unabhängig. Aus dem Schaubild der erklärten Varianz läßt sich ablesen, daß wohl die ungebundenen Ressourcen einen Teil der (Varianz der) Größe bestimmen, jedoch nicht umgekehrt. Forschungserfahrung ist wiederum unabhängig von den beiden anderen Faktoren. Wenn man die Charakteristik der Situation an Hand der Primärdaten (Konzentration der Ressourcen auf einige wenige Institutionen) und andererseits die geringen ausgelasteten Kapazitäten (in Bezug auf Größe und Erfahrung) in Betracht zieht, so liegt der Schluß nahe (wenn man die weitere Annahme macht, daß moderne Forschungstechniken Geld kosten und know-how verlangen) daß, wenn überhaupt, nur zwei Gruppen von Maßnahmen den „circulus vitiosus“[6]) brechen können:

a) Verteilung von entsprechenden auftragsungebundenen Ressourcen an die Institutionen mit unausgenützten Kapazitäten

b) Vermittlung des technischen know-how auch an die Institutionen mit geringer Verwendung moderner Methoden der Medienforschung. Dies dürfte am besten durch Arbeiten mit einer Forschungsgruppe von ungefähr 5—10 Teilnehmern geschehen.

## 4. 5. 7. ZUSAMMENFASSUNG

Dieser Bericht beinhaltet die Ergebnisse der 2. statistischen Auswertungsetappe der Resultate der Umfrage „Medienforschung in Österreich“. Mittels Korrelations- und Faktorenanalyse (Ergebnisse u. a. in Schaubildern A—G) konnten für die Struktur der Medienforschung in Österreich relevante *Hypothesen gewonnen* werden, *die die Berechtigung einer besseren Verteilung der Ressourcen und des know-hows unter den Institutionen der Medienforschung nahelegen,* um so noch ungenützte Kapazitäten für die Forschungstätigkeit nutzen zu können.

**Erklärter Varianzanteil — Faktorenmodell — Schaubild A — Background-Variable*)**

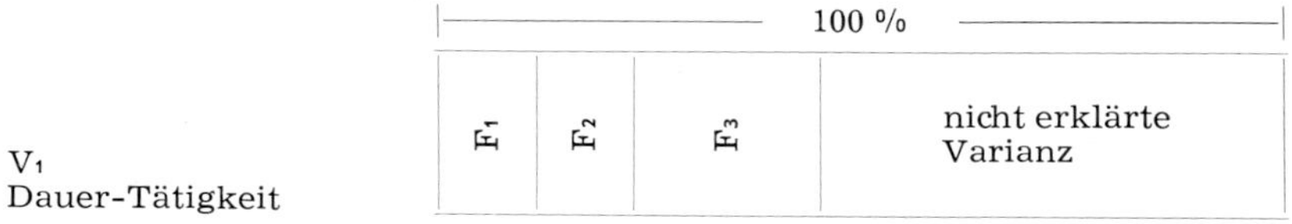


*) F mit Index ... Faktor 1 ...

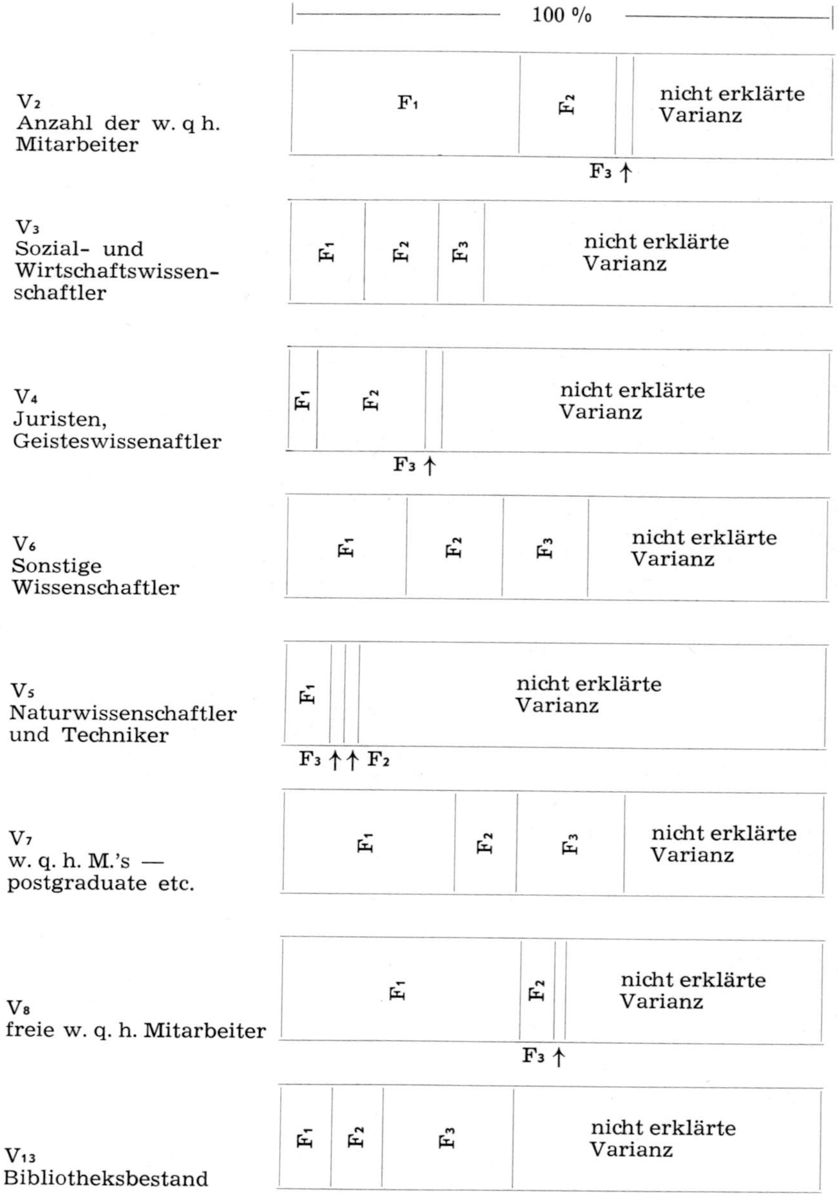
100 %
V2
Anzahl der w. q h. Mitarbeiter
F1
F2
nicht erklärte Varianz
F3
V3
Sozial- und Wirtschaftswissenschaftler
F1
F2
F3
nicht erklärte Varianz
V4
Juristen, Geisteswissenaftler
F1
F2
nicht erklärte Varianz
F3
V6
Sonstige Wissenschaftler
F1
F2
F3
nicht erklärte Varianz
V5
Naturwissenschaftler und Techniker
F1
nicht erklärte Varianz
F3
F2
V7
w. q. h. M.'s — postgraduate etc.
F1
F2
F3
nicht erklärte Varianz
V8
freie w. q. h. Mitarbeiter
F1
F2
nicht erklärte Varianz
F3
V13
Bibliotheksbestand
F1
F2
F3
nicht erklärte Varianz

**Schaubild A — kont.**

$V_{14}$
Budget Medien-
forschung

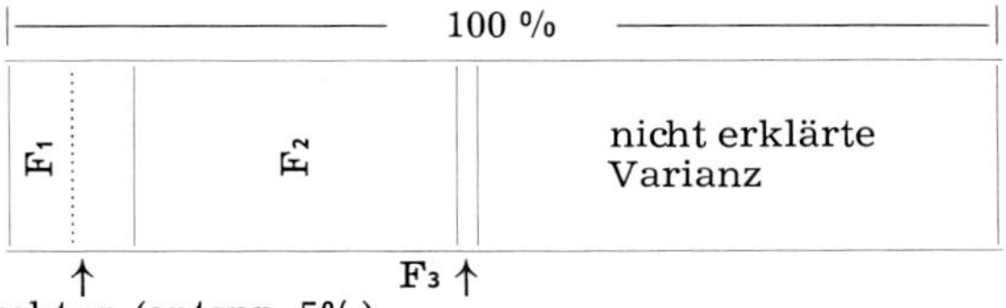


* Opt. Korrektur (entspr. 5%)

**Schaubild B — intervenierende Variablen**

$V_9$
Kosten für
vergebene Aufträge

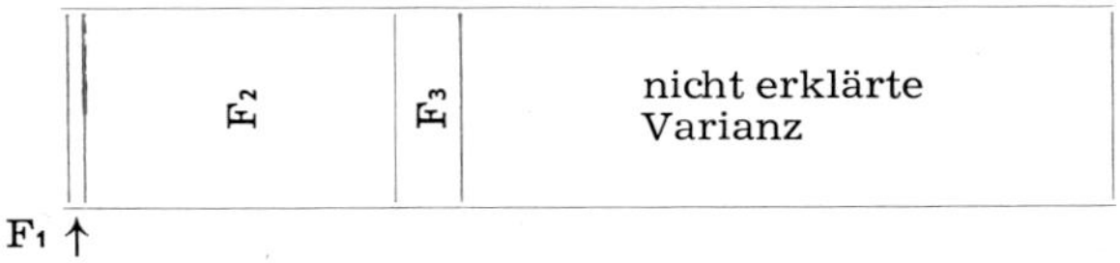


$V_{11}$
Anteilsgröße
Ko-Aufträge

$V_{15}$
Nicht
Auftragsgebundene
Subvention

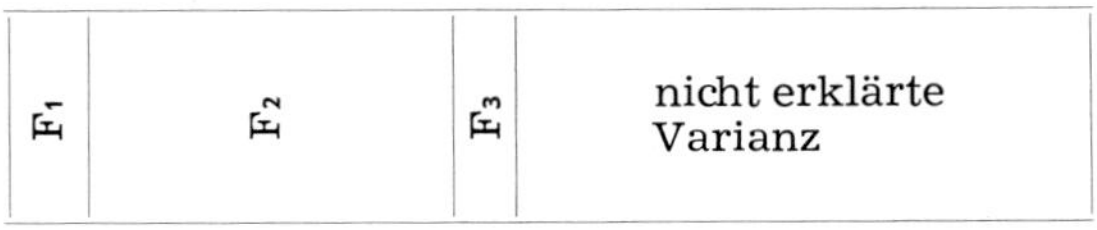


$V_{16}$
Auftragsgebundene
Subvention

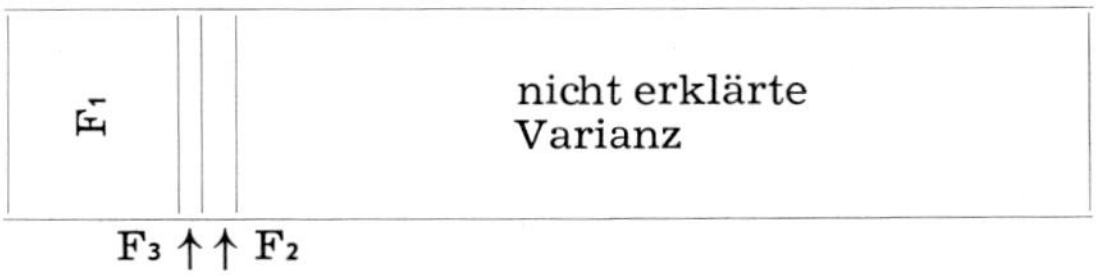


**Schaubild C — abhängige Variablen**

$V_{10}$
Anteil gemeinsamer
Projekte

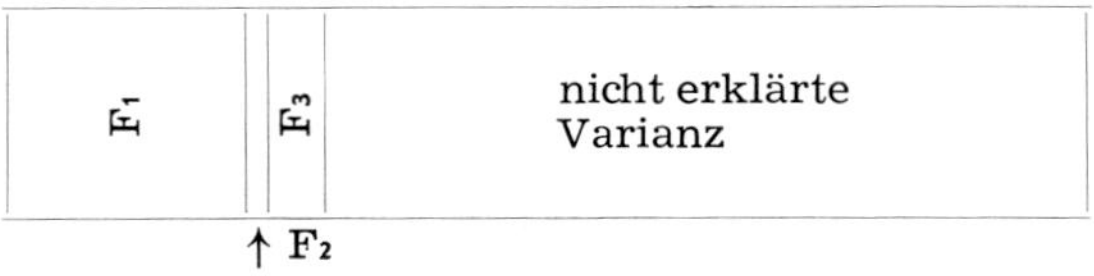

V12
Kooperations-
bereitschaft

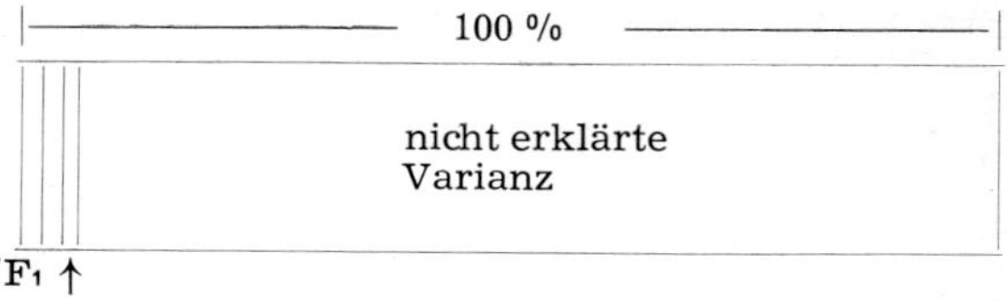


**Schaubild C — kont.**

V17
Anzahl der
Publikationen

V18
Anzahl der laufenden
Projekte

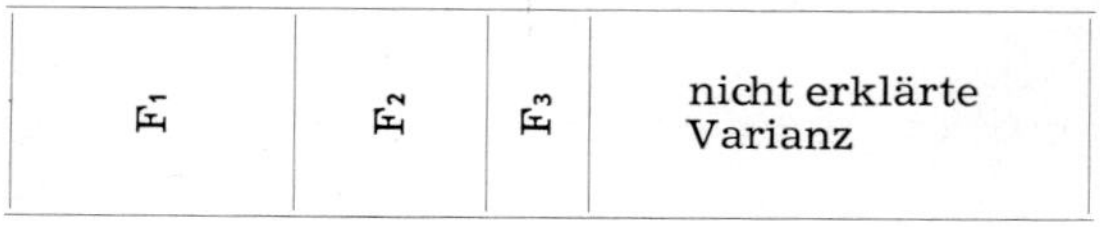


**Schaubild D — graphische Darstellung der Faktorenladung $\geq$ 0.4**

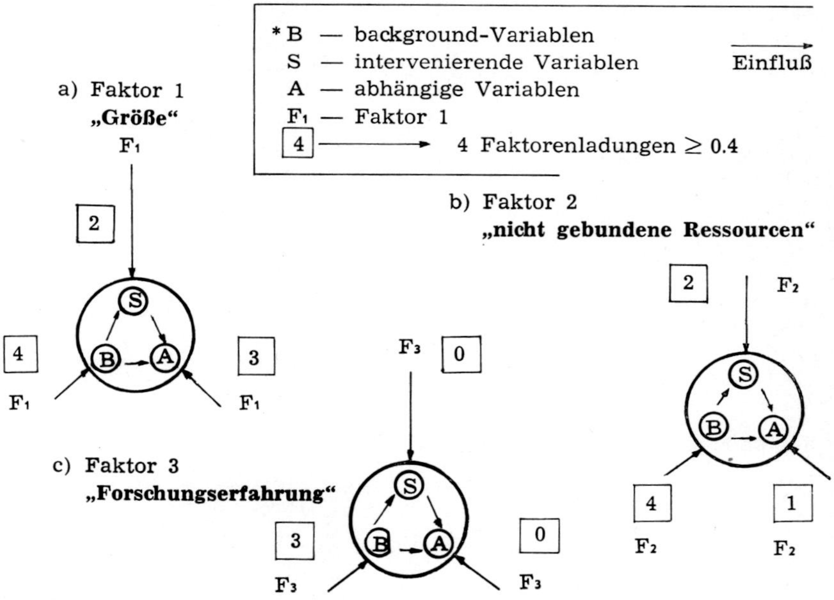

**Schaubild E — Faktorenladungen über 0.4**

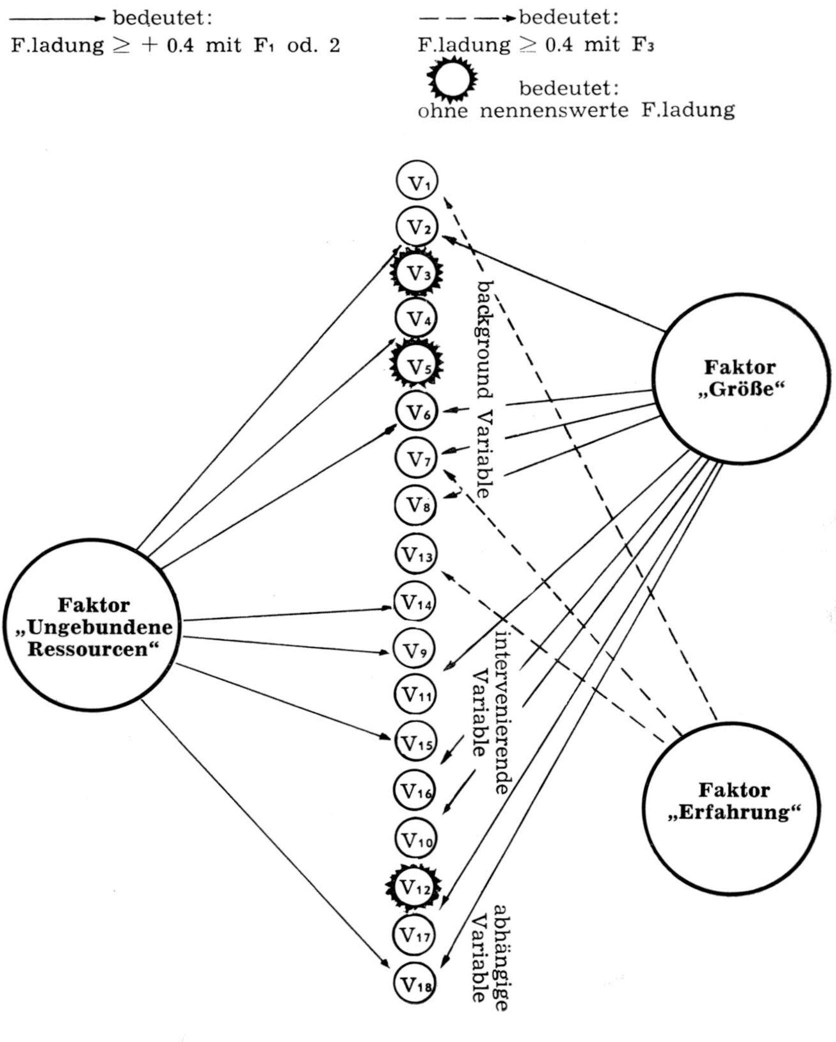

**Schaubild F — Korrelationsmatrix**

Korrelationsmatrix — Signifikant $r_s \geqq 0.34$ — Sehr signifikant $r_s \geqq 0.48$

| Variable | 1 | 2 | 3 | 4 | 5 | 6 | 7 | 8 | 9 | 10 | 11 | 12 | 13 | 14 | 15 | 16 | 17 | 18 |
|---|---|---|---|---|---|---|---|---|---|---|---|---|---|---|---|---|---|---|
| 2 | 36 | | | | | | | | | | | | | | | | | |
| 3 | 40 | 28 | | | | | | | | | | | | | | | | |
| 4 | -09 | 35 | -03 | | | | | | | | | | | | | | | |
| 5 | 13 | 44 | 15 | -09 | | | | | | | | | | | | | | |
| 6 | -12 | 34 | 20 | -04 | 07 | | | | | | | | | | | | | |
| 7 | 22 | 40 | 17 | 43 | 20 | -05 | | | | | | | | | | | | |
| 8 | 22 | 60 | 27 | 47 | -06 | 34 | 34 | | | | | | | | | | | |
| 9 | -14 | -41 | 01 | -30 | -24 | 19 | 02 | -18 | | | | | | | | | | |
| 10 | 19 | 31 | 14 | -02 | 19 | 12 | 23 | 19 | 25 | | | | | | | | | |
| 11 | -09 | 18 | 22 | -20 | 27 | 34 | -02 | 24 | 02 | 45 | | | | | | | | |
| 12 | 25 | 04 | 12 | -15 | 01 | 17 | -02 | -18 | 10 | 40 | 03 | | | | | | | |
| 13 | 40 | 31 | -02 | 03 | -07 | 00 | 45 | 21 | -20 | -01 | 07 | 05 | | | | | | |
| 14 | -17 | 10 | 46 | -04 | 22 | 24 | 10 | 11 | 09 | -02 | 38 | -28 | 00 | | | | | |
| 15 | -29 | -07 | 05 | -08 | -00 | 47 | 17 | 14 | 54 | 04 | 03 | -04 | 04 | 31 | | | | |
| 16 | 07 | 29 | -02 | 19 | 12 | 12 | 14 | 43 | -04 | 08 | 34 | -28 | 10 | 21 | 11 | | | |
| 17 | -15 | 30 | -03 | 25 | 01 | 32 | 28 | 50 | -15 | 03 | 07 | -09 | 04 | 02 | 12 | 02 | | |
| 18 | -00 | 31 | -27 | 38 | -06 | 32 | 44 | 46 | 01 | 16 | 07 | 04 | 25 | -18 | 04 | 31 | 13 | |

**Schaubild G — Korrelation (≥ ± 0.25)**
im Modell

* pos 3% — bedeutet: innerhalb der x-ten Varibalengruppe waren 3% der Koeffizienten ≥ + 0.25 (in Klammer die absolute Zahl)

pos 63% ⟷ — bedeutet: 63% der Koeffizienten der x-ten zur y-ten Variablengruppe waren ≥ + 0.25 (in Klammer die absolute Zahl)

neg 63% ⟷ — bedeutet: % ≥ — 0.25 (in Klammer die absolute Zahl)

(B) background
(A) abhängige — Variablen
(S) intervenierende

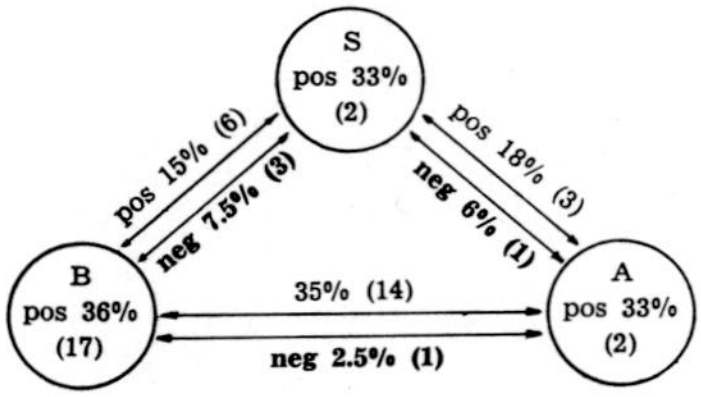

## 4. 6. Zusammenfassung der Ergebnisse der schriftlichen Umfrage (Phase I)

### 4. 6. 1. BESTANDSAUFNAHME VON PERSONEN UND INSTITUTIONEN:

Mit Hilfe der schriftlichen Umfrage konnten die wichtigsten Einrichtungen der Medienforschung in Österreich erfaßt und für die Auswertung zugänglich gemacht werden. Eine Lückenlosigkeit in der Erfassung der tatsächlich zum Erhebungszeitpunkt in Österreich in der Medienforschung tätigen Personen und Unternehmungen konnte damit nicht erreicht werden. Durch nachfolgende mündliche Kontakt- und Informationsgespräche sowie die zweite, schriftliche Befragungsaktion konnte der Kreis der Umfrage-Teilnehmer jedoch erheblich erweitert werden. Die Ergebnisse erheben den Anspruch auf — durch situtationelle Faktoren beschränkte — tendenzielle Repräsentativität.

Als jene Bereiche, auf die sich die festgestellten Aktivitäten im Bereich der Medienforschung konzentrieren, sind der universitäre Sektor sowie Unternehmen der Markt- und Meinungsforschung anzusehen.

### 4. 6. 2. FORSCHUNGSKAPAZITÄT:

Markt- und Meinungsforschungsinstitute haben eine jeweils auf einen engen Themen- bzw. Arbeitskreis beschränkte Forschungskapazität, die sich an der jeweiligen Marktsituation orientiert.

Universitäre Einrichtungen verfügen über relativ geringe finanzielle und technische, jedoch über erhebliche personelle und Wissens-Ressourcen.

Für die insgesamte Verteilung von Forschungskapazität und -kompetenz ist ein erheblicher Konzentrationsgrad bei ungleicher Verteilung von Ressourcen und Kompetenz charakteristisch. Diese Situation bedeutet insbesondere für die peripheren Forschungseinrichtungen ein kaum zu überwindendes Hindernis, in ihrer Forschungstätigkeit den internationalen Standard zu erreichen bzw. zu halten. Andererseits bringt es die durch Konzentration und Konkurrenz charakterisierbare Situation der österreichischen Medienforschung mit sich, daß erhebliche Kapazitäten — vor allem an den Universitäten — ungenützt bleiben und vielfach — aufgrund der Geheimhaltungspaxis — „Parallel- und Mehrfachforschung“ praktiziert wird.

### 4. 6. 3. KOOPERATIONSBEREITSCHAFT:

Der insgesamt hohe Grad an Kooperationsbereitschaft muß je nach dem Tätigkeitsbereich und der Situation der Auskunfts-Institution differenziert werden. Die Bereitschaft zur Kooperation hat sich bei Universitätsinstituten und Einzelpersonen als — zumindest in ihrem verbalisierten Ausdruck — hoch, bei öffentlichen Stellen — nicht zuletzt aufgrund der angegebenen fehlenden inhaltlichen Kompetenz — als gering, bei Verlagen, Medieninstitutionen und privatwirtschaftlichen Forschungseinrichtungen als unterschiedlich, doch gleichfalls eher vorsichtig-abwartend herausgestellt. Zudem ist auf den durch die Faktorenanalyse sichtbar gewordenen Zusammenhang zwischen einer aufgrund der verfügbaren Ressourcen gegebenen Unabhängigkeit und einer damit verbundenen reduzierten Kooperationsbereitschaft, anderseits die mit zunehmender Ansiedlung an der „Peripherie" der Medienforschung wachsende Bereitschaft zur Mit- und Zusammenarbeit zu verweisen.

### 4. 6. 4. KOORDINATIONS-MODELLE:

Die Ergebnisse insbesondere der Faktorenanalyse legen die Schlußfolgerung nahe, daß lediglich zwei Bündel von Maßnahmen die Situation der Medienforschung in Österreich verbessern könnten:

— Die Verteilung von — insgesamt beträchtlich zu erhöhenden — auftragsungebundenen Ressourcen aus dem staatlichen Forschungsetat an die Instiutionen mit unausgenützten Kapazitäten;

— Vermittlung von technischem und wissenschaftlichem Know-how auch an die Institutionen mit geringer Verwendung moderner Methoden der Medienforschung.

### 4. 6. 5. ZUSAMMENHÄNGE ZWISCHEN DER ENTWICKLUNG DER MEDIENFORSCHUNG, MEDIENSYSTEM UND GESELLSCHAFTLICHER ENTWICKLUNG IN ÖSTERREICH:

Der insgesamt relativ gering entwickelte Standard der Medienforschung in Österreich, ihre durch Konzentration, Mehrfachforschung, ungenügende Ressourcen und unausgenützte Kapazitäten charakterisierbare Situation ist zugleich bedingtes wie bedingendes Element im Zusammenhang der Entwicklung von Medien- wie Gesellschaftssystem. Die relativ geringe Bedeutung der Medienforschung für die Entwicklung der Medien kann beispielsweise mit als ausschlaggebend für die zunehmenden Krisenerscheinungen und die wachsende Abhängigkeit von Auslandskapital im Mediensektor eingeschätzt werden, wie umgekehrt die fehlende Förderung der Medienforschung durch die Medieninstitutionen wiederum mit eine Ursache für den unbefriedigenden Zustand dieses Forschungsbereiches darstellt. Die dominierende Interessenverflochtenheit der Medienforschung als Auftragsforschung mit wirtschaftlichen Einzelinteressen wiederum verhindert das rechtzeitige Erkennen der Bedeutung und den adäquaten Einsatz der Medien für die gesellschaftliche Entwicklung, wie umgekehrt die mangelnde gesellschaftliche Entwicklung die Ursache dafür ist, daß Medienforschung nicht in verstärktem Ausmaß gesellschaftsorientiert betrieben wird.

Diese Widersprüche und Zusammenhänge zwischen einzelnen Faktoren sind selbst für die unmittelbar Betroffenen nicht immer einsichtig. Das Öffentlichmachen dieser Situation und der damit in Zusammenhang stehenden Probleme sowie die organisierte Kooperation vor allem der an der Markt-Peripherie angesiedelten Forschungseinrichtungen erscheint deshalb als eine ebenso notwendige wie auch mit relativ geringem Aufwand realisierbare Aufgabe.

## 4. 7. **Ergebnisse der Informationsgespräche**

Informationsgespräche wurden im Wiener Raum, an der Hochschule Linz, in Salzburg, Graz und Klagenfurt geführt.

In Wien wurden das Institut für empirische Sozialforschung, die Universitätsinstitute für Pädagogik, Publizistik und Theaterwissenschaft, das Institut für Werbewissenschaft an der Hochschule für Welthandel, das Österreichische Gallup-Institut sowie der Verein Media-Analyse kontaktiert; in Linz wurden Interviews mit den Professoren Wössner, Holm, Fürstenberg und Scharmann durchgeführt; in Salzburg waren Mitarbeiter des Institutes für Publizistik und Kommunikationstheorie, des Interfakultären Institutes für Politikwissenschaft, der ersten Lehrkanzel für Pädagogik und zweiten Lehrkanzel für Psychologie der Universität sowie Vertreter eines Markt- und Umfrageinstitutes die Gesprächspartner. In Graz fanden Kontaktgespräche mit Mitarbeitern des Instituts für Psychologie und des Institutes für Soziologie an der Universität Graz sowie mit dem Leiter des Institutes für Wertungsforschung an der Hochschule für Musik und Darstellende Kunst statt. In Klagenfurt wurden an der neugegründeten Hochschule für Bildungswissenschaften Gespräche mit Mitarbeitern der Lehrkanzel für Medienpädagogik und dem Vorstand der Lehrkanzel für Unterrichtstechnologie und Medienpädagogik geführt.

Daß in der Mehrzahl Vertreter von Universitätsinstituten die Gesprächspartner waren, findet eine Begründung in den Ergebnissen der ersten Basiserhebung und nachfolgenden, zumeist schriftlichen Kontakten, die gezeigt haben, daß das Interesse und die Kooperationsbereitschaft zur Lösung der von den Projektbearbeitern aufgeworfenen Probleme im Universitätsbereich relativ groß ist, und darüber hinaus auch deutlich gemacht haben, daß in diesem Bereich die relativ größten ungenutzten Kapazitäten bestehen, die der Entwicklung der Medienforschung in Österreich und ihrer Angleichung an den internationalen Forschungsstandard dienstbar gemacht werden könnten.

Die Ergebnisse der explorativen Interviews und Leitfadengespräche sind in Gedächtnisprotokollen festgehalten worden. Von den in den kontaktierten Forschungseinrichtungen durchgeführten Forschungsarbeiten wurde unter Bezugnahme auf diejenigen Fragen der ersten Basiserhebung, die sich mit der Forschungstätigkeit beschäftigten, eine Aufnahme und Systematisierung der entsprechenden Forschungsprojekte vorgenommen.

In den Expertengesprächen wurde vor allem zu klären versucht, inwieweit

— an dem entsprechenden Institut Medienforschung bisher betrieben wurde und wird;
— welche Projekte bzw. Schwerpunkte für die Zukunft geplant sind;
— welche Möglichkeiten einer Zusammenarbeit und Koordination gesehen werden;
— welche allgemeinen Probleme für die einzelnen Wissenschaftler und Forschungseinrichtungen im Zusammenhang mit der Medienforschung bestehen.

Bezüglich der behandelten Forschungsthemen wurde besonderes Augenmerk auf den Medien- und Fachbezug sowie den von den UNESCO-Experten erarbeiteten Katalog relevanter Forschungsthemen gelegt.

Eine überblicksmäßige Auswertung dieser Gespräche, deren Ergebnissen zumindest exemplarischer Charakter zuzusprechen ist, ergibt hinsichtlich der wissenschaftlichen Schwerpunkte eine eindeutige Priorität im Bereich der Wirkungsforschung. An der Forschung in diesem Bereich sind vorrangig das Institut für empirische Sozialforschung, das Institut für Werbewissenschaft an der Wiener Hochschule für Welthandel, das Institut für Publizistik in Wien, das Österreichische Gallup-Institut, aber auch andere Einrichtungen interessiert. Ein zweiter Schwerpunkt für gegenwärtige wie künftige Forschungstätigkeit ist — aufgrund der geführten Gespräche — der Zusammenhang zwischen Bildung und Massenmedien. Der Einsatz von Medien im Unterricht (Hochschule Klagenfurt), die Konzipierung von Bildungsprogrammen (Institut für Pädagogik in Wien, Professor Wössner in Linz) und die Wirkung von Bildungssendungen sind Probleme, die als Ausdruck der auch in Österreich erkannten Entwicklung zu einer Lerngesellschaft interpretiert werden können. Weitere Interessenschwerpunkte sind in der Regel mit der Arbeit der einzelnen Forschungseinrichtungen verbunden.

Kleingruppenkommunikationsbeziehungen (Prof. Fürstenberg, Hochschule Linz), Einstellungsforschung (Institute für Psychologie), Medien-Präsentationsformen, Imageforschung, Publikumsforschung (Institut für Theaterwissenschaft, Wien), Kommunikator- und Aussageforschung (Institut für Publizistik, Salzburg), Internatonale Kommunikation (Institut für Kommunikationsforschung) ergeben sich entweder aus der Praxis der Vergabe etwa von Themen für Dissertationen oder Diplomarbeiten oder aber aus den jeweiligen Schwerpunkten im Rahmen der einzelnen Fachdisziplinen wie Psychologie oder Soziologie oder Pädagogik, wo kommunikationswissenschaftliche Fragestellungen einen peripheren Stellenwert einnehmen.

Da dieser Stellenwert jedoch keineswegs immer festgeschrieben ist und der Arbeit in diesem Forschungsbereich im allgemeinen große Zukunftsaussichten eingeräumt werden, läßt sich als Ergebnis der Informationsgespräche ein relativ entwickeltes Interesse an einer Verbesserung der Zusammenarbeit zwischen den in diesem Forschungsgebiet tätigen Wissenschaftlern und Institutionen und einer Koordinierung der einzelnen Forschungsanstrengungen erkennen. Dies ist in den verschiedenen Gesprächen immer wieder zum Ausdruck gekommen. An Problemen, die sich in diesem Zusammenhang ergeben und deren Lösung zu einer Verbesserung des gegenwärtigen Standes der Medienforschung führen müßte, wurden u. a. genannt:

— unbefriedigende Beziehungen zu den Medieninstitutionen als mögliches Forschungsobjekt, aber auch wichtiger potentieller Auftraggeber (Prof. Fürstenberg, Linz, führt als Beispiel ein Projektangebot an, das nicht einmal beantwortet wurde);

— Notwendigkeit, auch solche Forschungsprojekte durchzuführen, die nicht unmittelbar interessenrelevant erscheinen, aber gesellschaftlich wichtig wären, wie etwa die Störung von Sozialbeziehungen (IFES), Entscheidungsprozesse in den Medien (Wössner, Linz), Wirkungszusammenhänge( Fürstenberg), Basisdaten wie etwa eine fortlaufende Medienstatistik als Grundlage für medienpolitische Entscheidungen (Fabris, Salzburg), deren Finanzierungsmöglichkeiten aber nicht sichtbar sind;

— Probleme der Finanzierung von Forschung: eine effektive Förderung würde etwa bedeuten (Fürstenberg), daß ein Team von beispielsweise fünf Forschern — 3 Assistenten und 2 Doktoranden oder 1 Professor, 2 Assistenten und 2 Doktoranden — einen Forschungsauftrag erhält, der eine planvolle Arbeit über einen längeren Zeitraum erlauben würde;

— die mangelnde finanzielle Dotierung verhindert auch die notwendige Einrichtung von Forschungsabteilungen bei sozialwissenschaftlichen Lehrstühlen und Instituten (Pelinka, Fabris). Kontinuierliche Forschung ist nur bei längerfristiger Planung von Forschungsvorhaben, entsprechenden personellen, technischen, vor allem aber auch finanziellen Ressourcen möglich, die auch die Einrichtung effektiver Forschungsabteilungen sinnvoll machen würden (Fabris);

— um größere Projekte durch interdisziplinäre Zusammenarbeit effektiver abwickeln zu können, wäre die Existenz eines Medieninstitutes zu begrüßen (Kolleritsch, Graz), anderseits ergebe sich dadurch wiederum die Gefahr eines Abhängigkeitsverhältnisses; nur durch die Kooperation verschiedener Institute und anderer Stellen besteht die Möglichkeit, von der kurzfristigen zu langfristiger Forschung zu kommen und echte Ergebnisse zu erhalten (Falk, Graz); ein Hauptproblem der unbefriedigenden Entwicklung der Medienforschung ist die ungenügende Kooperation mit anderen Institutionen im In- und Ausland, die überwunden werden müßte (Fabris); eine Koordination ist jedenfalls zu begrüßen (Meletzinek);

— die Situation könnte durch einen gezielten Anstoß von außen verbessert werden (Wössner, Linz), notwendig wäre auch ein gezieltes Herantragen von Forschungsinteressen an die Hochschulen; durch Druck von außen sollten die kommerziell arbeitenden Meinungsforschungsunternehmen dazu gebracht werden, ihre Untersuchungen zu veröffentlichen (Falk);

— die Installierung einer Mediothek (Meletzinek) und die Verbesserung der Zusammenarbeit mit Rechenanlagen für Sozialwissenschaftler (Fabris) könnten weitere Verbesserungen der Forschungsarbeit bewirken.

Zusammenfassend läßt sich feststellen, daß der Übergang von kurz- zu langfristiger Forschungsplanung, die finanzielle Ermöglichung einer solchen Forschung, die verbesserte Kooperation und Koordination sowie die Verbesserung der Kontakte zwischen den Trägern von Forschungsinteressen — sei dies nun die Gesamtgesellschaft oder seien dies Einzelinteresen — und den Forschungsinstitutionen jene Probleme darstellen, die aus der Sicht der tangierten Wissenschaftler und Forschungseinrichtungen eine relativ hohe Dringlichkeitsstufe signalisieren.

## Anmerkungen:

1) Die Programmierung erfolgte durch Univ.-Ass. L. Krysl und cand. phil. F. Maier; die Durchführung der Ausrechnung besorgten cand phil. F. Maier und Dr. W. Tausch.

2) In der Stellung der Frage war auch noch „sonstiges“ vorhergesehen, daher ist eine geringe Korrelation von $V_{15}$ und $V_{16}$ zu erwarten.

3) **Siegel,** Sidney: Nonparametrie Statistics for the Behavioral Sciences. New York-Tokio 1956, S. 284, Tabelle P und Günter **Clauss** und Heinz **Ebner:** Grundlagen der Statistik. Verlag Volk und Wissen, Berlin 1971, S. 249 ff. (Tabelle 4. 13).

4) Galtung, Johan: Theory and Methods of Social Research. — Oslo-New York-London 1967.

5) Kriterien nach Galtung, Johan: a. a. O., II., 4.

6) Zum Begriff des circulus vitiosus Myrdal, Gunnar: Asian Drama. An inquiry into the Poverty of Nations. Harmondsworth 1968, Bd. I u. III.

# 5. Alternativmodelle der Kooperation und Koordination der Medienforschung in Österreich — Ergebnisse der zweiten Basiserhebung

*Diemut Graf, Albrecht Konecny*

## 5. 1. Aufgabenstellung

Nach dem Abschluß der ersten Erhebungsphase, bestehend aus einer schriftlichen Umfrage und mündlichen Kontaktgesprächen, wurde mit der Konzipierung der zweiten, damit unmittelbar in Zusammenhang stehenden Untersuchungsstufe begonnen.

Während die Zielsetzung der ersten Erhebungsphase vornehmlich darin zu sehen war, eine Bestandsaufnahme der Institutionen und Personen in Österreich, die sich mit Fragen der Medienforschung beschäftigen, und eine Analyse der Forschungstätigkeit dieser Institutionen und Personen durchzuführen, richtete sich das Interesse der zweiten, schriftlich und zum Teil auch mündlich durchgeführten Umfrage auf die Beantwortung der Frage nach der Bereitschaft zu Kooperation und Koordination der österreichischen Medienforschung bei den tangierten Institutionen und Wissenschaftlern.

In einer weiteren Stufe war, basierend auf den Ergebnissen der beiden Erhebungsphasen, die Konzipierung eines Koordinierungsinstrumentes vorgesehen.

## 5. 2. Methode

Die Daten für die vorliegende Studie wurden im Rahmen einer Umfrage, bei der 209 Zielpersonen aus Universitäts(Hochschul)instituten, Einrichtungen öffentlicher Institutionen, Einrichtungen von Körperschaften öffentlichen Rechts und Interessenvertretungen, privatrechtlich organisierten Einrichtungen, Einrichtungen internationaler Organisationen und Privatpersonen schriftlich und zum Teil auch mündlich befragt wurden. Das Adressenmaterial wurde dem IFES vom Institut für Publizistik und Kommunikationstheorie an der Universität Salzburg, das die erste Stufe der Untersuchung durchgeführt hatte, zur Verfügung gestellt. Das Fragenprogramm wurde im Einvernehmen mit dem Auftraggeber und dem oben genannten Institut entwickelt.

## 5. 3. Durchführung der Untersuchung

Die Feldarbeit wurde in der Zeit vom 29. 5. bis 17. 6. 1973 durchgeführt.

Die wissenschaftliche Betreuung der Untersuchung besorgten Herr Albrecht K. Konecny und Frau Dr. Diemut Graf, der auch die Redaktion des Berichtes oblag. An der Abwicklung der Untersuchung wirkte im Rahmen des Projektteams weiters Herr Viktor Fritz mit.

Sämtliche technischen Arbeiten wurden von dafür zuständigen Abteilungen des Instituts erledigt.

## 5. 4. Struktur der Stichprobe

Die Daten für die vorliegende Studie wurden im Rahmen einer schriftlichen und zum Teil auch mündlichen Umfrage bei 209 Zielpersonen durchgeführt, unter denen sich 47 Universitäts(Hochschul)institute und 18 Einrichtungen öffentlicher Institutionen befanden. Insgesamt kamen 58 Fragebogen in die Auswertung, wobei vorher einige ausgeschieden werden mußten, die unausgefüllt zurückkamen, da sich die angeschriebenen Personen oder Institute für die Beantwortung entweder nicht kompetent hielten oder meinten, mit der Medienforschung nicht genug zu tun zu haben.

Bei der angeschriebenen Forschungsinstitution handelt es sich um, . . .
(N = 58, in Prozent)

| | |
|---|---|
| Universitäts(Hochschul)institute | 31 |
| Einrichtungen öffentlicher Institutionen | 12 |
| Einrichtungen von Körperschaften öffentlichen Rechts und Interessenvertretungen | 7 |
| privatrechtlich organisierte Einrichtungen | 36 |
| Einrichtungen internationaler Organisationen | 4 |
| Privatpersonen | 7 |
| Sonstiges | 3 |

Der Großteil der befragten Forschungseinrichtungen ist eine selbständige Einrichtung (58%), jeweils 21% bezeichneten sich als unselbständige Einrichtung oder gaben keine Antwort. Für 24% liegt der Schwerpunkt der Forschungstätigkeit bei der Medienforschung und für 69% nicht bei der Medienforschung. 33% der befragten Institutionen bzw. Personen arbeiten kommerziell (eher angewandte Wissenschaft), 38% wissenschaftlich (eher Grundlagenforschung), 19% haben eine sonstige Zielsetzung und 10% gaben keine Antwort. Für 36% liegt der Schwerpunkt der Forschung im wissenschaftlichen Bereich und für 50% im praktischen Bereich, 14% machten keine Angabe.

In der Untersuchung wurden die Angaben der Einrichtungen öffentlicher Institutionen, von Körperschaften öffentlichen Rechts und Interessenvertretungen wie internationaler Organisationen für die Auswertung zusammengelegt und als Angaben „öffentlicher Institutionen“ bezeichnet, ebenso wurden die Angaben von Privatpersonen und „Sonstiges“ gemeinsam behandelt.

## 5. 5. **Hauptergebnisse und Interpretation**

*Das Interesse an einer Koordinierung der Medienforschung*

Das Interesse an einer stärkeren Koordinierung der Medienforschung in Österreich ist recht groß: fast die Hälfte (48%) der Befragten stufte sich auf einer fünfstufigen Skala, die von 1 (sehr interessiert) bis 5 (gar nicht interessiert) reichte, als sehr interessiert ein. Am meisten zeigten sich die Hochschulinstitute und auch private Institute an einer stärkeren Koordinierung interessiert.

Von den einschlägig tätigen Institutionen und Personen wird jedoch angenommen, daß diese ein relativ geringes Interesse an solchen Maßnahmen haben. In den Hochschulinstituten und öffentlichen Institutionen schätzt man das Interesse anderer recht optimistisch ein, in privaten Instituten hingegen ist man in dieser Beziehung eher skeptisch.

Es sind selbst interessiert bzw. sehr interessiert und es glauben, die einschlägig tätigen Institutionen und Personen seien interessiert bzw. sehr interessiert, . . . (In Prozent, bezogen auf Basiszahlen in Klammern)

| | eigenes Interesse | fremdes Interesse |
|---|---|---|
| GESAMT (58) | 69 | 33 |
| Universitäts(Hochschul)institute (18) | 77 | 44 |
| öffentliche Institutionen (13) | 69 | 47 |
| privatrechtliche organisierte Einrichtungen (21) | 73 | 19 |

*Die Bereitschaft zur Mitarbeit*

Die Bereitschaft, an Maßnahmen zur Koordinierung der Medienforschung aktiv teilzunehmen, ist allerdings geringer als das Interesse an solchen Maßnahmen. Die geringste Bereitschaft zeigten die Hochschulinstitute, obwohl sie an der Koordinierung grundsätzlich sehr interessiert sind.

Es sind selbst interessiert bzw. sehr interessiert und es sind zur Mitarbeit bereit bzw. sehr bereit, . . .
(In Prozent, bezogen auf Basiszahlen in Klammern)

| | Interesse | Bereitschaft zur aktiven Mitarbeit |
|---|---|---|
| GESAMT (58) | 69 | 60 |
| Universitäts(Hochschul)institute (18) | 77 | 55 |
| öffentliche Institutionen (13) | 69 | 69 |
| privatrechtliche organisierte Einrichtungen (21) | 72 | 62 |

Von den einschlägig tätigen Institutionen und Personen wird angenommen, daß ihre Bereitschaft zur aktiven Mitarbeit ziemlich gering ist: auf einer fünfstufigen Skala, die von 1 (sehr bereit) bis 5 (gar nicht bereit) reichte, stufte mehr als die Hälfte der Befragten (55%) die Bereitschaft anderer Institutionen zur aktiven Mitarbeit bei „etwas" (Skalenpunkt 3) ein. Vor allem die öffentlichen Institutionen und die privaten Institute beurteilen die Bereitschaft anderer recht skeptisch.

*Effizienz von Koordinierungsmaßnahmen*

Die Effizienz solcher Koordinierungseinrichtungen für die eigene Arbeit wird von knapp der Hälfte (48%) als hoch bzw. sehr hoch eingeschätzt. Vor allem sind die Hochschulinstitute davon überzeugt, daß solche Einrichtungen für ihre Arbeit sehr effizient sein können. Noch höher wird allerdings die Effizienz für die Tätigkeit aller einschlägig tätigen Institutionen und Personen eingeschätzt.

Es schätzen die Effizienz von Koordinierungseinrichtung als hoch bzw. sehr hoch ein (in Prozent, bezogen auf Basiszahlen in Klammern):

| | für die eigene Arbeit | für die Arbeit anderer Institutionen |
|---|---|---|
| GESAMT (58) | 48 | 74 |
| Universitäts(Hochschul)institute (18) | 61 | 83 |
| öffentliche Institutionen (13) | 54 | 54 |
| privatrechtliche organisierte Einrichtungen (21) | 47 | 72 |

*Einstellung zu verschiedenen Koordinierungsmaßnahmen*

Im Anschluß an die Fragen über das Interesse, die Bereitschaft zur Mitarbeit und die vermutete Effizienz wurden die Zielpersonen über ihre Meinung zu verschiedenen Koordinierungsformen befragt, ob sie diese jeweils für sehr wichtig, wichtig oder weniger wichtig halten und ob sie selbst zu einer aktiven Mitarbeit bereit wären.

Die größte Wichtigkeit wird der Schaffung eines Datenarchivs und der Anlegung einer allgemein zugänglichen Bibliographie beigemessen, die geringste der Schaffung eines kommunikationswissenschaftlichen Publikationsorganes.

Mit der Einschätzung der Wichtigkeit der einzelnen Koordinierungsmaßnahmen geht die Bereitschaft zur aktiven Mitarbeit keineswegs konform. Am ehesten würden die Befragten sich bei der Durchführung von interdisziplinären und von mehreren Institutionen bzw. Personen getragenen Gemeinschaftsprojekten und an der Gründung einer Arbeitsgemeinschaft, in der die einschlägig tätigen Institutionen und Personen Mitglieder sein können und die Koordinierungsmaßnahmen initiiert, aktiv mitarbeiten; das geringste Interesse an einer Mitarbeit besteht bei der Schaffung eines Instituts, das Forschungsvorhaben koordiniert, in Auftrag gibt und für den Austausch von Ergebnissen sorgt.

Es halten für wichtig bzw. würden sich aktiv beteiligen an ... (1=Gesamt, 2=Universitäts[Hochschul]-Institute, 3=öffentliche Institutionen, 4=privatrechtliche organisierte Einrichtungen)

Berechnung des Index:
sehr wichtig wurde mit 2, wichtig mit 1 und weniger wichtig mit 0,5 gewichtet.

| | 1 (58) | | 2 (18) | | 3 (13) | | 4 (21) | |
|---|---|---|---|---|---|---|---|---|
| | wichtig INDEX | Mitarbeit % | wichtig INDEX | Mitarbeit % | wichtig INDEX | Mitarbeit % | wichtig INDEX | Mitarbeit % |
| Anlegung einer allgemein zugänglichen Bibliographie der Medienforschung | 130 | 33 | 157 | 33 | 113 | 31 | 116 | 33 |
| Schaffung eines Datenarchivs der Medienforschung in dem Untersuchungsergebnisse (eventuell auch auf Datenträgern) allgemein zugänglich gespeichert werden | 136 | 36 | 147 | 33 | 132 | 31 | 133 | 43 |
| Durchführung von interdisziplinären und von mehreren Instituten bzw. Personen getragenen Gemeinschaftsforschungs-Projekten | 118 | 45 | 128 | 44 | 111 | 46 | 111 | 48 |
| Schaffung eines kommunikationswissenschaftlichen Publikationsorganes | 105 | 36 | 115 | 22 | 119 | 46 | 95 | 33 |

| | 1 (58) | | 2 (18) | | 3 (13) | | 4 (21) | |
|---|---|---|---|---|---|---|---|---|
| | wichtig INDEX | Mitarbeit % | wichtig INDEX | Mitarbeit % | wichtig INDEX | Mitarbeit % | wichtig INDEX | Mitarbeit % |
| Gründung einer Arbeitsgemeinschaft, in der die einschlägig tätigen Institutionen und Personen Mitglieder sein können und das Koordinierungsmaßnahmen initiiert | 116 | 43 | 125 | 28 | 135 | 39 | 98 | 57 |
| Schaffung eines Instituts, das Forschungsvorhaben koordiniert, in Auftrag gibt und für den Austausch von Ergebnissen sorgt | 111 | 21 | 122 | 28 | 101 | 15 | 99 | 19 |

*Einstellung zu einer Arbeitsgemeinschaft für Kommunikationsforschung*

Die nächste Frage lautete: „Wie würden Sie zu einem Vorschlag stehen, der die Gründung einer Arbeitsgemeinschaft für Kommunikationsforschung vorsieht, in der die einschlägig tätigen Institutionen und Personen Mitglieder sein können, die koordinierend tätig wird und durch ein angegliedertes Forschungsinstitut selbst Studien und Sekundäranalysen durchführt?"

Generell stehen 65% der Befragten einer solchen Einrichtung positiv gegenüber, 30% neutral und 5% negativ, wobei man vor allem in den Hochschulinstituten eine solche Arbeitsgemeinschaft besonders positiv (72%) beurteilt.

Auf die offene Frage antworteten Befragte aus Hochschulinstituten mit: „lieber Forschungen an Fachinstitute vergeben", „Arbeitsgemeinschaft ungeeignet, auf Institutsbasis wesentlich realerer Hintergrund", „in vorbereitenden Gremien müssen Disposition und mögliche Mitarbeiter erarbeitet werden". „Muß abgelehnt werden, wenn politische Interessen Einfluß auf Gremium haben", „Arbeitsgemeinschaft ja, Forschungsinstitut nein", „für hiesige Institute nicht von konkreter Bedeutung", „ich zweifle an der Fruchtbarkeit von Hyperinstituten, ein bestehendes Institut sollte als Vorort desselben fungieren", „empfehlenswert", „akzeptierbar", „sehr positiv, würde mich auch gerne aktiv beteiligen" und „vermutlich die beste Lösung".

Befragte aus öffentlichen Institutionen äußerten: „fraglich, ob Bundespressedienst wegen des amtlichen Charakters wird mitwirken können", „gegen Maßnahmen, marktwirtschaftliches Regulans genügt" und „schwierige Lösung wegen organisatorischer und interessenmäßiger Divergenzen".

Befragte aus privaten Instituten meinten: „grundsätzlich möglich, manipulationsanfällig, ohne Sicherung davor abzulehnen". „Siehe Amtskonzept Reichspropaganda unter Goebbels", „wenn von objektiven Absichten getragen, positiv", „halte nichts davon, zuviel Bürokratie", „verspreche mir nicht viel davon, würde eine von vielen österreichischen Arges sein", „sehr gut, da eine Quelle bzw. eine einheitliche Interpretation", „befürwortend" und „positiv, wenn arbeitsfähig".

Andere meinten: „ein Institut wäre zu begrüßen", „würde auf die politische Konstellation ankommen, Regierungsinstitut verneint, unabhängig bejaht", „skeptisch" und „es müßte die Unabhängigkeit des Forschungsinstitutes gewährleistet sein".

*Gründungschancen eines Forschungsinsttutes*

Die Chance, daß es in Österreich möglich ist, ein solches Institut zu gründen, wird von einem relativ geringen Prozentsatz der Befragten — 17% — als sehr günstig eingeschätzt. 59% meinten, diese Chance sei weniger günstig, und 19% tippten auf ungünstig.

In Hochschulinstituten und öffentlichen Institutionen äußert man sich in dieser Frage eher optimistisch (28% bzw. 24% sehr günstig), in privaten Instituten ist man sehr skeptisch (38% ungünstig).

*Finanzierung des Forschungsinstitutes*

Nach der Meinung der Mehrheit der Befragten sollte eine solche Einrichtung gemeinsam von mehreren Institutionen finanziert werden, nur der Bund und die Medien könnten etwas stärker als die anderen Finanzierungsquellen, die zur Auswahl standen, herangezogen werden.

Es sollte als Finanzierungsquelle herangezogen werden ... (N = 58, in Prozent) (1 = ausschließlich, 2 = überwiegend, 3 = neben anderen, 4 = gar nicht, 5 = keine Angabe)

| | 1 | 2 | 3 | 4 | 5 |
|---|---|---|---|---|---|
| Mittel des Bundes | — | 20 | 54 | 10 | 16 |
| Mittel der Länder und Gemeinden | — | — | 55 | 21 | 24 |
| Mittel von Forschungsfonds usw. | 3 | 19 | 59 | 3 | 16 |
| Mittel der Medien | 2 | 36 | 40 | 8 | 14 |
| Beiträge der Mitglieder einer solchen Einrichtung | 2 | 10 | 41 | 28 | 19 |

*Bereiche, in denen die Medienforschung intensiviert werden muß*

Auf die Frage, in welchen Bereichen eine Intensivierung der Medienforschung in Österreich besonders notwendig sei — wobei eine Liste vorgegeben war —, nannte knapp die Hälfte der Befragten Ausbildungsprobleme des Medienpersonals und Motivationsprobleme der Kommunikatoren und Rezipienten (jeweils 48%). An zweiter Stelle wurden genannt die Wertsysteme der Kommunikatoren und Rezipienten (43%), gefolgt von Entscheidungsprozessen in den Medien (38%). Die wenigsten Nennungen entfielen auf den Bereich Images der Rezipienten bei den Kommunikatoren (12%).

Die Hochschulinstitute fordern in erster Linie eine verstärkte Forschung in den Bereichen Wertsysteme der Kommunikatoren und Rezipienten (66%), Motivationsprobleme der Kommunikatoren und Rezipienten (61%) und Ausbildungsprobleme des Medienpersonals und Entscheidungsprozesse in den Medien (jeweils 55%), während man bei juristischen Problemen des Status der Medien und distributiven Problemen der Medienprodukte der Meinung ist, daß hier die Forschung kaum verstärkt werden müsse (6%).

In den öffentlichen Institutionen erscheint eine Intensivierung der Forschung in den Bereichen Entscheidungsprozesse in den Medien (46%), Ausbildungsprobleme des Medienpersonals (39%) und Finanzierungsprobleme der Medien, Wertsysteme der Kommunikatoren und Rezipienten sowie Images von Medien (jeweils 31%) nötig.

Für die Befragten dieser Institutionen erscheint hingegen eine intensivere Forschung über funktionale Probleme der Kommunikation, Struktur der tatsächlichen und potentiellen Rezipientenschaft, Inhaltsanalysen der Wertsysteme von Kommunikatoren und die Rolle der Massenmedien beim ökonomischen und sozialen Entwicklungsprozeß in den Ländern der Dritten Welt (jeweils 7%) nicht nötig.

Befragte aus privaten Instituten fordern eine intensivere Forschung vor allem in den Bereichen Motivationsprobleme der Kommunikatoren und Rezipienten und Struktur der tatsächlichen und potentiellen Rezipientenschaft (jeweils 53%), distributive Probleme der Medienprodukte, Ausbildungsprobleme des Medienpersonals (jeweils 38%) und Wertsysteme von Kommunikatoren und Rezipienten wie Images der Medien (jeweils 32%).

Nach Meinung der Befragten aus diesen Instituten wäre die geringste Intensivierung bei der Erforschung der Rolle der Medien beim ökonomischen und sozialen Entwicklungsprozeß in den Ländern der Dritten Welt (10%) erforderlich.

Weiters wurden genannt: Wirkungsforschung, Medienkritik, Medienästhetik, Trivialliteratur, Comics, Beatmusik, Rolle der ausländischen Medien bei der Imagebildung über Österreich, Folge der Medienkonzentration, Manipulation durch die Medien und das Verhältnis Individuum : Medium : Staat.

Auf dem Mediensektor ist nach Meinung der Befragten eine Intensivierung der Forschung vor allem für das Fernsehen, für Zeitungen und andere Druckmedien und — wenn auch in geringerem Maße — für den Rundfunk notwendig. Ausgenommen die Befragten aus öffentlichen Institutionen stehen in allen Instituten diese drei Medien als Forschungsschwerpunkte im Vordergrund.

Eine Intensivierung der Medienforschung in Österreich ist besonders notwendig für ... (N = 58, in Prozent) (Mehrfachnennungen)

| | |
|---|---|
| Fernsehen | 69 |
| Zeitungen und andere Druckmedien | 64 |
| Rundfunk | 41 |
| Buch | 19 |
| Film | 19 |
| Theater | 16 |
| keine Angabe | 12 |

*Interesse an der Mitarbeit bei Koordinierungsmaßnahmen*

Als letzter Punkt, der sich mit der Koordinierung der Medienforschung beschäftigt, wurde erhoben: „Wären Sie eher daran interessiert, am Aufbau von Koordinierungsmaßnahmen von Anfang an mitzuarbeiten, oder sind Sie eher dafür, daß eine neutrale Arbeitsgruppe mehrere alternative, aber sofort in Angriff zu nehmende Projekte vorlegt, über die die Beteiligten dann entscheiden können, oder wären Sie eher bereit, eine solche Entwicklung einmal abzuwarten und sich erst dann, wenn man sieht, was daraus wird, dafür oder dagegen zu entscheiden?“

31% der Befragten wollen von Anfang an am Aufbau der Koordinierungsmaßnahmen mitarbeiten, 45% sind dafür, daß eine neutrale Arbeitsgruppe mehrere Projekte vorlegt, über die dann die Beteiligten entscheiden — was vor allem von den Befragten aus den öffentlichen Institutionen vorgezogen wird — und 22% sind dafür, die Entwicklung abzuwarten und sich dann später zu entscheiden. 2% gaben keine Antwort.

## 5. 6. **Zusammenfassung**

*Die wichtigsten Ergebnisse sind:*

Das Interesse an einer Koordinierung der Medienforschung ist sehr groß, die Bereitschaft zu einer aktiven Mitarbeit ist allerdings geringer als das Interesse.

Das Interesse und die Bereitschaft zur Mitarbeit wird bei den einschlägig tätigen Institutionen und Personen geringer eingeschätzt als das eigene Interesse und die eigene Bereitschaft.

Die Effizienz von Koordinierungsmaßnahmen wird für die eigene Arbeit als recht hoch eigeschätzt, doch meint man, daß die Allgemeinheit der einschlägig tätigen Institutionen und Personen mehr von dieser Effizienz profitieren wird.

Als wichtigste Koordinierungsmaßnahmen werden die Schaffung eines Datenarchivs der Medienforschung, in dem Untersuchungsergebnisse (eventuell auch auf Datenträgern) allgemein zugänglich gespeichert werden, und die Anlegung einer allgemein zugänglichen Bibliographie der Medienforschung bezeichnet.

Am ehesten ist man jedoch bereit, sich aktiv an der Durchführung von interdisziplinären und von mehreren Institutionen bzw. Personen getragenen Gemeinschaftsforschungs-Projekten und bei der Gründung einer Arbeitsgemeinschaft, in der die einschlägig tätigen Institutionen und Personen Mitglieder sein können und die Koordinierungsmaßnahmen initiiert, zu beteiligen.

Prinzipiell steht der Großteil der Befragten dem Vorschlag, eine Arbeitsgemeinschaft für Kommunikationsforschung, in der die einschlägig tätigen Institutionen und Personen Mitglied sein können, die koordinierend tätig wird und durch ein angegliedertes Forschungsinstitut selbst Studien und Sekundäranalysen durchführt, positiv gegenüber, doch ist man überwiegend der Meinung, daß die Chancen, ein solches Institut in Österreich zu gründen, sehr gering sind.

Die Finanzierung eines solchen Forschungsinstitutes sollte nach der Meinung des Großteils der Befragten gemeinsam durch mehrere Finanzierungsquellen geschehen; der Bund und die Medien könnten in etwas stärkerem Maße herangezogen werden.

Ausbildungsprobleme des Medienpersonals und Motivationsprobleme der Kommunikatoren und Rezipienten sollten nach Meinung der Befragten noch intensiver erforscht werden. An zweiter Stelle wurde die Erforschung der Wertsysteme der Kommunikatoren und Rezipienten und an dritter Stelle die Erforschung der Entscheidungsprozesse in den Medien genannt.

Die Aufschlüsselung nach den Arten der Einrichtungen ergab deutliche interessenspezifische Forderungsschwerpunkte: für Universitäts(Hochschul)-

institute ist eine Intensivierung der Forschung im Bereich der Wertsysteme der Kommunikatoren und Rezipienten vorrangig, für öffentliche Institutionen der Bereich der Entscheidungsprozesse in den Medien und für private Institute der Bereich der Motivationsprobleme der Kommunikatoren und Rezipienten und der Struktur der tatsächlichen und potentiellen Rezipientenschaft.

Innerhalb der Medien sollten vor allem das Fernsehen, die Zeitung und andere Druckmedien und — in geringerem Maße gefordert — der Rundfunk einer intensiveren Forschung unterzogen werden.

45% der Befragten sind dafür, daß eine neutrale Arbeitsgruppe mehrere Projekte vorlegt, über die dann die Beteiligten entscheiden; 31% wollen von Anfang an am Aufbau der Koordinierungsmaßnahmen mitarbeiten und 22% sind dafür, die Entwicklung abzuwarten und sich dann später zu entscheiden.

Im Rahmen der Aufgabenstellung dieses Projektes kann daher festgestellt werden:

— Dem Bundesministerium für Wissenschaft und Forschung wird vorgeschlagen, im Rahmen einer Arbeitsgruppe mehrere alternative Modelle für Koordinierungseinrichtungen im Rahmen der Kommunikationsforschung ausarbeiten zu lassen. Als Arbeitsgruppe hiefür könnte das bereits etablierte Kontaktkomitee fungieren, das im Rahmen dieser Untersuchung eine beratende Funktion erfüllte; als eines der auszuarbeitenden Modelle ist das vom Institut für empirische Sozialforschung im Rahmen des vorliegenden Projektes vorgelegte Arbeitspapier anzusehen.

— Die gründlich dokumentierten Vorschläge wären an den sich im Rahmen der vorliegenden Untersuchungen als mitarbeitsbereit bzw. — interessiert deklarierten — Kreis von Instituten und Personen zur Stellungnahme zu versenden. Diesem Personenkreis wäre die Möglichkeit zu geben, an der endgültigen Auswahl einer dieser Alternativen sowie an deren schrittweiser Realisierung mitzuwirken.

— Die im Rahmen der ersten Untersuchungsstufe des Projektes erhobenen Daten über Umfang und Schwerpunkte kommunikationswissenschaftlicher Forschung sowie über vorhandene Forschungskapazitäten wären demselben Personenkreis als erste Information im Rahmen der angestrebten engeren Kommunikation zuzuleiten.

## 5. 7. **Tabellenteil**

**Frage:**
„Sind Sie (ist Ihre Institution) grundsätzlich an einem höheren Maß an Koordinierung der Medienforschung in Österreich interessiert“ Geben Sie bitte den Grad Ihres Interesses in dieser fünfstufigen Skala an, wobei 1 sehr interessiert und 5 gar nicht interessiert bedeutet.“
(In Prozent, bezogen auf Basiszahlen in Klammern)

| | 1 | 2 | 3 | 4 | 5 |
|---|---|---|---|---|---|
| GESAMT (58) | 48 | 21 | 24 | 2 | 5 |
| Universitäts(Hochschul)institute (18) | 55 | 22 | 17 | 6 | — |
| öffentliche Institutionen (13) | 54 | 15 | 16 | — | 15 |
| privatrechtlich organisierte Einrichtungen (21) | 48 | 24 | 24 | — | 4 |
| sonstige (6)* | 1 | 1 | 4 | — | — |

**Frage:**

„Sind Sie (ist Ihre Institution) dabei grundsätzlich auch bereit, an Maßnahmen einer solchen Koordinierung aktiv teilzunehmen? Geben Sie bitte den Grad Ihrer Bereitschaft in dieser fünfstufigen Skala an, wobei 1 sehr bereit und 5 gar nicht bereit bedeutet.“
(In Prozent, bezogen auf Basiszahlen in Klammern)

| | 1 | 2 | 3 | 4 | 5 |
|---|---|---|---|---|---|
| GESAMT (58) | 22 | 38 | 23 | 12 | 5 |
| Universitäts(Hochschul)institute (18) | 22 | 33 | 22 | 17 | 6 |
| öffentliche Institutionen (13) | 38 | 31 | 15 | 8 | 8 |
| privatrechtlich organisierte Einrichtungen (21) | 14 | 48 | 24 | 10 | 4 |
| sonstige (6)* | 1 | 2 | 2 | 1 | — |

**Frage:**

„Wie würden Sie insgesamt das Interesse der einschlägig tätigen Institutionen und Personen an einer Koordinierung der Medienforschung einschätzen? Geben Sie den von Ihnen vermuteten Grad des Interesses bitte wieder in dieser fünfstufigen Skala an, wobei 1 sehr großes Interesse und 5 gar kein Interesse bedeutet.“
(In Prozent, bezogen auf Basiszahlen in Klammern)

* in absoluten Zahlen

| | 1 | 2 | 3 | 4 | 5 | keine Angabe |
|---|---|---|---|---|---|---|
| GESAMT (58) | 7 | 26 | 45 | 13 | 7 | 2 |
| Universitäts(Hochschul)institute (18) | 11 | 33 | 39 | 11 | — | 6 |
| öffentliche Institutionen (13) | 8 | 39 | 23 | 15 | 15 | — |
| privatrechtlich organisierte Einrichtungen (21) | 5 | 14 | 67 | 14 | — | — |
| sonstige (6)* | — | 1 | 2 | 1 | 2 | — |

**Frage:**

„Und wie würden Sie die Bereitschaft der einschlägig tätigen Institutionen und Personen zur aktiven Teilnahme an einer Koordinierung der Medienforschung einschätzen? Geben Sie den von Ihnen vermuteten Grad der Bereitschaft wieder auf dieser fünfstufigen Skala an, wobei 1 sehr hohe Bereitschaft und 5 gar keine Bereitschaft bedeutet.“
(In Prozent, bezogen auf Basiszahlen in Klammern)

| | 1 | 2 | 3 | 4 | 5 | keine Angabe |
|---|---|---|---|---|---|---|
| GESAMT (58) | — | 22 | 55 | 14 | 7 | 2 |
| Universitäts(Hochschul)institute (18) | — | 33 | 44 | 11 | 6 | 6 |
| öffentliche Institutionen (13) | — | 15 | 62 | 15 | 8 | — |
| privatrechtlich organisierte Einrichtungen (21) | — | 19 | 67 | 14 | — | — |
| sonstige (6)* | — | 1 | 2 | 1 | 2 | — |

**Frage:**

„Wie hoch schätzen Sie die Effizienz solcher Koordinierungseinrichtungen für Ihre eigene Arbeit ein? 1 bedeutet sehr hohe und 5 gar keine Effizienz.“
(In Prozent, bezogen auf Basiszahlen in Klammern)

| | 1 | 2 | 3 | 4 | 5 |
|---|---|---|---|---|---|
| GESAMT (58) | 17 | 31 | 31 | 14 | 7 |
| Universitäts(Hochschul)institute (18) | 28 | 33 | 17 | 22 | — |
| öffentliche Institutionen (13) | 15 | 39 | 31 | — | 15 |
| privatrechtlich organisierte Einrichtungen (21) | 14 | 33 | 24 | 19 | 10 |
| sonstige (6)* | — | — | 6 | — | — |

* in absoluten Zahlen

**Frage:**

„Und für wie hoch schätzen Sie die Effizienz solcher Koordinierungseinrichtungen für die Arbeit der einschlägig tätigen Institutionen und Personen ein? 1 bedeutet wiederum sehr hohe und 5 gar keine Effizienz."
(In Prozent, bezogen auf Basiszahlen in Klammern)

| | 1 | 2 | 3 | 4 | 5 | keine Angabe |
|---|---|---|---|---|---|---|
| GESAMT (58) | 28 | 46 | 14 | 5 | 5 | 2 |
| Universitäts(Hochschul)institute (18) | 39 | 44 | 11 | — | — | 6 |
| öffentliche Institutionen (13) | 23 | 31 | 23 | 8 | 15 | — |
| privatrechtlich organisierte Einrichtungen (21) | 24 | 48 | 14 | 10 | 4 | — |
| sonstige (6)* | 1 | 1 | 3 | 1 | — | — |

**Frage:**

„Es gibt nun verschiedene Formen der Koordinierung. Beurteilen Sie jeden dieser Koordinierungsschritte danach, ob Sie ihn für sehr wichtig, wichtig oder weniger wichtig halten. Und sagen Sie bitte auch, ob Sie selbst bereit wären, an einem solchen Koordinierungsschritt aktiv mitzuarbeiten, also etwa Daten für ein gemeinsam nutzbares Archiv zur Verfügung zu stellen."

(In Prozent, bezogen auf Basiszahlen in Klammern)

ANLEGUNG EINER ALLGEMEIN ZUGÄNGLICHEN BIBLIOGRAPHIE DER MEDIENFORSCHUNG

| | sehr wichtig | wichtig | weniger wichtig | keine Angabe | aktive Mitarb. | k. aktive Mitarb. | keine Angabe |
|---|---|---|---|---|---|---|---|
| GESAMT (58) | 41 | 40 | 16 | 3 | 33 | 45 | 22 |
| Universitäts(Hochschul)institute (18) | 61 | 33 | 6 | — | 33 | 39 | 28 |
| öffentliche Institutionen (13) | 31 | 39 | 23 | 7 | 31 | 54 | 15 |
| privatrechtlich organisierte Einrichtungen (21) | 29 | 48 | 19 | 4 | 33 | 43 | 24 |
| sonstige (6)* | 3 | 2 | 1 | — | 2 | 3 | 1 |

* in absoluten Zahlen

SCHAFFUNG EINES DATENARCHIVS DER MEDIENFORSCHUNG, IN DEM DURCHSCHNITTSERGEBNISSE (EVENTUELL AUCH AUF DATENTRÄGERN) ALLGEMEIN ZUGÄNGLICH GESPEICHERT WERDEN

| | sehr wichtig | wichtig | weniger wichtig | keine Angabe | aktive Mitarb. | k.aktive Mitarb. | keine Angabe |
|---|---|---|---|---|---|---|---|
| GESAMT (58) | 48 | 33 | 15 | 5 | 36 | 38 | 26 |
| Universitäts(Hochschul)institute (18) | 55 | 28 | 17 | — | 33 | 39 | 28 |
| öffentliche Institutionen (13) | 39 | 31 | 23 | 7 | 31 | 54 | 15 |
| privatrechtlich organisierte Einrichtungen (21) | 48 | 32 | 10 | 10 | 43 | 29 | 28 |
| sonstige (6)* | 3 | 3 | — | — | 2 | 3 | 1 |

DURCHFÜHRUNG VON INTERDISZIPLINÄREN U. VON MEHREREN INSTITUTIONEN BZW. PERSONEN GETRAGENEN GEMEINSCHAFTS-FORSCHUNGS-PROJEKTEN

| | sehr wichtig | wichtig | weniger wichtig | keine Angabe | aktive Mitarb. | k.aktive Mitarb. | keine Angabe |
|---|---|---|---|---|---|---|---|
| GESAMT (58) | 33 | 43 | 17 | 7 | 45 | 33 | 22 |
| Universitäts(Hochschul)institute (18) | 39 | 39 | 22 | — | 44 | 28 | 28 |
| öffentliche Institutionen (13) | 38 | 31 | 8 | 23 | 46 | 39 | 15 |
| privatrechtlich organisierte Einrichtungen (21) | 24 | 53 | 19 | 4 | 48 | 29 | 23 |
| sonstige (6)* | 2 | 3 | 1 | — | 2 | 3 | 1 |

SCHAFFUNG EINES KOMMUNIKATIONSWISSENSCHAFTLICHEN PUBLIKATIONSORGANES

| | sehr wichtig | wichtig | weniger wichtig | keine Angabe | aktive Mitarb. | k.aktive Mitarb. | keine Angabe |
|---|---|---|---|---|---|---|---|
| GESAMT (58) | 28 | 31 | 36 | 5 | 36 | 40 | 24 |
| Universitäts(Hochschul)institute (18) | 39 | 28 | 33 | — | 22 | 45 | 33 |
| öffentliche Institutionen (13) | 46 | 15 | 24 | 15 | 46 | 39 | 15 |
| privatrechtlich organisierte Einrichtungen (21) | 14 | 38 | 43 | 5 | 33 | 43 | 24 |
| sonstige (6)* | — | 3 | 3 | — | 4 | 1 | 1 |

* in absoluten Zahlen

GRÜNDUNG EINER ARBEITSGEMEINSCHAFT, IN DER DIE EINSCHLÄGIG TÄTIGEN INSTITUTIONEN UND PERSONEN MITGLIEDER SEIN KÖNNEN

| | sehr wichtig | wichtig | weniger wichtig | keine Angabe | aktive Mitarb. | k. aktive Mitarb. | keine Angabe |
|---|---|---|---|---|---|---|---|
| GESAMT (58) | 30 | 45 | 22 | 3 | 43 | 33 | 24 |
| Universitäts(Hochschul)institute (18) | 33 | 50 | 17 | — | 28 | 39 | 33 |
| öffentliche Institutionen (13) | 46 | 39 | 8 | 7 | 39 | 39 | 22 |
| privatrechtlich organisierte Einrichtungen (21) | 19 | 43 | 33 | 5 | 57 | 24 | 19 |
| sonstige (6)* | 1 | 3 | 2 | — | 3 | 2 | 1 |

SCHAFFUNG EINES INSTITUTES, DAS FORSCHUNGSVORHABEN KOORDINIERT, IN AUFTRAG GIBT UND FÜR DEN AUSTAUSCH VON ERGEBNISSEN SORGT

| | sehr wichtig | wichtig | weniger wichtig | keine Angabe | aktive Mitarb. | k. aktive Mitarb. | keine Angabe |
|---|---|---|---|---|---|---|---|
| GESAMT (58) | 31 | 31 | 35 | 3 | 21 | 58 | 21 |
| Universitäts(Hochschul)institute (18) | 39 | 33 | 22 | 6 | 28 | 55 | 17 |
| öffentliche Institutionen (13) | 23 | 39 | 31 | 7 | 15 | 54 | 31 |
| privatrechtlich organisierte Einrichtungen (21) | 23 | 29 | 48 | — | 19 | 62 | 19 |
| sonstige (6)* | 3 | 1 | 2 | — | 1 | 4 | 1 |

**Frage:**

„Wie würden Sie zu einem Vorschlag stehen, der die Gründung einer Arbeitsgemeinschaft für Kommunikationsforschung vorsieht, in der die einschlägig tätigen Institutionen und Personen Mitglied sein können, die koordinierend tätig wird und durch ein angegliedertes Forschungsinstitut selbst Studien und Sekundäranalysen durchführt?“
(In Prozent, bezogen auf Basiszahlen in Klammern)

| | generell positiv | neutral | generell negativ |
|---|---|---|---|
| GESAMT (58) | 65 | 30 | 5 |
| Universitäts(Hochschul)institute (18) | 72 | 28 | — |
| öffentliche Institutionen (13) | 62 | 31 | 7 |

* in absoluten Zahlen

| | | | |
|---|---|---|---|
| privatrechtlich organisierte Einrichtungen (21) | 67 | 23 | 10 |
| sonstige (6)* | 3 | 3 | — |

**Frage:**

„Und wie würden Sie die Chance einschätzen, daß es in Österreich möglich ist, ein solches Institut zu schaffen?“
(In Prozent, bezogen auf Basiszahlen in Klammern)

| | sehr günstig | weniger günstig | un-günstig | keine Angabe |
|---|---|---|---|---|
| GESAMT (58) | 17 | 59 | 19 | 5 |
| Universitäts(Hochschul)institute (18) | 28 | 66 | — | 6 |
| öffentliche Institutionen (13) | 24 | 62 | — | 14 |
| privatrechtlich organisierte Einrichtungen (21) | 5 | 57 | 38 | — |
| sonstige (6)* | 1 | 2 | 3 | — |

**Frage:**

„Wie sollte Ihrer Meinung nach eine solche Einrichtung finanziert werden? Ich nenne Ihnen jetzt eine Reihe möglicher Finanzierungsquellen und Sie sagen mir bitte, welche ausschließlich, überwiegend, neben anderen oder gar nicht herangezogen werden müßten.“
(In Prozent, bezogen auf Basiszahlen in Klammern)

MITTEL DES BUNDES

| | aus-schließlich | über-wiegend | neben anderen | gar nicht | keine Angabe |
|---|---|---|---|---|---|
| GESAMT (58) | — | 20 | 54 | 10 | 16 |
| Universitäts(Hochschul)-institute (18) | — | 28 | 61 | — | 11 |
| öffentliche Institutionen (13) | — | — | 62 | 31 | 7 |
| privatrechtlich organisierte Einrichtungen (21) | — | 23 | 43 | 5 | 29 |
| sonstige (6)* | — | 2 | 3 | 1 | — |

* in absoluten Zahlen

MITTEL DER LÄNDER UND GEMEINDEN

| | ausschließlich | überwiegend | neben anderen | gar nicht | keine Angabe |
|---|---|---|---|---|---|
| GESAMT (58) | — | — | 55 | 21 | 24 |
| Universitäts(Hochschul)-institute (18) | — | — | 67 | 11 | 22 |
| öffentliche Institutionen (13) | — | — | 54 | 31 | 15 |
| privatrechtlich organisierte Einrichtungen (21) | — | — | 43 | 19 | 38 |
| sonstige (6)* | — | — | 4 | 2 | — |

MITTEL VON FORSCHUNGSFONDS USW.

| | ausschließlich | überwiegend | neben anderen | gar nicht | keine Angabe |
|---|---|---|---|---|---|
| GESAMT (58) | 3 | 19 | 59 | 3 | 16 |
| Universitäts(Hochschul)-institute (18) | — | 6 | 78 | 6 | 10 |
| öffentliche Institutionen (13) | — | 23 | 46 | 8 | 23 |
| privatrechtlich organisierte Einrichtungen (21) | 10 | 19 | 57 | — | 14 |
| sonstige (6)* | — | 3 | 2 | — | 1 |

MITTEL DER MEDIEN

| | ausschließlich | überwiegend | neben anderen | gar nicht | keine Angabe |
|---|---|---|---|---|---|
| GESAMT (58) | 2 | 36 | 40 | 8 | 14 |
| Universitäts(Hochschul)-institute (18) | — | 22 | 56 | 11 | 11 |
| öffentliche Institutionen (13) | — | 54 | 23 | 15 | 8 |
| privatrechtlich organisierte Einrichtungen (21) | 5 | 23 | 48 | 5 | 19 |
| sonstige (6)* | — | 5 | — | 1 | — |

BEITRÄGE DER MITGLIEDER EINER SOLCHEN EINRICHTUNG

| | ausschließlich | überwiegend | neben anderen | gar nicht | keine Angabe |
|---|---|---|---|---|---|
| GESAMT (58) | 2 | 10 | 41 | 28 | 19 |
| Universitäts(Hochschul)-institute (18) | — | — | 45 | 33 | 22 |
| öffentliche Institutionen (13) | — | 23 | 39 | 23 | 15 |
| privatrechtlich organisierte Einrichtungen (21) | 5 | 11 | 38 | 23 | 23 |
| sonstige (6)* | — | 1 | 3 | 2 | — |

* in absoluten Zahlen

**Frage:**

„In welchen der folgenden Bereiche ist Ihrer Meinung nach eine Intensivierung der Medienforschung in Österreich besonders notwendig?" (MEHRFACHNENNUNGEN)
(In Prozent, bezogen auf Basiszahlen in Klammern)
(1 = Gesamt, 2 = Universitäts(Hochschul)institute, 3 = öffentliche Institutionen, 4 = privatrechtlich organisierte Einrichtungen, 5 = sonstiges)

| | 1 (58) | 2 (18) | 3 (13) | 4 (21) | 5 (6)* |
|---|---|---|---|---|---|
| Finanzierungsprobleme der Medien | 24 | 22 | 31 | 19 | 2 |
| personelle und arbeitsmarktwirtschaftliche Probleme | 21 | 22 | 31 | 14 | 1 |
| produktionstheoretische Probleme (z. B. Konzentration) | 28 | 44 | 15 | 14 | 3 |
| konsumtheoretische Probleme | 24 | 28 | 15 | 29 | 1 |
| produktionsstatistische Probleme | 16 | 11 | 15 | 14 | 2 |
| juristische Probleme des Status der Medien | 19 | 6 | 15 | 29 | 2 |
| technologische Probleme | 14 | 6 | — | 29 | 1 |
| distributive Probleme der Medienprodukte | 26 | 11 | 23 | 38 | 2 |
| Ausbildungsprobleme des Medienpersonals | 48 | 55 | 39 | 38 | 4 |
| soziale Stellung der Kommunikatoren | 17 | 28 | — | 14 | 2 |
| soziale Stellung der Rezipienten | 17 | 28 | — | 19 | 1 |
| Entscheidungsprozesse in den Medien | 38 | 55 | 46 | 14 | 3 |
| Wertsysteme der Kommunikatoren und Rezipienten | 43 | 66 | 31 | 32 | 2 |
| Motivationsprobleme der Kommunikatoren und Rezipienten | 48 | 61 | 23 | 53 | 3 |
| Inhaltsanalysen nach der Quelle der Kommunikatoren | 31 | 50 | 15 | 24 | 2 |
| funktionale Probleme der Kommunikation | 21 | 28 | 7 | 24 | 1 |
| Struktur der tatsächlichen und potentiellen Rezipientenschaft | 31 | 11 | 7 | 53 | 4 |
| Inhaltsanalysen der Wertsysteme von Kommunikatoren | 33 | 50 | 7 | 24 | 4 |
| Images von Medien | 33 | 28 | 31 | 32 | 3 |
| Images der Rezipienten bei den Kommunikatoren | 12 | 17 | — | 19 | — |
| Images der Kommunikatoren bei den Rezipienten | 16 | 17 | — | 24 | 1 |
| die Rolle der Medien beim ökonomischen und sozialen Entwicklungsprozeß in den Ländern der Dritten Welt | 19 | 33 | 7 | 10 | 2 |
| sonstiges | 3 | — | 15 | — | — |

* in absoluten Zahlen

**Frage:**

„Für welche Medien ist Ihrer Meinung nach eine Intensivierung der Medienforschung in Österreich besonders notwendig?“
(MEHRFACHNENNUNGEN)
(In Prozent, bezogen auf Basiszahlen in Klammern)
(1=Zeitungen und andere Druckmedien, 2=Fernsehen, 3=Rundfunk, 4=Buch, 5=Film, 6=Theater, 7=keine Angabe)

| | 1 | 2 | 3 | 4 | 5 | 6 | 7 |
|---|---|---|---|---|---|---|---|
| GESAMT (58) | 64 | 69 | 41 | 19 | 19 | 16 | 12 |
| Universitäts(Hochschul)institute (18) | 67 | 95 | 50 | 11 | 17 | 11 | 6 |
| öffentliche Institutionen (13) | 54 | 39 | 15 | 31 | 15 | 23 | 31 |
| privatrechtlich organisierte Einrichtungen (21) | 67 | 67 | 38 | 19 | 23 | 11 | 11 |
| sonstige (6)* | 5 | 5 | 5 | 2 | 1 | 2 | — |

**Frage:**

„Zum Schluß eine sehr direkte Frage: Wären Sie eher daran interessiert, am Aufbau von Koordinierungsmaßnahmen von Anfang an mitzuarbeiten, oder sind Sie eher dafür, daß eine neutrale Arbeitsgruppe mehrere alternative, aber sofort in Angriff zu nehmende Projekte vorlegt, über die die Beteiligten dann entscheiden können, oder wären Sie eher bereit, eine solche Entwicklung einmal abzuwarten und sich erst dann, wenn man sieht, was daraus wird, dafür oder dagegen zu entscheiden?“
(In Prozent, bezogen auf Basiszahlen in Klammern)
(1=Mitarbeit von Anfang an am Aufbau der Koordinierungsmaßnahmen, 2=neutrale Arbeitsgruppe legt mehrere Projekte vor, über die die Beteiligten entscheiden, 3=Abwarten der Entwicklung und spätere Entscheidung, 4=keine Angabe)

| | 1 | 2 | 3 | 4 |
|---|---|---|---|---|
| GESAMT (58) | 31 | 45 | 22 | 2 |
| Universitäts(Hochschul)institute (18) | 33 | 33 | 28 | 6 |
| öffentliche Institutionen (13) | 15 | 62 | 23 | — |
| privatrechtlich organisierte Einrichtungen (21) | 32 | 48 | 20 | — |
| sonstige (6)* | 3 | 2 | 1 | — |

**Frage:**

„Handelt es sich bei Ihrer Forschungseinrichtung um ...“
(In Prozent, bezogen auf Basiszahlen in Klammern)
(1=ein Universitäts(Hochschul)institut, 2=eigene Einrichtung öffentlicher Institutionen, 3=eine Einrichtung von Körperschaften öffentlichen Rechts und Interessenvertretungen, 4=eine privatrechtliche Einrichtung, 5=eine Einrichtung internationaler Organisationen, 6=eine Privatperson, 7=sonstiges)

---

* in absoluten Zahlen

| | 1 | 2 | 3 | 4 | 5 | 6 | 7 |
|---|---|---|---|---|---|---|---|
| GESAMT (58) | 31 | 12 | 7 | 36 | 4 | 7 | 3 |
| Universitäts(Hochschul)institute (18) | 100 | — | — | — | — | — | — |
| öffentliche Institutionen (13) | — | 54 | 15 | — | 31 | — | — |
| privatrechtlich organisierte Einrichtungen (21) | — | — | — | 100 | — | — | — |
| sonstige (6)* | — | — | — | — | — | 4 | 2 |

**Frage:**

„Handelt es sich bei Ihrer Forschungseinrichtung um ...“
(In Prozent, bezogen auf Basiszahlen in Klammern)
(1=eine unselbständige Einrichtung [z. B. Medienabteilung einer Werbeagentur], 2=eine selbständige Einrichtung, 3=keine Angabe)

| | 1 | 2 | 3 |
|---|---|---|---|
| GESAMT (58) | 21 | 58 | 21 |
| Universitäts(Hochschul)institute (18) | — | 61 | 39 |
| öffentliche Institutionen (13) | 38 | 46 | 16 |
| privatrechtlich organisierte Einrichtungen (21) | 33 | 62 | 5 |
| sonstige (6)* | — | 4 | 2 |

**Frage:**

„Liegt der Schwerpunkt Ihrer (der Institution, der Firma) Forschungstätigkeit allgemein gesprochen ...“
(In Prozent, bezogen auf Basiszahlen in Klammern)

| | bei der Medienforschung | nicht bei der Medienforschung | Angabe keine |
|---|---|---|---|
| GESAMT (58) | 24 | 69 | 7 |
| Universitäts(Hochschul)institute (18) | 22 | 78 | — |
| öffentliche Institutionen (13) | 8 | 77 | 15 |
| privatrechtlich organisierte Einrichtungen (21) | 38 | 57 | 5 |
| sonstige (6)* | 1 | 4 | 1 |

* in absoluten Zahlen

**Frage:**

„Arbeiten Sie (Ihre Institution, Ihre Firma) in erster Linie ...“
(In Prozent, bezogen auf Basiszahlen in Klammern)
(1=kommerziell [eher angewandte Wissenschaft], 2=wissenschaftlich [eher Grundlagenforschung], 3=sonstige Zielsetzung, 4=keine Angabe)

| | 1 | 2 | 3 | 4 |
|---|---|---|---|---|
| GESAMT (58) | 33 | 38 | 19 | 10 |
| Universitäts(Hochschul)institute (18) | — | 88 | 6 | 6 |
| öffentliche Institutionen (13) | 39 | 7 | 39 | 15 |
| privatrechtlich organisierte Einrichtungen (21) | 53 | 23 | 19 | 5 |
| sonstige (6)* | 3 | — | 1 | 2 |

**Frage:**

„Liegt der Schwerpunkt Ihrer Forschung primär im ...“
(In Prozent, bezogen auf Basiszahlen in Klammern)

| | wissenschaftlichen Bereich | praktischen Bereich | keine Angabe |
|---|---|---|---|
| GESAMT (58) | 36 | 50 | 14 |
| Universitäts(Hochschul)institute (18) | 88 | 6 | 6 |
| öffentliche Institutionen (13) | 15 | 70 | 15 |
| privatrechtlich organisierte Einrichtungen (21) | 10 | 85 | 5 |
| sonstige (6)* | 1 | 1 | 4 |

* in absoluten Zahlen

# 6. Die Organisierung der Medienforschung

*Benno Signitzer, Hans H. Fabris*

Da eines der Hauptziele dieser Publikation darin zu sehen ist, die Diskussion unter den unmittelbar tangierten Institutionen und Wissenschaftlern, die in der österreichischen Medienforschung tätig sind, anzuregen, werden im folgenden zwei alternative Ideenskizzen für die Gründung eines Instituts für Medienforschung vorgestellt.

Das erste Konzept ist im Verlauf der Projektdurchführung von einem Mitarbeiter des Instituts für empirische Sozialforschung, Benno Signitzer, erstellt worden und erhebt keineswegs den Anspruch, die einzig mögliche Form für die Koordinierung beziehungsweise die Kooperation der österreichischen Medienforschung darzustellen. Es sollte vor allem im Zusammenhang mit den im Ausland gemachten Erfahrungen, aber auch auf dem Hintergrund einer breiten Palette möglicher Organisationsformen — von der Gründung einer losen Arbeitsgemeinschaft, wie sie etwa die bereits ins Leben gerufene Österreichische Gesellschaft für Kommunikationswissenschaft intendiert, einem Institut ähnlich dem von der Akademie für Wissenschaften gegründeten Institut für Publikumsforschung bis zu einem streng nach den Erfordernissen der Grundlagen- — oder aber der angewandten Forschung organisierten Forschungsinstitut — beurteilt werden.

Das zweite Konzept ist von Hans Heinz Fabris entwickelt worden und verarbeitet die einschlägigen Vorschläge, die zuletzt von einer Reihe von Institutionen — wie etwa die Sektion Journalisten in der Gewerkschaft Kunst und freie Berufe — und von Privatpersonen vorgetragen worden sind.

Die Realisierungschancen des einen wie des anderen Konzeptes sind jedoch nicht zuletzt von der Einsicht abhängig, daß Forschung, will sie nach innen wie nach außen effektiv werden, organisiert werden muß. Dieses Bewußtsein, ebenso wie die Bereitschaft zu Kooperation und Koordination, ist, wie die Ergebnisse der Umfragen und Informationsgespräche dokumentieren, zwar relativ weit gediehen, doch noch nicht genügend konkret geworden. Die vorliegende Publikation will u. a. auch versuchen, dieser notwendigen Diskussion weitere Anstöße zu vermitteln.

## 6. 1. **Gedanken zu einem Institut für Medienforschung**

### I. FORSCHUNG MUSS ORGANISIERT WERDEN

1. Der Satz, daß den Massenmedien in den modernen Industriegesellschaften eine überragende Bedeutung zukommt, daß sie — mehr noch — bereits eines ihrer konstituierenden Elemente geworden sind, ist spätestens seit Beginn der sechziger Jahre ein wohl gehegter und gepflegter Gemeinplatz geworden, ein MYTHOS. der, — da der unmittelbare Sensationswert verschwunden ist —, eine fortschreitende Diskussion über die eigentlichen Probleme erschwert. Und eine solche Diskussion müßte hinführen zu den Problemen der Erforschung dieser Medien, zur MASSENKOMMUNIKATIOSFORSCHUNG, und — nicht davon zu trennen — zu den Fragen der ORGANISATION dieser Forschung. Denn heute ist in allen modernen Wissenschaften das Organisationsproblem ebenbürtig an die Seite der bisher als klassisch gegoltenen Probleme der Theorie- und Methodenfindung getreten.

2. Bereits 1969 haben sich unter der Ägide der UNESCO an die hundert Medienspezialisten aus aller Welt (Wo war der Vertreter Österreichs?) in Montreal getroffen, um gemeinsam die großen Theorie- und Methoden-, vor allem aber die Organisationsprobleme der Massenkommunikationsforschung zu diskutieren mit dem Ziel, zu einer gemeinsamen Auswertung und Systematisierung zu kommen und künftighin eine koordinierte FORSCHUNGSSTRATEGIE zu entwickeln, insbesondere durch die Erstellung eines Katalogs vordringlicher Probleme[2]). Dem Department for Mass Communication in der UNESCO wurde die Aufgabe zugewiesen, die zu leistenden Forschungsarbeiten zu *initiieren* (d. h. gegebenenfalls Forschungsaufträge zur Behandlung besonders wichtiger und akuter Fragen, wie „Massenmedien und Gewalt“ oder „Massenmedien in den Entwicklungsländern“, zu erteilen), zu *koordinieren,* zu *registrieren* sowie *politische Kontakte* mit den jeweiligen Staaten zur Förderung der Arbeiten zu pflegen.

3. Zwei Jahre später — 1971 — hat die UNESCO einen Katalog von möglichen Forschungsproblemen der Medienforschung aufgestellt[3]). Folgende Probleme wurden behandelt:

— Finanzierungsprobleme der Medien
— personelle und arbeitsmarktwirtschaftliche Probleme
— produktionstheoretische Probleme (z. B. Konzentration)
— konsumtheoretische Probleme
— produktionsstatistische Probleme

— juristische Probleme des Status der Medien
— technologische Probleme
— distributive Probleme der Medienprodukte
— Ausbildungsprobleme des Medienpersonals
— soziale Stellung der Kommunikatoren
— soziale Stellung der Rezipienten
— Entscheidungsprozesse in den Medien
— Wertsysteme der Kommunikatoren und Rezepienten
— Motivationsprobleme der Kommunikatoren und Rezepienten
— Inhaltsanalysen nach der Quelle der Kommunikation
— funktionale Probleme der Kommunikation
— Struktur der tatsächlichen und potentiellen Rezipientenschaft
— Inhaltsanalysen der Wertsysteme von Kommunikationen
— Konsumgewohnheiten der Rezipienten
— Images der Media
— Images der Rezipienten bei den Kommunikatoren
— Images der Kommunikatoren bei den Rezipienten
— die Rolle der Medien beim ökonomischen und sozialen Etnwicklungsprozeß in den Ländern der 3. Welt.

4. Eben das wäre die vordringlichste Aufgabe des zu schaffenden Instituts für Medienforschung: *Förderung, Organisation* und *Koordinierung* der Massenkommunikationsforschung in Österreich und — zweitens — *Vertretung* der zu entwickelnden österreichischen Kommunikationswissenschaft nach außen. Diese zweite Bestimmung scheint bei der immer dichter werdenden internationalen und -kulturellen Verflechtung der Massenmedien und ihrer Produktionen (z. B. ausländische Presseerzeugnisse in Österreich, Fernsehsatelliten, Kassettenfernsehen etc.) besonders wichtig. Daß es sich hiebei nicht um den esoterischen Wunsch handelt, quasi eine „Wiener Schule der Kommunikationswissenschaft" zu etablieren, sondern daß ganz handfeste (national-)politische Interessen auf dem Spiel stehen, wird spätestens bei den künftigen, überaus komplizierten Verhandlungen über die Zuteilung der frei werdenden Frequenzen durch die Nachrichtensatelliten deutlich werden. Hiebei werden sicherlich nicht allein die herkömmlichen politischen Machtfaktoren, sondern auch die besser fundierten Argumente, die aber wiederum nur eine hoch entwickelte Kommunikationswissenschaft in Zusammenarbeit mit Spezialisten des internationalen Wirtschafts-, Weltraum- und Medienrechts liefern kann, entscheidend sein.

## II. UNIVERSITÄTSINSTITUTE FÜR PUBLIZISTIK

1. Die hier nur ganz kurz und skizzenhaft vorgetragene *neue* Konzeption von Wissenschaft, in der Begriffe wie Forschungsstrategie und -planung

sowie Teamarbeit eine zentrale Bedeutung einnehmen, steht natürlich in einem mehr oder minder scharfen Gegensatz zu einer bei uns noch immer herrschenden Tradition, die sämtliche „seriöse" wissenschaftliche Tätigkeit der Universität (d. h. einem Universitätsprofessor) zuordnet. Diese aber steht jeder übergeordneten Planung mit dem Hinweis auf — falsch verstandene — Prinzipien wie „Autonomie der Universität" oder „Freiheit von Forschung und Lehre" äußerst mißtrauisch gegenüber. Die Universität monopolisiert den Wissenschaftsbetrieb, vielleicht nicht immer reell, so doch als Postulat ihrer Grundkonzeption.

2. Die beiden Universitätsinstitute für Publizistik in Wien und Salzburg machen dabei kaum eine Ausnahme — und zwar nicht aufgrund irgendeines Superioritätskomplexes (das kann sich wohl kein einziges Publizistikinstitut im deutschsprachigen Raum erlauben), sondern aufgrund ihrer lückenlosen Einbettung in unsere veraltete Universitätsverfassung. Trotz einiger ermutigender Versuche in Salzburg, eine *Teamarbeit* mit Beteiligung aller Institutsmitglieder einzuführen und *Arbeitsberichte* der Öffentlichkeit zur Verfügung zu stellen, scheinen Universitätsinstitute generell nicht in der Lage, die alleinige Last und Verantwortung für die *gesamte* Kommunikationsforschung in Österreich zu tragen, — weil sie — zumindest in Salzburg noch mehr oder weniger im Gründungsstadium — mit großen Schwierigkeiten zu kämpfen haben, insbesondere um Anerkennung auf akademischem Boden als Vertreter einer neuen, noch „unerfahrenen" Wissenschaft, die zwar einen einigermaßen fest umrissenen Gegenstand, jedoch keine einheitliche Methode hat, und somit sinnvoll nur interdisziplinär betrieben werden kann, was ihre Einordnung in Fach- und Fakultätenkategorien erheblich erschwert;

— weil ein großer Teil der Zeit mit reinen Lehraufgaben ausgelastet ist;

— weil sie aufgrund unserer Universitätsverfassung zu sehr von der Persönlichkeit des jeweiligen Institutsvorstandes abhängen, von seiner wissenschaftlichen Potenz, seinem Organisationstalent, seinem Geschick im Umgang mit den Ministerien usf.;

— weil sie zu niedrig dotiert sind, so daß oft nur die Annahme eines Forschungsauftrages aus der Privatwirtschaft finanziell Abhilfe schafft, die Arbeitszeit aber dadurch mit wissenschaftlich unergiebiger Routinearbeit blockiert wird;

— weil ihre Tätigkeit — von Praktikern (Journalisten) oft als eine rein theoretische Spielerei abgetan — wenn nicht behindert, so doch bisweilen mehr oder weniger milde belächelt wird.

3. All dies soll jedoch in keiner Weise besagen, daß diese Institute nicht eine ungeheuer wichtige Funktion hätten, daß nicht die Errichtung neuer Universitätsinstitute (Linz, Graz) wünschenswert wäre. Besonders in der Heranbildung junger Medienwissenschaftler wird ihnen auch weiterhin eine überragende Bedeutung zukommen. Aus den vorhin erwähnten und noch vielen anderen Gründen sind jedoch ihre Möglichkeiten außerordentlich beschränkt.

4. In der Ausfüllung dieser von den Universitätsinstituten nicht genutzten oder von ihnen nicht nutzbaren Möglichkeiten wären Aufgaben und Bestimmung des vorgeschlagenen Instituts für Medienforschung anzusiedeln.

## III. ABGRENZUNG DES FORSCHUNGSFELDES

1. Zunächst gilt es, den Forschungsgegenstand abzugrenzen, ohne ihn jedoch einengen zu wollen. Seit den berühmt gewordenen Untersuchungen über das Radiopublikum (Lazarsfeld u. a., Radio Research, 1941 ff) in den frühen vierziger Jahren — dahin könnte man die Geburtsstunde der Massenkommunikationswissenschaft verlegen — hat sich diese Wissenschaft (in Deutschland und Österreich: zunächst „Zeitungswissenschaft", jetzt „Publizistikwissenschaft") ungeheuer ausgebreitet. Gerade im deutschsprachigen Raum hat es die Publizistikwissenschaft nicht leicht gehabt, sich als selbständige Disziplin zu behaupten — hervorgegangen aus einer rein staatsrechtlich-ökonomischen Orientierung sowie personell und ideologisch durch ihr Naheverhältnis zum NS-Regime (Hinderer, Münster, Dovifat) kompromittiert, stand sie lange Zeit im Mittelpunkt heftiger Diskussionen: Soziologie, Sozialpsychologie, Pädagogik, Sprachwissenschaft und Ökonomie wollten ihr Forschungsfeld beanspruchen. Erst die gegen Ende der fünfziger Jahre vollzogene Hinwendung an eine sozialwissenschaftliche Orientierung brachte eine gewisse Stabilisierung. Ironischerweise ist es ein Psychologe (Gerhard MALETZKE), dem die Publizistikwissenschaft ihre erste Systematisierung als eine dem Methodenpluralismus verpflichtete Wissenschaft verdankt[4]).

2. Die letzten Jahre haben eine weitere Systematisierung und Klarheit gebracht. Die moderne Publizistikwissenschaft unterscheidet heute fünf in Dependenz zueinander stehende Forschungsfelder[5]):

— *Kommunikatorforschung:* Untersuchungsgegenstand sind die Eigenschaften, Typen, Rollen und Interaktionen von Kommunikatoren (z. B. Journalisten) im Zusammenhang mit den Bedingungen des sich in seinen technischen, sozialen und organisatorischen Dimensionen wandelnden publizistischen Produktionsprozesses.

— *Aussagenforschung* (auch Aussagenanalyse, Inhaltsanalyse): Untersuchungsgegenstand sind die Massenkommunikationsinhalte und ihre Darbietungsformen, die quantitativ und qualitativ mit dem Ziel analysiert werden, inhaltliche Strukturen und Tendenzen objektiv und systematisch herauszuarbeiten und mögliche Wirkungsabsichten der Kommunikatoren bzw. Einwirkungschancen der Aussagen indirekt zu erschließen.

— *Medienforschung:* Untersuchungsgegenstand sind die für die Massenkommunikationsprozesse relevanten technischen Ausformen der Verbreitungsmittel, ihre historische Entwicklung und ihre politisch-sozial bedingten Organisations- und Rechtsformen.

— *Publikumsforschung:* Untersucht werden die soziale Zusammensetzung und die objektiven Merkmale der Rezipienten (Leser, Hörer, Zuschauer) der Massenkommunikationsmittel, hauptsächlich durch Umfragen und Experimente. Dabei geht es neben den üblichen demographischen Merkmalen um analytische Variablen, wie kognitive Struktur, soziale Mobilität, Bezugsgruppen u. ä., die als Bestimmungsmerkmale für die Rezeptionsvorgänge publizistischer Aussagen angesehen werden können.

— *Wirkungsforschung:* Untersuchungsgegenstand sind die unterschiedlichen singulären und vor allem kumulativen Wirkungen auf Verhalten, Wissen, Meinungen und emotionale Bereiche der Rezipienten als Einzelpersonen und Gruppenmitglieder.

Hier ist ausdrücklich darauf hinzuweisen, daß es sich hiebei um rein formale Abgrenzungskriterien handelt, die aus praktischen Erwägungen sinnvoll erscheinen; keineswegs dürfen jedoch die jeweiligen gesellschaftlichen Bezugssysteme (der „sozio-kulturelle Umkreis") vernachlässigt werden.

Aus der obigen Typologie geht hervor, daß die „Medienforschung" nur einen Teilbereich der Massenkommunikation umfaßt, nämlich den Lasswell'schen „channel"; aus diesem Grunde, der allerdings rein formaler Natur ist, könnte man erwägen, das zu schaffende Institut, das sich ja mit allen Bereichen der Massenkommunikation bzw. des Massenkommunikationsprozesses zu befassen hätte, „INSTITUT FÜR MASSENKOMMUNIKATIONSFORSCHUNG" zu benennen.

Weiters ist darauf hinzuweisen, daß mit den angeführten Abgrenzungskriterien die Lösung grundlegender wissenschafts-theoretischer Fragestellungen nicht präjudiziert wird; diese Fragen laufen darin hinaus, ob die Etablierung einer „Theorie der Massenmedien" überhaupt möglich ist, wie es von Erich FELDMANN[6]), Fred Siebert u. a.[7]), Melvin L. DeFleur[8]) oder William Stephenson[9]) versucht wird, oder ob eine sog. „ereignisbezogene" Betrachtungsweise sinnvoller ist [Roger Clausse[10]), Edgar Morin[11])].

## IV. INSTITUT FÜR MEDIENFORSCHUNG — AUFGABEN

Aus den angeführten grundsätzlichen Erwägungen ergeben sich für das vorgeschlagene Institut eine Vielzahl konkreter Aufgaben Im folgenden soll versucht werden, einen ergänzungs- und erweiterungsfähigen Katalog dieser Aufgaben zusammenzustellen:

1. Durchführung eigener Forschungsvorhaben.

2. Erteilung von Forschungsvorhaben an Universitätsinstitute, andere Institute, Privatpersonen.

3. Herausgabe einer kommunikationswissenschaftlichen Zeitschrift, die „Vierteljahresschrift für Massenkommunikation" heißen könnte. Sie vereinigt wissenschaftliche Aufsätze, Buchbesprechungen etc., die sich vorwiegend mit österreichischen Problemen beschäftigen. Anhaltspunkt dafür könnte die deutsche Zeitschrift „Publizistik" sein oder die amerikanische Periodika „Public Opinion Quarterly" und „Journalism Quarterly".

könnte die deutsche Zeitschrift „Publizistik" sein oder die amerikanischen Diese Zeitschrift würde in keinerlei Konkurrenz zu „Information und Meinung" treten, der weiterhin die Aufgabe zukommt, Journalisten, Herausgeber sowie alle am Mediengeschehen Interessierten mit Informationen, Meinungen und Polemiken zu versorgen.

4. Organisation und Koordinierung von wissenschaftlichen Veranstaltungen, Vorträgen, Seminaren usw.

5. Erstellung von Gutachten für den Presserat.

6. Erstellung von Gutachten für eine eventuell zu gründende österreichische Medienkommission (ev. nach dem Vorbild der „Royal Commission").

7. Erstellung von Gutachten im Gesetzgebungsverfahren (Mediengesetzgebung).

8. Ausarbeitung von Richtlinien für eine allgemeine Journalistenausbildung (ev. auch deren Durchführung).

9. Ausarbeitung von Lehrplänen für ein an Haupt- und Mittelschulen einzuführendes Fach „Medienkunde" in Zusammenarbeit mit dem Bundesministerium für Unterricht und Kunst.

10. Unterstützung (finanziell und personell) der jeweils mit der Mediaanalyse und anderen wissenschaftlich relevanten Untersuchungen beauftragten Institute in dem Sinne, daß neben oder während der reinen Auftragsarbeit weitere Ergebnisse von wissenschaftlichem Interesse gewonnen werden können (z. B. Inhaltsanalysen, Publikumsforschung).

11. Gründung und Unterstützung von Forschungsabteilungen, die bei allen Medien (Zeitungen, Rundfunk, Kinos) einzurichten wären, und die dem Institut laufend Ergebnisse (z. B. Leserbriefe, Verkaufsstatistiken) zu liefern hätten, die dann gesichtet, koordiniert und ausgewertet würden (oder auch zur Auswertung anderen Stellen überlassen werden könnten).

12. Zusammenarbeit mit internationalen Organisationen (UNESCO, Europarat).

13. Einrichtung eines Dokumentationszentrums.

14. Aus der geographischen Lage Österreichs ergibt sich eine weitere Aufgabe, eine kultur- und wissenschaftspolitische: Pflege von Kontakten und Austausch von Erfahrungen mit der osteuropäischen Kommunikationswissenschaft, die in manchen Ländern zu außerordentlich interessanten Ergebnissen gelangt ist. Hiebei könnte die vorhin erwähnte Zeitschrift wertvolle Dienste leisten (Beschäftigung mit osteuropäischen Medienproblemen, Veröffentlichung von Arbeiten osteuropäischer Kommunikationswissenschaftler). So könnte es möglich sein, die totale Abhängigkeit von der amerikanischen Kommunikationswissenschaft, in der sich noch immer mehr oder weniger die gesamte (west-)europäische Kommunikationsforschung befindet, zu relativieren.

## V. INSTITUT FÜR MEDIENFORSCHUNG — ORGANISATION

1. Aus dem oben angeführten außerordentlich umfangreichen Aufgabenkreis ergeben sich komplizierte Organisationsprobleme. Jedenfalls müßte das Institut, das sich von herkömmlichen Universitätsinstituten dadurch unterscheidet, daß es sich mit Wissenschaft *und* Wissenschaftspolitik, mit Forschung *und* Praxis zugleich zu befassen hat, und sozusagen mitten im im österreichischen „Medienleben“ stehen wird, eine Verfassung bekommen, die seiner Rolle gerecht wird.

2. Hier bieten sich zwei dem österreichischen Organisationsrecht sehr vertraute Prinzipien an:

— *das pluralistische Prinzip*
— *das Vereinsprinzip*

Das pluralistische Prinzip meint hier, daß alle am Mediengeschehen in Österreich Beteiligten, im Institut vertreten sind, insbesondere die Herausgeber und Verleger, die Journalisten, der ORF, die Universitätsinstitute für Publizistik in Salzburg und Wien. Weiters sollte die Mitwirkung von Vertretern (Medienreferenten) der Gewerkschaften, der Kirchen, der politischen Parteien sowie des Ministeriums für Wissenschaft und Forschung und Justizministeriums gewonnen werden.

Das Prinzip der Vereinsbildung ergibt sich aus dem sehr weiten österreichischen Vereinsrecht, das eine relativ große Gestaltungsfreiheit zuläßt. Wie die Organisation sich im einzelnen darstellen wird, müßten ausführliche Diskussionen zwischen allen Beteiligten ergeben.

3. Folgende Organe wären denkbar:

1) eine *Generalversammlung*, die alle Mitglieder des Vereins umfaßt. Hier wäre eine breite Streuung von Institutionen und Privatpersonen anzustreben, die sich bereits direkt oder indirekt mit der Massenkommunikationsforschung befassen, bzw. mit der Produktion von Massenkommunikationsinhalten beschäftigt sind (Journalisten, auch psychologische und soziologische Universitätsinstitute usf.);

2) ein *Vorstand* (oder ein Vorstandskollegium), der in Zusammenarbeit mit dem Wissenschaftsbeirat jeweils die allgemeine Linie des Instituts bestimmt;

3) ein *Präsidium*, dem die eigentliche Geschäftsführung (Administration) obliegt und ein ihm zur Verfügung stehendes Präsidiumssekretariat, das die laufenden Arbeiten zu erledigen hat.

Die ständige Verbindung und Kommunikation zwischen den genannten Instanzen und dem eigentlichen Forschungsinstitut gewährleisten

4) ein *Wissenschaftsbeirat* und

5) ein *wissenschaftlicher Sekretär.*

6) das *Forschungsinstitut*, das mit der Durchführung der Forschung beauftragt ist. Hier wären 4 Abteilungen denkbar:

a) Abteilung Kommunikationsforschung
b) Abteilung Aussagenforschung
c) Abteilung Medienforschung
d) Abteilung Rezipienten- und Wirkungsforschung

Es wird hier bewußt nicht eine Einteilung nach Medien (Presse-, Radio-, TV-, Filmabteilung usf.) vorgeschlagen, da der Kommunikationsprozeß heute nur mehr von einem einheitlichen Kommunikationssystem aus sinnvoll betrachtet werden kann.

In den Abteilungen sind dann für einzelne Forschungsvorhaben
7) *Projekt- und Arbeitsgruppen* zu bilden.

Folgende
8) *ständige Ausschüsse* sind derzeit denkbar:
a) Ausschuß für Journalistenausbildung
b) Ausschuß für die Einrichtung eines Schulfaches „Medienkunde"
c) Ausschuß für Medienrecht
d) Begutachtungsausschuß
e) Ausschuß für die Vergabe von Forschungsaufträgen

9) *Dokumentationsstelle*

## VI. SCHLUSSBEMERKUNGEN

1. Hier sei nochmals kurz auf die UNESCO-Vorschläge verwiesen[12]): Nach Ansicht der Expertenkommission der UNESCO sollte jeder nationale Forschungsplan für den Bereich der Kommunikationsforschung mehrere Stufen umfassen; die erste Etappe bezieht sich auf die Einleitung eines *Bewußtwerdungsprozesses* bei Regierung, öffentlichen Institutionen, Medienorganisationen über die Vordringlichkeit verstärkter Kommunikationsforschung;

2. Dazu sollte dieses „Plädoyer" ein Beitrag sein.

**Anmerkungen:**

1) Information und Meinung, Heft 1/1972, S. 1
2) In diesem Zusammenhang sei auch auf den überaus lesenswerten **Bericht** des englischen Kommunikationsforschers James D. HALLORAN verwiesen, der dem Kongreß in Motreal als Arbeitspapier vorgelegen hat: „Need of research", Papers on Communication, UNESCO, Paris 1970.
3) UNESCO: Proposals for an International Programme of Communication Research, Paris, September 1971.
4) MALETZKE, Gerhard, Psychologie der Massenkommunikation, Hamburg 1963
5) vgl. Wörterbuch zur Publizistik, München 1969
6) FELDMANN, Erich, Theorie der Massenmedien, München/Basel, 1962
7) SIEBERT, Fred, S. u. a., Four Theories of the Press, Urbana, Ill., 1966
8) DeFLEUR, Melvin, L., Theories of Mass Communication, New York, 1966
9) STEPHENSON, William, The Play Theory of Mass Communication, Chicago/London, 1967
10) CLAUSSE, Roger, Publikum und Information, Köln/Opladen, 1962
11) MORIN, Edgar u. a., La rumeur d'Orléans, Paris 1969; sowie ders., Commune en France, Paris, 1967
12) UNESCO, siehe Anm. 3

## ORGANISATIONSPLAN für das „Institut für Medienforschung“

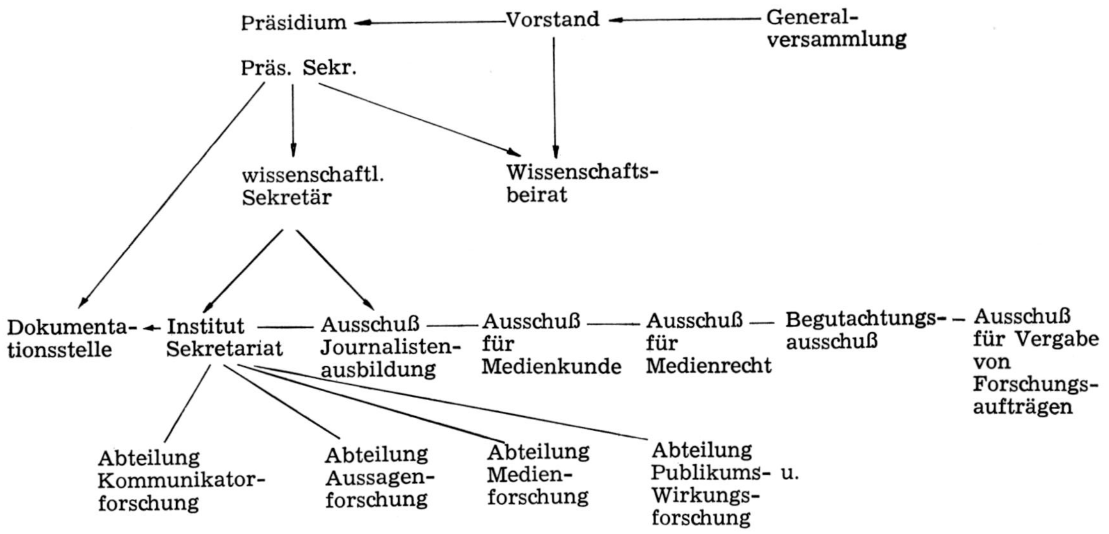

## 6.2. Exposee für ein Institut für Kommunikationsforschung

*Paul Lazarsfeld-Institut*

Die Gründung eines Instituts für Medien- (und/oder Kommunikations-) Forschung entspricht einer Forderung der Journalistengewerkschaft (vgl. Entwurf der Journalistengewerkschaft zu Mediengesetz betreffend Redaktionsstatut, Medienkommission, Medieninstitut, Unterlage 23a des Arbeitskreises zur Beratung der Grundlagen für ein modernes Recht der Massenmedien des Bundesministeriums für Justiz, vom 25. September 1972), wonach ein Bundesmedieninstitut in engem Zusammenwirken mit einer beim Bundeskanzleramt einzurichtenden Bundesmedienkommission zu schaffen wäre. Der Bundeskanzler hat sich am 13. 3. 1972 positiv zur Errichtung eines derartigen Institutes geäußert. Zustimmung fand der Vorschlag gleichfalls bei den Bundesministern für Justiz sowie für Wissenschaft und Forschung (vgl. dazu Erläuterungen zu den Vorschlägen der Journalistengewerkschaft, S. 24).

Die Errichtung eines derartigen Institutes folgt ferner den Empfehlungen einer Expertenkommission der UNESCO, die in einem 1971 publizierten Bericht (Proposals for an International Program of Communication Research, Paris 1971) detaillierte Vorschläge für die Organisierung der Forschung im Bereich der Massenkommunikation erarbeitet hat.

Als Ergebnis einer vom Bundesministerium für Wissenschaft und Forschung in Auftrag gegebenen Projektstudie über den Stand der Medienforschung in Österreich und Vorschläge zu ihrer Koordinierung ist ferner darauf hinzuweisen, daß das Interesse an einer Koordinierung der Medienforschung bei den einschlägig tätigen Instituten groß ist (vgl. Stand der Medienforschung in Österreich und Vorschläge zu ihrer Koordinierung. Eine Untersuchung des Instituts für empirische Sozialforschung, Wien 1973). Danach schätzen die Effizienz von Koordinierungsmaßnahmen für die eigene Arbeit etwa die Hälfte der Befragten als hoch bzw. sehr hoch ein, 74 Prozent sind der Ansicht, daß die Effizienz für die Arbeit anderer Institutionen hoch bzw. sehr hoch sein würde.

Als eine der ersten Initiativen im Bereich der Kommunikationsforschung ist die Errichtung des der Akademie der Wissenschaften angegliederten Instituts für Publikumsforschung (Frau Prof. Dietrich, Ordinaria für Theaterwissenschaft an der Universität Wien) zu nennen, dessen Aufgabenkreis allerdings nur einen Teil jenes Forschungsbereiches abdeckt, der etwa von der Expertenkommission der UNESCO vorgeschlagen wurde und der auch dem internationalen Entwicklungsstand der Kommunikationsforschung entspricht.

Auch die Gründung einer Österreichischen Gesellschaft für Kommunikationswissenschaft, die in ihren Vereinszielen die Förderung von Forschungsprojekten angibt, kann noch nicht als effektives Forschungsinstrument angesehen werden.

Desgleichen sind die beiden Lehrstühle für Publizistik- und Kommunikationswissenschaft nicht in der Lage, langfristig und systematisch Forschung im Bereich der Massenkommunikation zu betreiben.

Das Interesse, das den Fragen der Medien- bzw. Kommunikationsforschung auch in Österreich in den vergangenen Jahren in zunehmendem Ausmaß zuteil geworden ist, läßt sich u. a. aufgrund der vorliegenden Vorschläge zur besseren Organisation der Forschung in diesem Bereich illustrieren:

Univ.-Prof. Dr. Margarete Dietrich: Basiskonzept für ein Institut für Medienforschung (1971)
Univ.-Ass. Dr. Hans Heinz Fabris: Ideenskizze für die Gründung eines Instituts für Medien- und Kommunikationsforschung (1972)
Institut für Publizistik der Universität Wien: Zur Errichtung eines medienwissenschaftlichen Forschungsinstitutes (1972)
Institut für empirische Sozialforschung: Gedanken zu einem Institut für Medienforschung (1972, in leicht veränderter Form 1973)
Entwurf der Journalistengewerkschaft (1972).

Im Ausland (vgl. dazu den Bericht „Stand der Medienforschung außerhalb Österreichs" im Rahmen des Forschungsprojektes Bestandsaufnahme der Medienforschung in Österreich) existieren bereits eine Reihe ähnlicher Forschungseinrichtungen:
Centre d'Etudes des Communications de Masse (Paris)
Centre for Communication Research (Leicester)
Institute for Communication Research (Stanford)
Nordic Documentation Center for Mass Communication Research (Tampere).
Arbeitsgemeinschaft für Kommunikationsforschung, AfK (München)
u. a.

Es wäre in diesem Zusammenhang zu eruieren, inwieweit die Kommunikationsexperten der UNESCO bei der Gründung eines Instituts für Kommunikationsforschung in Österreich behilflich sein könnten.

*Aufgaben eines Instituts für Kommunikationsforschung*
(Vorschlag: *Paul Lazarsfeld*-Institut ...)

Aufgrund internationaler Erfahrungen sowie der von der Erhebung über den Stand der Medienforschung in Österreich erfaßten Präferenzen der einschlägig tätigen Institutionen ergibt sich für das Gründungs- und Aufbaustadium eines Instituts für Kommunikationsforschung folgender Aufgabenkreis:

1. Dokumentation kommunikationswissenschaftlicher Forschungsergebnisse in Österreich
2. Laufende Erhebung medienstatistischer Daten mit der Zielsetzung eines jährlichen Berichts zur Lage der Massenmedien in Österreich
3. Aufbau einer Forschungsbibliothek
4. Durchführung von Veranstaltungen und Tagungen
5. Koordinierung und Initiierung interdisziplinärer kommunikationswissenschaftlicher Forschungsprojekte (Grundlagenforschung / Projektforschung / standardisierte Forschung)
6. Kontaktstelle für Medieninstitutionen
7. Kontaktstelle für internationale Forschungsprojekte (UNESCO)

Ein Forschungsprogramm für die ersten zwei Jahre sollte umfassen:

1. Aufbau einer Dokumentation über Ergebnisse der Kommunikationsforschung in Österreich
2. Vorbereitung eines standardisierten Programms zur Erhebung medienstatistischer Daten
3. Aufbau einer Forschungsbibliothek
4. Koordinierung laufender und neuer Forschungsprojekte
5. Eigenprojekte: Erstellung eines Prioritätenkataloges der Kommunikationsforschung (Literaturanalyse)
   Erstellung eines Hypothesen-Kataloges
6. Herstellung von Kontakten mit ausländischen Forschungsinstituten

Ein Hauptziel der Organisierung von Kommunikationsforschung müßte vor allem darin gesehen werden, den genuin *interdisziplinären* Charakter dieses Forschungsfeldes, der sich aus den historischen Beiträgen vor allem der Psychologie, Sozialpsychologie, Psychiatrie, Soziologie, Ökonomie, Politikwissenschaft, Geschichtswissenschaft, allgemeinen Sprachwissenschaft, Zeitungs- und Publizistikwissenschaft zwingend aufdrängt, zu sichern. Dies müßte sowohl über die Besetzung des wissenschaftlichen Beirates, der Personalstellen sowie die Förderung vornehmlich von interdisziplinär angelegten Forschungsprojekten erreicht werden. Eine derartige interdisziplinäre Organisation eines Forschungsinstitutes würde u. U. eine gewisse Signalwirkung für die Forschungspraxis in Österreich ausüben können.

Das Forschungsinstitut sollte sich in mehrere Abteilungen gliedern, deren Auf- und Ausbau in aufeinander folgenden Phasen zu planen wäre:

A) Kommunikatorforschung (Ausbildungsprobleme, Wertsysteme, Entscheidungsprozesse)

B) Aussagen- und Medienforschung (Inhaltsanalysen, politische Bildung, Inhaltsanalysen der Wertsysteme von Kommunikation, distributive Probleme der Medienprodukte, technologische Probleme, produktionstheoretische Probleme)

C) Rezipienten- und Wirkungsforschung (Struktur der Rezipientenschaft, Konsumgewohnheiten der Rezipienten, Motivationsprobleme, funktionale Probleme der Kommunikation, Rolle der Medien beim sozialen und ökonomischen Entwicklungsprozeß)

In den einzelnen Abteilungen wären Projekt- und Arbeitsgruppen zu bilden. Folgende ständige Ausschüsse sind gegenwärtig denkbar:

a) Ausschuß für Journalistenausbildung
b) Ausschuß für die Errichtung eines Schulfaches „Medienkunde"
c) Ausschuß für Medienrecht
d) Ausschuß für die Begutachtung von Forschungsaufträgen

An Personalstellen werden vorgeschlagen:

3 Instituts- bzw. Abteilungsleiter
1 Dokumentationsstelle
1 Aufbau einer Forschungsbibliothek
1 Medienstatistik
1 Sekretariat
Werkverträge mit Arbeitsgruppen- bzw. Projektleitern und -mitarbeitern.

Die Zusammenarbeit mit bestehenden Forschungseinrichtungen und Universitätsinstituten sollte sowohl über die Zusammensetzung des wissenschaftlichen Beirates wie durch die Vergabe von Forschungprojekten gesichert werden. In der Verbesserung der bisher unzureichenden Koordination der Kommunikationsforschung ist eines der Hauptziele der Tätigkeit des Instituts zu erblicken.

Als potentielle Interessenten (Träger, Auftraggeber) eines Instituts für Kommunikationsforschung wären zu nennen:

Ministerien:

Bundesministerium für Wissenschaft und Forschung
(Forschungsförderung)
Bundesministerium für Unterricht und Kunst
(Medienpädagogik, Unterrichtstechnologie, Medienverbund)
Bundesministerium für Justiz
(Medienrecht)
Bundesministerium für soziale Verwaltung
(Soziale und Arbeitsmarktprobleme in publizistischen Berufen)
Bundesministerium für Handel
(Werbung)
Bundesministerium für Verkehr
(technologische Entwicklung, Kabel-TV)
Bundeskanzleramt
(Rundfunk)

Öffentliche Stellen
Parteien
Verbände

Berufsorganisationen im Medienbereich:

Zeitungsherausgeber
Journalistengewerkschaft
Buchhandel
Filmwirtschaft
Werbewirtschaft
Markt- und Meinungsforschungsinstitute
Verlage
ORF
Tageszeitungen
Zeitschriften
Universitätsinstitute
Volkshochschulen
Volksbildung

Zur Realisierung des Institutsprojektes wird die Durchführung einer Enquete unter der Patronanz des Bundesministeriums für Wissenschaft und Forschung vorgeschlagen, auf der das Projekt „Bestandsaufnahme der Medienforschung in Österreich“ vorgestellt und die Gründung eines Forschungsinstitutes beschlossen werden sollte. Österreich könnte durch eine derartige Forschungsinitiative in einem Bereich den Anschluß an die internationale Wissenschaftsentwicklung wieder erlangen, in dem es über eine große Forschungstradition verfügt und in dem die Chance besteht, zu einem internationalen Zentrum der Kommunikationsforschung zu werden.

*Zusammenfassend* kann die Gründung eines interdisziplinär organisierten Instituts für Kommunikationsforschung begründet werden sowohl mit kommunikationspolitischen wie mit berufspolitischen Erwägungen, mit den Empfehlungen der UNESCO, aufgrund internationaler Vergleichsstudien, aktuellen forschungspolitischen Initiativen in Österreich sowie den Ergebnissen der vom Bundesministerium für Wissenschaft und Forschung in Auftrag gegebenen Projektstudie.

# 7. Stand der Medienforschung außerhalb Österreichs

*Viktor Ergert*

Die Absicht, auch in Österreich die zur Zeit noch getrennt verlaufenden Bestrebungen auf dem weiten Gebiete der Medienforschung zu koordinieren, erfordert es, einen Blick auf gleichgerichtete ausländische Aktivitäten zu werfen.

Es dürfte heute unbestritten sein, daß Medienforschung in jedem einzelnen Lande im nationalen Bereich aktiviert werden muß, es zu allgemein gültigen Aussagen aber erst in enger wissenschaftlicher internationaler Zusammenarbeit kommen dürfte. Die Ansätze der wissenschaftlichen Medienforschung sind außerordentlich vielfältig und bedürfen deshalb einer gewissen, nach höheren Gesichtspunkten ausgerichteten Kanalisierung.

Ein allgemein gültiges Modell einer nationalen Koordinations-Stelle für Medienforschung, die den vielfachen Aktivitäten auf diesem Gebiet optimal entgegenkommt, existiert noch nicht.

Auch gibt es zur Zeit noch keine übernationale, internationale Koordinations-Stelle für Medienforschung.

Allerdings hat man bereits seit Jahren innerhalb der UNESCO erkannt, daß die Aufgabe einer internationalen Koordinations-Stelle am zweckmäßigsten von dieser weltweiten kulturellen Organisation wahrgenommen werden könnte.

Die UNESCO hat deshalb seit längerem ernsthafte Versuche unternommen, um die nationalen Entwicklungen auf dem Gebiet der Medienforschung rechtzeitig zu koordinierung. Zu diesem Zweck wurden einige sehr wichtige Veröffentlichungen von der UNESCO herausgegeben, an denen heute kein Staat mehr vorüber gehen kann, der an einer effizienten nationalen Medienforschung Interesse zeigt.

Die wichtigste Veröffentlichung der UNESCO auf diesem Gebiet ist die Broschüre „MASS MEDIA IN SOCIETY" (THE NEED OF RESEARCH) im Rahmen der „Reports and Papers on Mass Communication" (erstmals 1970 unter dem Zeichen COM/70.XVII.59A herausgebracht und ergänzt und verbessert 1971 unter dem Zeichen COM/MD/20 veröffentlicht).

Die Ausgabe „COM/MD/20" vom Jahre 1971 enthält neben einem Plädoyer für die dringende Notwendigkeit der Medienforschung vor allem Vorschläge praktischer Art für die Arbeit der Medienforschung auf nationaler Ebene und gipfelt in einem „10 Punkte-Programm" für eine effiziente Medienforschung innerhalb der einzelnen Länder.

Dieses richtungsweisende Papier wurde im Rahmen der UNESCO von angesehenen Experten bearbeitet, daraufhin von der UNESCO (Place de Fontenoy, Paris 7, France) als „long-term-Programm" (Zeitraum 10 Jahre) den Regierungen der angeschlossenen Staaten übermittelt.

Medienforschung, — wenn auch nicht im vollen Umfang des heutigen Begriffs, — wird seit Jahrzehnten an vielen Universitäten Europas und der USA betrieben. Den Universitäten sind zumeist entsprechende Institute angeschlossen, die sich anfänglich als Institute „für Zeitungswissenschaft", später „für Publizistik", und in den letzten Jahren „für Kommunikationswissenschaft" bezeichnet haben bzw. bezeichnen.

Diese Universitätsinstitute werden sich in erster Linie von den Bemühungen zur Koordination der Medienforschung angesprochen fühlen.

Darüber hinaus aber hat in den letzten Jahrzehnten auch bei den Medien selbst eine Entwicklung eingesetzt, die darauf hinausläuft, durch angeschlossene Spezialabteilungen Untersuchungen im Sinne der Medienforschung für den eigenen Gebrauch durchzuführen. Dies gilt sowohl für große Rundfunk- und Fernsehorganisationen wie auch für große Verlagskonzerne.

Da die Durchführung solcher Untersuchungen, zumindest zum überwiegenden Teil, meist kommerziellen Meinungsforschungsinstituten anvertraut wird, so zählen auch derartige, — auf Medien-Durchleuchtung spezialisierte — private Organisationen zu jenem Kreis, der im Rahmen der Koordinierung der nationalen Medienforschung eingehendere Betrachtung verdient.

Weiters haben die Spitzen-Verbände verschiedener Medien-Organisationen (Presse, Zeitschriften, Rundfunk, Fernsehen, Film, Buchverlage) ebenfalls die „Medienanalyse" in ihrem Bereich — mehr oder weniger als legitime Aufgabe — durchzuführen begonnen.

Universitäten, Massenmedien, Spitzenverbände der einzelnen Medien und auf Medien spezialisierte Meinungsforschungsinstitute zählen also zum Kreis der unmittelbar Angesprochenen.

Darüber hinaus zeigte die Entwicklung der letzten Jahre, daß sich in einigen Ländern bereits Vereine, Interessengemeinschaften und ähnliche Vereinigungen gebildet haben, die sich um eine Zusammenfassung der Medienforschung auf Zwischenebenen bemühen.

Die jüngste Entwicklung zeigt, daß — je mehr die Medien in den Blickpunkt der Gesellschaft rücken, — auch die gesellschaftlich relevanten Gruppen in ihren Spitzengremien sogenannte „Experten-Kommissionen" bilden, die medienpolitische Konzepte zu entwickeln versuchen.

Zur Erarbeitung derartiger „Medien-Papiere" oder „Medien-Konzepte" bedarf es allerdings ebenfalls wieder gesicherter Ergebnisse aus der Medienforschung. Auf diese Weise kommen weitere — und sogar ziemlich machtvolle — Kristallisationspunkte zustande, die der seriösen Medienforschung durchaus kraftvolle Impulse zu verleihen imstande sind. Dem Staat und der Gesellschaft kann es nämlich nicht gleichgültig sein, wie sich die Vielfalt der Medien — angetrieben vom technologischen Fortschritt — in Hinkunft weiterentwickelt und auf welchen Grundlagen angemessene Regulative aufgebaut werden.

Die Medienforschung als wissenschaftliche Disziplin wird hier bereits Versäumtes aufzuholen haben und bei einer gesteigerten Nachfrage nach konkreten Forschungsergebnissen dürften bald weitere Zwischenformen „angewandter" Medienforschung absehbar sein.

Da man sich in Österreich nun entschlossen hat, der Medienforschung in unserem Lande größeres Augenmerk zuzuwenden, erscheint es vielleicht zweckmäßig, von einigen in diesem Zusammenhang nicht uninteressanten Aktivitäten des Auslands zu berichten bzw. einige jener Stellen des Auslands — ohne Anspruch auf Vollständigkeit — zu erwähnen, die sich ebenfalls dem Gebiet der Medienforschung widmen.

In der Deutschen Bundesrepublik sind es vor allem folgende Universitätsinstitute, die sich mit der Medienforschung beschäftigen:

Institut für Zeitungswissenschaft
der Ludwig-Maximilians-Universität, München
Institut für Politik- und Kommunikationswissenschaft
der Friedrich-Alexander-Universität, Nürnberg
Institut für Publizistik der Universität Göttingen
Institut für Publizistik
der Westfälischen Wilhelms-Universität, Münster
Institut für Publizistik und Kommunikation
an der Ruhr-Universität Bochum
Institut für Publizistik der Freien Universität Berlin
Institut für Publizistik der Universität Mainz

In der Schweiz wären etwa folgende Institute zu nennen:

„Institut de soziologie des communications de masse"
der Universität Lausanne,
„Publizistisches Institut" der Universität Zürich

In Italien erscheint ein Kontakt angebracht mit dem
Instituto Agostino Gemelli, Milano

und in Frankreich mit dem
„Centre d'Etudes des Communications de Masse" in Paris.

In England hat sich insbesondere die Universität Leicester in der Medienforschung profiliert:
Centre for Communication Research, University of Leicester.

In England begann anfangs der Sechziger-Jahre eine engere Zusammenarbeit zwischen dem kommerziellen Rundfunk (ITA) und Wissenschaftern, die zur Bildung eines eigenen Forschungskomitees führte, das allerdings innerhalb der Medienforschung speziell auf die „Fernsehforschung" ausgerichtet war. Inzwischen hat sich übrigens an der Universität Leicester ein „Dokumentationszentrum für Medienforschung" im Sinne des UNESCO-Vorschlages gebildet.

Eine ähnliche Zusammenarbeit zwischen Rundfunk und Medienforschung ergab sich auch in Schweden und zunächst in Ansätzen in den übrigen skandinavischen Ländern. Diese Entwicklung führte im März 1973 zu einer Einrichtung, die der organisatorischen Zusammenfassung der Medienforschung schon sehr nahe kommt. So wurde mit Unterstützung des „Skandinavischen Kulturfonds", sowie der Rundfunkorganisation der vier skandinavischen Länder und der Zeitungsherausgeber-Verbänden von Dänemark, Norwegen und Schweden das *Skandinavische Dokumentationszentrum für Medienforschung* (Nordic Documtation Center for Mass Communication Research, kurz NORDICOM genannt, geschaffen.

Für die Koordination des Projektes sowie für die internationalen Kontakte ist die Finnische Universität in Tampere zuständig. Die datenmäßige Verarbeitung des Dokumentationsmaterials mittels Computer erfolgt beim Schwedischen Rundfunk.

NORDICOM betreibt allerdings Medienforschung nicht unmittelbar, sondern versteht sich in erster Linie als Dokumentations-Sammelzentrum relevanter Medienforschungsergebnisse. Die Datensammlung erfolgt in Dänemark durch die Universität in Aarhus, in Finnland über die Universität in Tampere, in Norwegen beim Soziologischen Institut der Universität in Bergen und in Schweden über die „Stockholm School of Economics".

Als spezielles Ziel von NORDICOM wird angegeben, daß das Skandinavische Dokumentationszentrum den sogenannten „Opinion-leaders" und „Decision-makers" (also im wesentlichen Politikern) sowie „anderen interessierten Gruppen" die Möglichkeit bieten soll, sich ständig „mit dem Fortschritt auf diesem so wichtigen Feld der Forschung" auf dem laufenden zu halten.

In der Deutschen Bundesrepublik ist die Medienforschung ebenfalls weitgehend im Zusammenhang mit Rundfunk und Fernsehen, aber auch im Zusammenhang mit dem Phänomen der „Pressekonzentration" in den Vordergrund gerückt. Mit der Rundfunk- und Fernsehforschung beschäftigt sich in der Bundesrepublik schon seit langem das
„Hans Bredow-Institut für Rundfunk und Fernsehen an der Universität Hamburg", das wahrscheinlich die umfassendste Fachbibliothek auf diesem Sektor im ganzen deutschsprachigen Raum besitzt.

Andererseits haben die Deutschen Rundfunkanstalten und das ZDF schon seit längerer Zeit eine eigene „Medien-Kommission" gebildet, die sich naturgemäß in erster Linie mit den elektronischen Medien innerhalb des Medienspektrums beschäftigt. Beim Zentralverband der Deutschen Zeitungs- und Schriftenverleger wurde kürzlich ebenfalls eine Medienkommission gebildet. Aktiv hervorgetreten ist in der BRD in den letzten Jahren auch die „Deutsche Gesellschaft für Kommunikationsforschung" mit dem Sitz in München.

Daß bei allen großen deutschen Parteien „Medien-Kommissionen" zwecks Erarbeitung parteigemäßer „Medienkonzepte" bzw. „Medien-Papiere" tätig sind, dürfte allegemein bekannt sein.

Weniger bekannt hingegen dürfte sein, daß das Deutsche Bundes-Innenministerium die erforderlichen wissenschaftlichen und organisatorischen Vorarbeiten geschaffen hat, um erstmalig mit Ende des Jahres 1973 einen offiziellen umfassenden
„Medienbericht der Deutschen Bundesregierung" zu veröffentlichen, der auch weiterhin jährlich herausgegeben werden soll.

Die in der BRD besonders mit Aufgaben der Medienforschung — sowohl für Rundfunk wie auch für die Presse — beauftragten Meinungsforschungs-Institute sind
das Infratest-Institut München
das Institut für Demoskopie, Allensbach
das Emnid-Institut in Bielefeld, sowie
die CONTEST-Ges. m. b. H. für angewandte Soziologie in Frankfurt.

Zu vermerken ist noch, daß „Medien-Referenten" bei allen großen Rundfunkanstalten in der BRD ihre Arbeit bereits aufgenommen haben.

Abschließend soll noch darauf hingewiesen werden, daß auch am Sitz des „Europa-Rates", an der Universität in *Straßburg,* — weitgehend nach den Anregungen der UNESCO, — ein Dokumentationszentrum für Medienforschung eingerichtet wurde. Diese Organisation will als Dokumentationszentrum für Medienforschung für die *französisch sprechende* Welt verstanden werden.

Damit ist auch ein Hinweis darauf gegeben, daß möglicherweise eine ähnliche Organisation innerhalb des *deutschsprachigen* Raumes in Europa angeregt werden könnte.

Es gibt eine Reihe von Argumenten, die gegen — und sicher ebensoviele, die für ein derartiges multinationales Projekt sprechen. Es darf jedenfalls damit gerechnet werden, daß früher oder später von einer der interessierten Stellen im deutschsprachigen Raum eine solche Initiative ausgehen wird.

Immerhin gibt es derartige Organisationen multinationaler Art bereits für Lateinamerika (CIESPAL) und eine weitere für den Südostasiatischen Raum in Singapur (AMIC). Diese und ähnliche in Bildung begriffene Dokumentationszentren für Medienforschung sind im wesentlichen Daten-Zentral-Sammelstellen, die — ebenso wie die zuliefernden Zweigstellen — in der Regel eng an Universitäten angeschlossen sind.

Initiativen, um die Fülle der Einzelforschungen auf dem weiten Felde der Medienforschung nutzbringend in den Griff zu bekommen, sind also bereits mehrfach vorhanden. Für Österreich wird es darauf ankommen, die Entwicklung auf diesem Gebiet weiterhin aufmerksam zu verfolgen, um sich auf optimale Weise in die Bemühungen um eine größere Effizienz der Medienforschung einzuschalten.

# 8. Exkurs: Buch und Lesen in der Medienforschung

*Richard Bamberger*

Über das Buch sind seit der Antike eine unübersehbare Fülle von Studien und Forschungen erschienen. Fast alle befassen sich aber mit dem Buch als „Literatur", als „Wortkunstwerk". Es sind dies Forschungen auf dem Gebiete der Geistesgeschichte, der Kunstwissenschaft oder der Ästhetik.

Buch und Lesen als Kommunikationsmittel wurden von der Forschung erst in der jüngsten Zeit beachtet. Von einem systematischen Forschungszweig kann daher kaum gesprochen werden.

Umso wichtiger dürfte es sein, einen Überblick über die vorhandenen Ansätze zu gewinnen, um damit eine Grundlage für weitere Initiativen in dieser Richtung zu schaffen.

Es zeichnen sich folgende Ansätze ab:

I. Die rein kommerzielle Forschung über den Buchabsatz (Buchmarktforschung).
II. Die Verbreitung des Buches durch das Bibliothekswesen.
III. Forschung über Wesen und Begriff des Lesens (und damit über die Besonderheiten des Mediums).
IV. Forschung über Lesesituation, Leseinteressen und Lesegewohnheiten.
V. Forschung über die Wirkung der Lektüre.
VI. Forschungsaufgaben und Aufgabenbereiche.

*ad I. Zur Buchmarktforschung*

Grundlagen für diesen Forschungsbericht sind die Statistiken der verschiedenen Verlagsverbände, die entweder, wie das „Börsenblatt", „Publishers Weekly" u. a., regelmäßig in bestimmten Zeitabständen während des Jahres oder auch wie „Buch und Buchhandel in Zahlen", hrsg. vom Börsenverein des deutschen Buchhandels, als alljährlicher Sonderdruck veröffentlicht werden.

Aber auch die Veröffentlichungen der Statistischen Zentralämter der einzelnen Länder sowie die multinationalen Statistiken der UNESCO bilden wichtige Quellen. Eine Zusammenfassung der Buchproduktionsziffern aus globaler Sicht bringt das „UNESCO Statistical Yearbook". Ebenfalls jährlich gibt die UNESCO den „Index Translationum", eine internationale

Bibliographie der Übersetzungen, heraus. Anläßlich des von ihr proklamierten Internationalen Buchjahres 1972 veranstaltete die UNESCO eine internationale Ausstellung „Books about Books“, deren Katalog eine wichtige Bibliographie zu den Themen Buchproduktion, Verlagswesen, Buchvertrieb, Copyright u. a. darstellt.

Eine Auswertung dieser von den angeführten Institutionen herausgegebenen Statistiken und Berichte sowie der Versuch einer Beantwortung der sich in diesem Zusammenhang aufdrängenden Fragen wurde bisher nur in einzelnen Ländern unternommen.

Einige dieser nationalen Studien und Untersuchungen wurden vom „Internationalen Institut für Buchmarktforschung“ in Hamburg (zum Haus Bertelsmann gehörig) auch ins Deutsche übersetzt und in der Reihe „Schriften zur Buchmarktforschung“ herausgegeben, wie:
Buch und Leser in Frankreich. Eine Studie des Syndicat National des Editeurs, Paris. Gütersloh 1963. (Bd. 2.)
Buch und Leser in den Niederlanden. Eine Utersuchung der Stichting Speurwerk betreffende het Boek, Amsterdam. Gütersloh 1963. (Bd. 3.)

Eine ähnliche Untersuchung für den deutschen Bereich,
Buch und Leser in Deutschland. Eine Untersuchung des DIVO-Instituts, Frankfurt a. M., bearb. von M. R. Girardi, L. K. Neffe u. H. Steiner. Gütersloh 1965. (Bd. 4.)
wurde ebenfalls im Rahmen der „Schriften zur Buchmarkt-Forschung“ publiziert.

Für den österreichischen Raum erschien im selben Verlag:
Buch und Leser in Österreich. Eine Untersuchung des Instituts für empirische Sozialforschung, bearbeitet von Ernst Gehmacher, Diemut Graf und Leopold Spira, Hamburg 1974 (Bd. 25.)

Daneben fehlen aber auch multinationale Studien nicht, wie:
Jugend und Buch in Europa. Untersuchungen u. Berichte aus fünf Ländern. Hrsg. von Ilse Lichtenstein-Rother. Gütersloh 1967. (Bd. 9.)
Escarpit, R.: Die Revolution des Buches. Aus dem Französ. von W. D. Bach. Gütersloh 1967. (Bd. 10.)

Eine weitere Schriftenreihe des Verlags für Buchmarktforschung „Berichte des Instituts für Buchmarkt-Forschung“ ist den verschiedenen Aspekten des Buchhandels gewidmet:
Strauß, W.: Der Buchhandel und seine potentiellen Kunden. 1963. (Nr. 6.)
Strauß, W.: Öffentlichkeitsarbeit im Buchhandel. Wesen und Bedeutung. 1964. (Nr. 14.)

Aussichten und Probleme des Sachbuches. Eine Vortragssammlung. 1965. (Nr. 17—19.)
sowie die methodisch überaus aufschlußreiche Studie von
Hinze, Franz: Book Market Research in Europe. 1966.

Besonders informativ ist die ebenfalls in dieser Reihe erschienene Publikation
Lesen, Leihen und Kaufen von Büchern. Ein internationaler Vergleich. 1968. (Nr. 41.),
deren Ergebnisse für alle jene, die an einer Verbesserung der Situation des Mediums Buch interessiert sind, geradezu herausfordernd wirken muß. Eine der wichtigsten Tabellen daraus sei hier angeführt:

Anzahl der gekauften und geliehenen Bücher pro Haushalt und Jahr

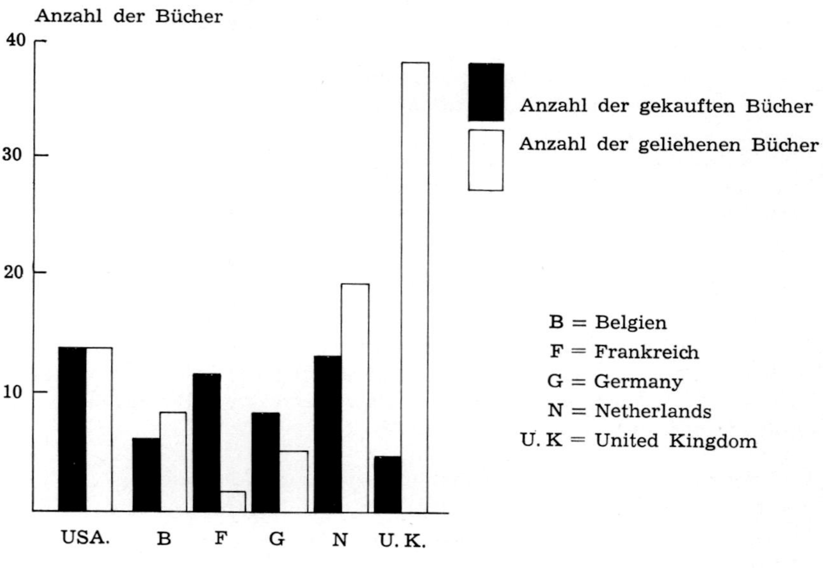


Eine nicht zu unterschätzende Bedeutung für den Absatz von Büchern haben auch die Buchgemeinschaften, über die das Institut der Buchmarkt-Forschung ebenfalls eine Untersuchung angestellt hat:

Buchgemeinschaften in Deutschland. Aufsätze u. Bibliographie. 1967. (Nr. 37—39.)
Buchgemeinschaften erfüllen nicht nur im ländlichen Raum, wo dem Kon-

sumenten kaum Sortimentbuchhandlungen zur Verfügung stehen, eine wichtige Funktion, sondern auch in den Städten, wo viele Teile der Bevölkerung kaum je eine Buchhandlung betreten, aber dafür zumindest Mitglieder einer Buchgemeinschaft sind. Durch die Kataloge mit ihren kurzen Buchannotationen wird dem Konsumenten die Auswahl erleichtert, was im Buchhandel mit seinem viel größeren Angebot natürlich nicht möglich ist. Dort gibt es allerdings auch von den Taschenbuchproduktionen der einzelnen Verlage Buchlisten.

Die meisten der oben angeführten Studien und Untersuchungen bringen nicht nur Feststellungen über die Umstände des Buchabsatzes, sondern gehen auch den verschiedenen Ursachen nach: Interessenforschung, Verteilung des Buchkaufes auf die einzelnen Bevölkerungsschichten, Wirksamkeit von Werbemethoden u. a.

Die Arbeiten des Instituts für Buchmarkt-Forschung untersuchen in der Folge auch die Möglichkeit der Verbesserung der Situation durch einen planvollen und wirksamen Leseunterricht, so etwa
Nellen-Piské, Jutta: Erziehung zum Lesen im Unterricht. Möglichkeiten, im muttersprachlichen Unterricht zum guten Kinderbuch hinzuführen. 1966.

Wie erklären sich die krassen Unterschiede im „Buchkonsum" in den verschiedenen Ländern? Nicht durch Kulturtradition, nicht durch sozio-ökonomische Faktoren! Nicht durch geographische, rassische oder andere Gegebenheiten. Bei Feststellung der Sachlage ergibt sich ein entsprechender Faktor: in den Ländern mit großem Buchkonsum steht das Buch in der Skala der Werte sehr hoch, d. h. es genießt allgemeine Achtung und Anerkennung. Dies drückt sich vor allem darin aus, daß in diesen Ländern, vor allem in England und in den USA (wie auch in den skandinavischen Ländern, die in diesen Untersuchungen nicht aufscheinen!) rund 30 bis 50 mal mehr finanzielle Mittel für Schülerbüchereien aufgewendet werden als etwa in Deutschland.

*ad II. Die Verbreitung des Buches durch das Bibliothekswesen.*

Als Quellen dienen hier wieder in erster Linie die Bibliotheksstatistiken der einzelnen Länder sowie der regionalen Landesverbände, die Auskunft geben über die Anzahl der Bibliotheken, die Höhe des Buchbestandes, aber auch über die Zahl der Benützer und der entliehenen Bücher.

Vom Statistischen Zentralamt werden ebenfalls jährlich im Rahmen der Kulturstatistik statistische Berichte über das Bibliothekswesen herausgegeben.

Das Bibliothekswesen ist für die Verbreitung des Buches ebenso wichtig wie der Buchhandel (siehe auch: Lesen, Leihen und Kaufen von Büchern. = Berichte des Instituts für Buchmarkt-Forschung, Nr. 41).

Forschungen zu diesem Thema werden von der UNESCO in der Reihe „UNESCO Manual for Libraries“ publiziert.

Wie viele Menschen jedoch ihr ganzes Leben lang die öffentlichen Bibliotheken und Büchereien benützen, hängt in hohem Maße davon ab, ob und wie sie in der Jugend zur öffentlichen Bücherei geführt und wie sie in ihr heimisch wurden. Eine erste Einführung in die Benützung des Kataloges und eine ständige Förderung des Interesses ist daher notwendig.

Auch im Büchereiwesen bilden die Buchlisten natürlich eine große Hilfe für den Leser. So geben etwa die Städtischen Büchereien Wiens 6 mal jährlich ihre „Bücherbriefe“ heraus, das sind Kataloge ihrer Neuerscheinungen mit kurzen Kommentaren, eingeteilt in Gruppen, wie Belletristik, Jugendbücher etc.

*ad III. Forschung über Wesen und Begriff des Lesens (und damit über die Besonderheiten dieses Mediums)*

Zunächst sind die beiden Hauptfunktionen des Lesens: Lesen als Kommunikationsmittel und Lesen als Denkprozeß zu unterscheiden. Ersteres dient der Vermittlung von Inhalten, von Informationen.

Lesen als Denkprozeß ist ein komplexer Vorgang. Es besteht nicht nur im Verstehen der aufgenommenen Ideen, sondern auch in ihrer Interpretation und kritischen Bewertung.

Untersuchungen zu diesem Thema stammen u. a. von:

Downing, John: Comparative Reading. Cross-National Studies of Behavoiur and Processes in Reading and Writing. New York: Macmillan 1973.
Giehrl, Hans E.: Der junge Leser. Donauwörth: Ludwig Auer 1968.

*ad IV. Forschung über Lesesituation, Leseinteressen und Lesegewohnheiten*

Zu diesem Punkt gibt es Untersuchungen auf der ganzen Welt, und die Forschung ist gerade auf diesem Gebiet schon zu sehr konkreten Ergebnissen gelangt.

Äußerst informativ ist hier die Studie von:

Mann, Peter H. and Burgoyne, Jacqueline L.: Books and Reading. London: André Deutsch 1969,
die ein soziologisches Modell der Analyse der Freizeitlektüre entwickelt haben.

Über die Verhältnisse im Ostblock, d. h. in der Sowjetunion gibt uns die Untersuchung der Leninbibliothek:
Sowjetski tschitatel (Der sowjetische Leser). Hrsg. Leninbibliothek, Moskwa: Usdatelstwo „Kniga“ 1968
Einblick und beweist auch gleichzeitig, wie sehr das Buch gerade in der Sowjetunion als Statussymbol angesehen wird.

Untersuchungen an Jugendlichen stammen u. a. von
Norvell, George W.: What Boys and Girls Like to Read. Morristown, N.J.: Silver Burdett Company 1959.
Wölfel, Ursula: Der junge Leser im Blickfeld der Forschung. Entwicklungen und Ergebnisse der Jungleserkunde. In: Studien zur Jugendliteratur und literarische Bildung. 1961. Hrsg. von Klaus Doderer. Ratingen: Henn 1961.
Lehtovaara, A. and Saarinen, P.: School-Age Reading Interests. A Methodological Approach. Helsinki: Soumalainen Tiedeakatemia 1964.

Thema der finnischen Studie ist eine Untersuchung der die Leseinteressen bestimmenden Faktoren.

Dem Internationalen Institut für Jugendliteratur und Leseforschung wurde von der UNESCO ein Forschungsauftrag zum Thema „Untersuchung zur Lesesituation, zur Leseleistung und zum Leseverhalten Zehnjähriger“ übertragen, mit dessen Ergebnissen noch im heurigen Jahr zu rechnen ist.

*ad V. Forschung über die Wirkung der Lektüre*

Das grundlegende Werk auf diesem Forschungssektor ist:

Waples, Douglas/Berelson, Bernard and Bradshaw, Franklyn R.: What Reading Does to People. A Summary of Evidence on the Social Effects of Reading and a Statement of Problems for Research. Chicago: The University of Chicago Press 1940.

Die Autoren haben hier eine systematische Untersuchung der wichtigsten Probleme zur Wirkung der Lektüre geliefert, die für die Förderung des Buches als Kommunikationsmittel von besonderer Bedeutung sind.

Im Internationalen Institut für Jugendliteratur und Leseforschung wird gegenwärtig ebenfalls an einer Forschung zum Thema „Wirkung der Lektüre auf den Bildungsertrag“ gearbeitet.

*ad. VI. Forschungsaufgaben und Aufgabenbereiche*

Sicherlich werden auf allen hier angeführten Gebieten noch viele Untersuchungen notwendig sein, um alle noch ungelösten Probleme zu lösen.

Im Sinne der Medienforschung sollten jedoch vor allem vergleichende Untersuchungen im bezug auf die Stellung, die Bedeutung und die Wirkung des Buches im Verhältnis zu den übrigen Medien angestellt werden, wie etwa:

1. Verhältnis der Zeit, die den Massenmedien und dem Buch gewidmet wird
2. Verwendung von Buch und Massenmedien im Bildungsprozeß (Schule und Erwachsenenbildung)
3. Vergleichende Untersuchung über die Wirkung der Massenmedien im Verhältnis zum Buch
4. Untersuchung über die Wirkung einer Kooperation von Massenmedien und Buch.

Neben diesen Untersuchungen, die jeweils begrenzte Teilprobleme klären sollen, wäre jedoch vor allem als Grundlagenforschung eine Studie über die Methodik zur Frage „Buch als Medium" von größter Wichtigkeit. Da sich verschiedene soziologische Forschungen, die in der Hauptsache auf Fragebogen basieren, mit Fehlerquellen behaftet erwiesen, sollten Rundfragenergebnisse deshalb immer nur in Verbindung mit exakt belegbaren Statistiken ausgewertet werden.

*Institutionen, die sich mit Fragen des Lesens und des Buches beschäftigen:*

The Children's Book Council. 175 Fifth Avenue, New York, N. Y. 10010.
Institut für Jugendbuchforschung. Johann Wolfgang Goethe-Universität. 6 Frankfurt/M., Georg-Voigt-Str. 6, BRD.
Institut für Jugendliteratur u. Leseforschung. 1080 Wien, Fuhrmannsg. 18a.
Instituto Nacional del Libro Espanol. Ferraz 11, Madrid (8), Spanien.
International Board on Books for Young People. Sekretariat 4052 Zürich, Lindenhofstraße 8, Schweiz.
International Reading Association. Newark, Delaware, 19711, USA.
The Lenin State Library of the UdSSR. Moskau — Zentrum, UdSSR.
National Book Development Council of Vietnam. Saigon, Vietnam.
National Book League. 7 Albermarle Street, London WIX 4BB, England.

# 9. Dokumentation

## 9. 1. Dokumentation Expertengespräche

### Protokoll Nr. 1

1. *Institut für empirische Sozialforschung (IFES)*

a) Expertengespräch:

Zukünftige allgemeine Schwerpunkte der Kommunikations-(Medien-) forschung:
Wirkungsforschung mit Berücksichtigung lerntheoretischer und sozialpsychologischer Konzeptionen.

ad lerntheoretische Konzeptionen:
Durch welche Maßnahmen werden Kommunikationsinhalte aufgenommen?
Wo gibt es Lernwirkungen?
Effizienz oft nicht erreicht oder nur mit hohen Kosten.
Bei den Massenmedien im politisch-sozialen Feld keine optimale Kommunikationswirkung, da die Produzenten der Massenmedien keine Ahnung von lerntheoretischen Konzeptionen haben.
In der Werbemittelforschung wäre lerntheoretischer Ansatz notwendig.
Koordination nicht möglich, da Eigeninteresse aus wirtschaftlichen Erwägungen.

ad sozialpsychologische Konzeptionen:
Was passiert mit Kommunikation, wenn sie zum Rezipienten durchdringt?
Zum Beispiel haben Künstler besseres instinktives Verhaltensmuster als andere Kommunikatoren mit kognitiven Verhaltensmechanismen.
Hier gibt es auch relativ wenig wissenschaftliche Erkenntnis.
Weitere Fragen: Einstellungen, Persönlichkeitsstrukturen.
Aggression: z. B. Abbau und neurotische Mechanismen.
Störung von Sozialbeziehungen.
Hier wäre ein großes Wirkungsforschungs-Projekt ohne politisches und ökonomisches Interesse wichtig.

2. *Institut für Kommunikationsforschung (IFK)*

a) Expertengespräch:

Wichtige Themenschwerpunkte der Forschung sollten bilden:
Kommunikationsforschung
Massenkommunikation und politische Bildung
Massenkommunikation und Lebensgestaltung
Internationale Kommunikation
Kommunikation und Probleme der Entwicklungsländer

b) Forschungsarbeiten:

Forschungsarbeiten abgeschlossen und in Arbeit
(Ende 1972 bis Mitte 1973):

Auslandskorrespondenten — Kommunikatoren im internationalen Kommunikationssystem (phil. Diss., Univ. Salzburg — Beitrag zur Grundlagenforschung des IFK)

Development Aid Policy and Diagnostic Communications Research. A Contribution to Adequete Policy Planning in International Communication

Kommunikationsforschung und Öffentlichkeitsarbeit (Strukturplanung im Kommunikatorbereich: Kommunikatorstruktur- und -funktionsplanung)

Beitrag zur Analyse der Medienforschung in Österreich

Grundlagenforschung der Wirkungszusammenhänge sowie Instrumentierung kommunikativer Prägungsprozesse durch Massenmedien

Inhaltsanalyse zum „Aufmacher" — eine vergleichende Analyse österreichischer Tageszeitungen

Kommunikationswissenschaftliche Grundlagen medienpolitischer Planungskonzeptionen in Österreich

3. *Institut für Pädagogik an der Universität Wien*

a) Expertengespräch:

Schwerpunkte zukünftiger Kommunikations-, bzw. Medienforschung:

Im allgemeinen sollten auf zwei Fragestellungsebenen erfolgen:

wieviel an dem Kommunikator und dem Rezipienten unbewußten Wertorientierungen und Verhaltens- bzw. Einstellungsschemata in den Massenmedien mit den Sachinformationen mitgeliefert wird;

ob Medien nicht als Volksbildungsinstrument eingesetzt werden könnten, wobei die Prioritäten, die anzusprechenden Personengruppen, sowie die didaktischen Bedingungen Hauptziele der Untersuchung bilden müßten.

b) Forschungsarbeiten:

Die im Rahmen des Instituts durchgeführten Arbeiten sind zweigeteilt, und zwar in:

allgemeine Institutionsarbeiten

in Zusammenarbeit mit dem BMfUK der Projektgruppe Massenmedien, dem Institut für Soziologie an der philosophischen Fakultät der Universität Wien und dem Institut für Theaterwissenschaften.

Bei diesen Arbeiten werden folgende Themen behandelt:

Grundsatzvorerhebung einiger Aspekte zur Problematik einer Tele-Matura

Aspekte medialer Studienprogramme

Erhebung und wissenschaftliche Interpretation zu Studienprogrammen des ORF

Untersuchung zum Problem der Aggression und Brutalität im TV

Soziologische, lernpsychologische und kommunikationswissenschaftliche Aspekte von der Pädagogik und Theaterwissenschaft gemeinsamen Untersuchungsgegenständen

Medien in der Erwachsenenbildung — eine Analyse anhand eines Studienprogramms.

Dissertationen in Arbeit

TV-Sendungen: Analyse von Stereotypen und nicht deklarierten Werthaltungen, Fragen der Mediendidaktik

Problematik der Studienprogramme in Fernsehen und Hörfunk (Didaktische Fragen der Vermittlung von Bildungsprogrammen durch die Massenmedien).

4. *Institut für Publizistik, Universität Wien*

a) Expertengespräch:

(Institutsvorstand — mündlich, Assistenten — schriftlich)
Allgemein gesehen:

Schwerpunkte der Kommunikations-(Medien-)forschung auf dem Gebiet der wissenschaftstheoretischen Grundlagenforschung und der Wirkungsforschung.

Schriftliche Angaben:

„Zunächst sollte festgehalten werden, daß der Ausdruck ‚Medienforschung' eher unglücklich gewählt erscheint, da er irreführend interpretiert werden könnte.

Vorzuziehen wäre Kommunikationsforschung oder — den vorliegenden Vorstellungen entsprechend — Massenkommunikationsforschung.

‚Medienforschung' könnte nur als Teilgebiet einer umfassenderen Massenkommunikationsforschung und diese wieder nur im Rahmen einer allgemeinen Kommunikationsforschung verstanden und sinnvoll betrieben werden. (Dies beruht darauf, daß Medien nur einen von mehreren Faktoren des Kommunikationsprozesses darstellen, daß Massenmedien einen Faktor des Massenkommunikationsprozesses darstellen etc. . . .)

Massenkommunikationsforschung wird aufgrund der Zusammenhänge des Objektbereiches häufig auf Ergebnisse einer allgemeinen Kommunikationsforschung zurückgreifen müssen . . .

Zur Frage selbst: die kommunikationswissenschaftliche Abteilung des Instituts für Publizistik der Universität Wien engagiert sich vorwiegend im Bereich der Wirkungsforschung (der Massenkommunikation), ‚vorwiegend' deshalb, weil auch hier inhaltlichen Zusammenhängen Rechnung zu tragen ist, und eine Ausschließlichkeit daher nicht zu vertreten wäre.

Der Bereich der Wirkungsforschung wurde deshalb gewählt, weil man hier von einer einheitlichen Theorienbildung, wie sie eine empirisch analytische Wissenschaft anstrebt, noch weit entfernt ist und weil somit im Bereich der Kommunikationswissenschaft hier die größten Möglichkeiten aber auch Aufgaben bestehen, die wissenschaftliche Disziplin voranzutreiben.

Weitere Vorteile: methodische Zugänglichkeit, verbunden mit der Möglichkeit und Notwendigkeit methodischer Weiterentwicklung, potentielle Relevanz der Forschungsergebnisse für die Praxis.

Konkrete Fragestellungen wären z. B.: Welchen Einfluß haben die MM auf die Bildung subkultureller Verhaltensweisen?

Welche Inhalte erreichen den Rezipienten?

Was kommt an, wurde abgelehnt, etc....?

In welchem Ausmaß wirken Medien meinungsbildend, stabilisierend, etc...?

5. *Institut für Theaterwissenschaft an der Universität Wien*

a) Expertengespräch:

(Befragt wurden der Institutsvorstand und der Assistent)

Institutsvorstand:

Schwerpunkte der Forschung in der nächsten Zeit sollten bilden:

1. Medien-Präsentationsformen,
2. Image-Forschung (von zeichentheoretischen Ansätzen bis z. B. Image eines Politikers),
3. Wirkung von Sendungen auf das Publikum in Zusammenarbeit mit anderen einschlägigen Instituten.

Wichtige Fragestellungen, die dabei zu untersuchen wären:

die persönliche Gesundheit des Einzelnen und der Gruppen (TV-kranke Kinder — Sanatorium) — Volksgesundheit

Informationsvermittlung: interdisziplinärer Forschungsansatz

Brutalität — Aggression in Spielformen, die zu neurotischem Verhalten führen können

Verarbeitungsmechanismen der Rezipienten (Mechanismen gegen Informationsüberflutung müssen geschaffen werden, Fragen der Entscheidungsüberforderung, alte Mechanismen reichen nicht mehr aus, psychologische Verarbeitungsfelder müssen eingeordnet werden)

Fragen der Informationsauswahl (Fragen eines demokratischen Entscheides einer Rangordnung von Informationseinheiten)

Informationsmechanismen als schulischer Lehrinhalt.

Assistent:

Schwerpunkte der zukünftigen Arbeit sollten bilden:

1. Medientheorie,
2. Methodenerarbeitung, z. B. zeichentheoretische Ansätze für theatermedienwissenschaftliche Anwendung,
3. Medienkritik im ästhetischen Sinn:
   praktische Analysen; Versuch, einen Raster zu finden, um Unterschiede der Medien untereinander (unter Berücksichtigung von exogenen Bedingungen, d. h. ökonomischen, juridischen, soziologischen Fixierungen, sowie endogenen Bedingungen, die im Bereich der Produktion liegen (zukünftige Aspekte einer Veränderbarkeit des Medienprodukts und der Medienwirkung),
4. Fragen der wissenschaftlichen Terminologie, einer allgemein interdisziplinär anwendbaren Wissenschaftssprache,
5. Publikumsforschung (interdisziplinär).

6. *Institut für Werbewissenschaft, Hochschule für Welthandel in Wien*

a) Expertengespräch:

Ordinarius emeritiert. Kommissarischer Leiter Prof. Theuer, 2 Assistenten. Ca. 60 Hörer im Seminar (7. und 8. Semester), ca. 30 Hörer in Vorbereitung auf Diplomprüfung.

Zukünftige allgemeine Schwerpunkte der Kommunikations-(Medien-) Forschung:

Medienwirkungsforschung
Fortentwicklung der Meßverfahren
Intermediavergleich, Wirksamkeit

b) Forschungsarbeiten:

1 Dissertation, 16 Diplomarbeiten, die in die Kategorie Kommunikations-Medienforschung fallen (Zeitraum 1967—1972).

7. *Österreichisches Gallup-Institut*

a) Expertengespräch:

Als wichtiger Schwerpunkt der künftigen Medien- bzw. Kommunikationsforschungsaktivitäten wurde genannt:

Qualitative Forschung im Rahmen der Medienwirkung, insbesondere auf dem bildungspolitischen Aspekt.

b) Forschungsarbeiten:

Nicht angegeben.

## Protokoll Nr. 2

Protokoll zu den Informationsgesprächen MEDIENFORSCHUNG an der J. K. Hochschule für Sozial- und Wirtschaftswissenschaften, 4045 Linz-Auhof.

Gliederung:

1. Der Fragenkatalog
2. Interview mit o. Univ.-Prof. Dr. Wössner
3. Interview mit o. Univ.-Prof. Dr. Holm
4. Interview mit o. Univ.-Prof. Dr. Fürstenberg
5. Durchsicht der Bibliothek und übrige Mitteilungen (o. Univ.-Prof. Dr. Scharmann)

**1.** In den mündlichen, unstrukturierten Interviews wurde neben der Klärung der technischen Details der schriftlichen Befragung vor allem versucht zu klären, inwieweit

a) an dementsprechenden Institut die Medienforschung bisher betrieben wurde und wird

b) welche Projekte für die Zukunft bestehen

c) welche Möglichkeiten einer Zusammenarbeit und Koordination sich ergeben würden

d) Fragen allgemeineren Charakters, die die Medienforschung und deren Schwierigkeiten betreffen.

Bezüglich der behandelten Themen wurde spezielles Augenmerk auf den Fragenkatalog der UNESCO gerichtet; die Gespräche dauerten: Herr Prof. Wössner und Herr Prof. Fürstenberg etwa 30 Minuten und Herr Prof. Holm etwa 15 Minuten. Mitschrift erfolgte handschriftlich; die Gesprächspartner ersuchten um Zusendung des Protokolls und weiterer Informationen über den Fortgang des Forschungsprojekts.

2. Herr Prof. **Wöslner** betonte, daß bei der Arbeit seines Instituts die Bildungssoziologie im Vordergrund stand, neben allgemeinen Aspekten der soziologischen Theorie. Besonderes Interesse am Institut besteht an der Medienrelevanz und Mediengerechtheit der Erwachsenenbildung, etwa des Bildungsprogramms des ORF. Der Akzent bei der Bildungsforschung des Instituts liegt sowohl am vorschulischen und schulischen als auch am berufsbildenden Bereich. Eine Forschung, die die Medienaspekte der Bildung zu erforschen hätte, sollte als theoretische und empirische Aufgabe angesehen werden, die Aspekte der Publizistikwissenschaft, der politischen Soziologie, der Psychologie und der Wirtschaftspädagogik integrieren könnte. Besondere Relevanz wird in der Meinung von Herrn Prof. Wössner die künftige Gestaltung der Journalistenausbildung besitzen, die an der Hochschule Linz etwa als Studium irregulare möglich wäre. Besonderes Augenmerk sollte neben einer profunden Ausbildung etwa in Publizistikwissenschaft oder Zeitgeschichte oder Politikwissenschaft auf die „professionelle Erwachsenenbildung“ gelenkt werden. Bezüglich der Förderung der Medienforschung führte Herr Prof. Wössner aus, daß durch einen gezielten Anstoß von außen (Forschungsprojekte) die Situation wesentlich verbessert werden könnte; da die bisherige Bilanz an Dissertationen Diplomarbeiten und Habilitationen an seinem Institut bezüglich der **spezifischen** Problematik Medien- und Kommunikationsforschung noch gering ist. Besonderes Interesse würde an den Fragen der Entscheidungsprozesse in den Medien bestehen. Abgesehen von den finanziellen Fragen („ohne Geld keine Musik“) besteht eine große Forschungskapazität und ein großes Forschungsinteresse am Institut, das unbedingt durch ein gezieltes Herantragen der Forschungsinteressen an die Hochschulen benützt werden sollte.

3. Herr Prof. **Holm** teilte mir mit, daß, wenn man den Begriff Medienforschung nicht sehr weit fassen würde, derzeit und auch in absehbarer Zukunft nichts auf dem Institut geplant ist, was man als Medien- und Kommunikationsforschung bezeichnen könnte. Auf dem Sektor der Diplomarbeiten, ohne eine Thematik in dieser Hinsicht ausschließen zu wollen, ist bis dato und auch in nächster Zukunft nicht mit einem Thema zu rechnen, das etwa der Thematik des UNESCO-Katalogs entsprechen würde. Auch bei der Arbeit der Mitarbeiter am Institut ist nicht mit einer Beschäftigung mit „Medienforschung“ zu rechnen.

4. Herr Prof. **Fürstenberg** gab zuerst einen Überblick über die bisher auf dem Gebiet geleisteten Arbeiten. Dabei sind etwa die Arbeiten über die Inhaltsanalysen von Werkzeitschriften (Diplomarbeit), von Arbeitergesprächen, von Protokollen von Sitzungen der Betriebsräte und in der Kleingruppenforschung hervorzuheben. Als Schwerpunkte des Instituts nannte Prof. Fürstenberg die Betriebs- und Stadtsoziologie und die Sozialplanung. In verschiedenen Veranstaltungen wurden natürlich auf medienrelevante Themen eingegangen, etwa in einem Praktikum, in

dessen Verlauf Inhaltsanalysen von Tageszeitungen durchgeführt wurden. Herr Prof. Fürstenberg, auf die allgemeinen Probleme der Medienforschung eingehend, erwähnte etwa, daß er, am 4. 7. 1969 in einem Schreiben an die Abtg. Fernsehen des ORF einen kompletten Forschungsplan mit dem Thema SOZIOLOGISCHE UNTERSUCHUNG DER AUSWIRKUNG VON FERNSEHPROGRAMMEN unterbreitete, und dieses Schreiben — und um eine protokollarische Aufzeichnung dieser Tatsache ersuchte Herr Prof. Fürstenberg — WURDE BIS DATO NICHT EINMAL BEANTWORTET!

Als Hauptproblem der Medienforschung nannte Prof. Fürstenberg die Frage einer effektiven Förderung, die etwa dergestalt sein könnte, daß ein Team von etwa 5 Forschern — vielleicht 3 Assistenten und 2 Doktoranden, oder 1 Professor, 2 Assistenten und 2 Doktoranden ... (die genaue numerische Kombination müßte dem spezifischen Fall angepaßt werden) einen wirklichen Forschungsauftrag erhält, an dem längere Zeit gearbeitet werden kann, und zwar **planvoll.** Wenn die entsprechenden Mittel zur Verfügung stünden, wären Untersuchungen in dieser Richtung ohne weiteres in Österreich durchzuführen, ein Thema wäre etwa die Wirksamkeit von Bildungsprogrammen. Falls nicht eine wirkliche Geldquelle für die Medienforschung gefundenwerden kann, ist Herr Prof. Fürstenberg sehr skeptisch bezüglich der weiteren Entwicklung der Medienforschung in Österreich. Als positives Beispiel — und als Kontrast zu den Verhältnissen in Österreich — nannte Prof. Fürstenberg etwa die Förderung der Medien- und Kommunikationsforschung durch den Norddeutschen Rundfunk.

Bezüglich der zu verwendenden Methodologien sagte Prof. Fürstenberg, mit den bisherigen Leser- und Hörer-Umfragen sei nicht viel anzufangen. Was forciert werden muß, ist die Erforschung von **Wirkungszusammenhängen;** und dazu genügen nicht einfache Korrelationsanalysen, sondern Verfahren der **Indikatorbildung** u. a. sind dabei heranzuziehen. Bezüglich der weiteren Arbeiten am Institut bezüglich der Medienforschung sagte Prof. Fürstenberg, trotz der genannten Schwierigkeiten ist eine Arbeit über Teilbereiche auch in Zukunft nicht auszuschließen.

**5.** Herr Prof. **Scharmann** ließ uns via Sekretärin telephonisch mitteilen, daß er an seinem Institut keinerlei Aktivitäten bezüglich der Medienforschung in Aussicht stellt und auch bisher keine Forschungen aus dem Bereich durchgeführt wurden.

Herr Prof. Wössner ersuchte um die Zusendung eines Fragebogens.
(Alle Interviews wurden am 1. Februar 1973, zwischen 10 und 16 Uhr, an der J. K. Hochschule für Sozial- und Wirtschaftswissenschaften, durchgeführt.)

Die Durchsicht der Bibliothek (UB Linz) ergab, daß Herrn Prof. **Kulhavy,** Institut für Marketing der J. K. H. f. S. u. W., 4045 Linz-Auhof durch die Anzahl der bei ihm durchgeführten Arbeiten unbedingt ein Fragebogen zuzusenden ist.

Die Linzer Hochschulbibliothek hat alle Diplomarbeiten, Dissertationen und Habilitationen, die in Linz durchgeführt wurden, verfügbar. Unter dem Stichwort ... fand ich folgende Titel:
**„Media ...“**

**Seibert,** Franz: Modelle zur Ermittlung der Reichweite von Medien und Medienkombinationen (Dipl., Inst. Prof. Kulhavy) **32.193-C.**

**Girardet,** Paul: Die Media-Selektions-Programme als Instrument der Werbeplanung (Diss. Inst. Prof. Kulhavy) **23.206-C.**

**Schwetz,** Manfred: Mediaforschung als Grundlage der Mediaselektion (Dipl. Inst. Prof. Kulhavy) **23.238-C.**

**„Kommunikation"**

hier ist die Arbeit „Vergleichende Inhaltsanalyse von fünf Werkzeitschriften" (Dipl. Inst. Prof. Fürstenberg) hervorzuheben.
An eine weitere Arbeit in den Bibliotheken in Linz-Auhof zur Erfassung der Diplomarbeiten ist sicherlich zu denken.

## Protokoll Nr. 3

Protokoll zu den Informationsgesprächen MEDIENFORSCHUNG IN ÖSTERREICH an der Hochschule für Bildungswissenschaften in Klagenfurt.

**Zum Fragenkatalog**

Bei den durchgeführten Interviews wurden hinsichtlich der Fragenstellung drei Schwerpunkte gesetzt:

a) Erfassung der drezeitigen Arbeiten im Bereich der Medienforschung sowie die Erfassung des Literaturoutputs aus älteren Projekten

b) Erfassung der in nächster Zukunft geplanten Projekte sowie Einschätzung der vorhandenen Forschungskapazität in personeller und finanzieller Sicht

c) Erfassung der Bereitschaft zur Zusammenarbeit mit anderen Instituten sowie der Koordination zukünftiger Forschungsprojekte.

**Interview mit E. Stotz**

Herr Stotz arbeitet zur Zeit als WiHi an der Lehrkanzel für Medienpädagogik und ist gleichzeitig mit den Agenden eines Assistenten betraut.

**ad a)** Herr Stotz erklärte, daß das Institut für Unterrichtstechnologie und Medienpädagogik erst im Aufbau begriffen sei. Der volle Studienbetrieb werde erst im Herbst 1973 aufgenommen. Ab diesem Zeitpunkt soll das Studium unter den Terminus „Mediendidaktik" laufen. Daraus ergebe sich bereits der zukünftige Schwerpunkt der wissenschaftlichen Orientierung, nämlich der Einsatz von Medien in der Unterrichtspraxis. Daraus ergibt sich, daß sich bislang kein Literaturoutput feststellen läßt, da noch keine Projekte abgeschlossen sind.

**ad b)** Das erste Projekt, das durchgeführt werden soll, ist bereits in Planung. Unter Mitarbeit von Professoren, Assistenten und Lehrern soll der Versuch unternommen werden, verschiedene Medien im Unterrichtsgebrauch miteinander zu kombinieren. In der zweiten Untersuchungsphase soll unter Mitarbeit von Studenten die Wirkung des konstruierten Medienblocks hinsichtlich lernpsychologischer Befriedigung von Lehrenden und Lernenden bei der Arbeit mit den Medien untersucht werden.

**ad c)** Herr Stotz setzt sich persönlich sehr für eine Zusammenarbeit der interessierten Stellen ein. Durch Koordination der Forschungsprojekte könnten sich auf dem Gebiet der Forschungsmethodik und -technik große Vorteile ergeben. Als konkretes Beispiel nennt Herr Stotz den kostspieligen Einsatz von EDVA zur Erstellung von Computer-Lernsystemen.

**Interview mit Univ.-Prof. Dipl.-Ing. Dr. Meletzinek**

Prof. Meletzinek ist Vorstand der Lehrkanzel für Unterrichtstechnologie und Medienpädagogik.

**ad a)** Prof. Meletzinek erläuterte, daß die Lehrkanzel für Unterrichtstechnologie die zur Zeit einzige ihrer Art in Mitteleuropa sei. Allgemein sind im wissenschaftlchen Betrieb zwei Schwerpunkte zu setzen:

1. Die technische Entwicklung neuer Lernmaschinen (Hardware)
2. Einsatz der Hardware in der Unterrichtspraxis unter besonderer Berücksichtigung lernpsychologischer Aspekte (Software).

Wie Prof. Meletzinek weiter ausführte, sei zur Zeit bereits ein Projekt in Arbeit, welches weitgehend auf Vorarbeiten seinerseits aufbaue. Ziel der Arbeit sei die Erstellung eines feedback-Systems im Gruppenunterricht, ausgehend von einer programmierten Unterrichtsform. Die Hardware für das Projekt sei bereits fertiggestellt, die Software im Stadium der Erprobung. Eines der Hauptprobleme mit dem sich die Medienpädagogik in der nächsten Zeit zu beschäftigen haben werden ist laut Prof. Meletzinek, die Motivation zur Arbeit mit den Medien im Unterricht. Bei Fehlen dieser positiven Motivation kann kaum mit einem effektiven Einsatz moderner Lernmaschinen in der Unterrichtspraxis gerechnet werden.

**ad b)** Prof. Meletzinek geht im weiteren auf das bereits von Herrn Stotz erwähnte Projekt ein. Ziel des Projektes sei es, durch multimediale Wege es dem Lernenden zu ermöglichen, das vorgegebene Lernziel auf verschiedene Weise zu erreichen. (Moderne Vorlesung — Lernmaschinen — Experimente — verschiedene Mischformen usw.)

Ein weiteres Ziel seiner Arbeit in Klagenfurt sieht Prof. Meletzinek in der Einrichtung einer Mediothek, in der alle interessanten Videoaufnahmen gesammelt werden und auf Wunsch an Interessenten entliehen werden können.

Hinsichtlich der Forschungskapazität gibt sich Prof. Meletzinek in Personalfragen optimistisch. Zur Zeit stehen ihm elf (!) qualifizierte Mitarbeiter zur Verfügung. Auf dem Gebiet der Finanzierung größerer Forschungsvorhaben könnten sich Schwierigkeiten ergeben.

Die Hochschule wurde anfangs zur Einrichtung finanziell hoch dotiert. Es konnten ein TV-Studio, ein Tonstudio, ein Filmstudio und ein umfangreiches Lernmaschinenlabor eingerichtet werden. Weitere größere finanzielle Zuwendungen sind für die nächste Zeit jedoch kaum mehr zu erwarten.

**ad c)** Hier kommt Prof. Meletzinek noch einmal auf sein Projekt der Installierung einer Mediothek zu sprechen. Die unbedingte Notwendigkeit der Zusammenarbeit wurde auf einer internationalen Tagung im Herbst 1972 in Klagenfurt wiederholt betont. Durch die „Scheuklappenpolitik" einzelner Universitätsinstitute beim Ankauf von Videogeräten ist es heute bereits schwierig, Aufzeichnungen eines Institutes auf Geräten eines anderen abzuspielen. (Unterschiedliche Gerätetypen, ungleiche Normen bedingen diese Entwicklung.)

Koordination sei auch in Hinblick auf die Vermeidung unnötiger Zweigleisigkeiten im Forschungsbetrieb und der damit möglichen finanziellen Ersparnis sehr zu begrüßen.

**Allgemeines:** Prof. Meletzinek wird den Fragebogen ausfüllen und mit einer Literaturliste übersenden. Die Ergebnisse unserer Arbeit bittet er der Hochschule Klagenfurt zugänglich zu machen.

## Protokoll Nr. 4

Protokoll zu den Informationsgesprächen MEDIENFORSCHUNG IN ÖSTERREICH an der Hochschule für Musik und darstellende Kunst, Graz, sowie an der Universität Graz.

**Zum Fragenkatalog**

Vgl. dazu Seite 1 der Klagenfurter Protokolle.

**Interview mit Univ.-Ass. Dr. Buxbaum**

Dr. Buxbaum arbeitet als Assistent am Institut für Psychologie der Universität Graz, Vorstand Prof. Mittenecker.

Dr. Buxbaum erklärte mir, daß bislang am Institut von ihm keine Arbeiten im Untersuchungsbereich „Medienforschung" durchgeführt worden seien. Von Assistentenseite sei auch in nächster Zukunft kein Projekt in dieser Richtung geplant. Inwieweit Prof. Mittenecker sich mit der Problematik der Medienforschung auseinandergesetzt habe, könne er nicht sagen. Prof. Mittenecker selbst war zu dieser Zeit nicht in Graz erreichbar.

**Interview mit Dr. O. Kolleritsch**

Dr. Kolleritsch ist Leiter des Instituts für Wertungsforschung der Hochschule für Musik und Darstellende Kunst, Graz.

**ad a)** Dr. Kolleritsch betonte eingangs, daß der Schwerpunkt der Forschungen des Instituts für Wertungsforschung im Bereich der Musikästhetik sowie in der Untersuchung psychologischer Wertungsmechanismen musikalischen Erlebens liege.

Untersuchungen über Probleme der Kulturpublizistik werden im Rahmen des Forschungsbetriebes nur am Rande durchgeführt.

Das erste größere Projekt dieser Art wurde jetzt fertiggestellt und wird als „Studie 5" in nächster Zeit veröffentlicht. Ein Exemplar dieser Studie wird uns nach Erscheinen zugesandt.

Untersucht wurde der Kulturteil von acht europäischen Zeitungen. Je hundert Nummern des Jahrganges 1967 der Presse, Corriere de la Serra, Le Monde, Neue Züricher Zeitung, Neue Zeit, Süddeutsche Zeitung, FAZ und Welt wurden quantitativ inhaltsanalytisch untersucht.

Besonderes Augenmerk wurde dem quantitativen Anteil einzelner Sparten (Musik, Literatur, Film usw.) sowie der Art der Berichterstattung (Kritik, Feuilleton u. a.) gewidmet.

Die Ergebnisse wurden statistisch ausgewertet nach Signifikanzen, Mittelwerten und Korrelationen. Die Aufarbeitung erfolgte auf der EDVA der technischen Hochschule Graz.

Das Projekt wurde als Grundlagenforschung vom Institut ohne Auftraggeber durchgeführt.

**ad b)** Zur Zeit in Planung ist ein weiteres Projekt, das bis 1974 fertiggestellt sein soll. Untersucht werden sollen die kulturpublizistischen Äußerungen zum Musikprotokoll, einer Veranstaltungsreihe im Rahmen des Steirischen Herbstes 1972.

Schwerpunkt der inhaltsanalytischen Untersuchung soll die Erfassung des Anteils der Kompositionskritik innerhalb der Gesamtkritik sein. Weiters soll das Eindringen musikästhetischer Faktoren in die Berichterstattung besondere Beachtung finden.

Zur Einschätzung der Forschungskapazität führte Dr. Kolleritsch nochmals an, daß die Medienforschung nicht Schwerpunkt der Arbeiten seines Instituts sei.

Insofern arbeitet am Institut kein Medienexperte resp. Kommunikationstheoretiker. Hinsichtlich der technischen und methodologischen Durchführung der Projekte sei man auf externe Mitarbeiter von verschiedenen Universitätsinstituten angewiesen. Erwähnenswert erscheint mir die gute Zusammenarbeit mit Statistikern und EDV-Kräften der technischen Hochschule.

**ad c)** Dr. Kolleritsch räumt ein, daß es durch die Schaffung eines Medieninstituts leichter wäre, durch interdisziplinäre Zusammenarbeit größere Projekte effektiver abwickeln zu können. Das Problem der Vermeidung von Zweigleisigkeiten sehe er in seiner speziellen Situation als für ihn nicht relevant an. Hinzuweisen sei aber auf die Gefahr, daß durch Einrichtung eines zentralen Medienforschungsinstituts die angeschlossenen Stellen in ein Abhängigkeitsverhältnis kommen könnten, worunter wiederum die freie Forschung zu leiden hätte.

Positiv erachtet Dr. Kollertisch die Möglichkeiten eines solchen Institutes zu Distributionszwecken.

### Interview mit Dr. G. Falk

Dr. Falk ist Assistent am Institut für Soziologie der Universität Graz, Vorstand Prof. Freisitzer.

Dr. Falk erklärte, daß er bislang nur an einer Studie mitgearbeitet habe, in der Probleme des Medienverhaltens untersucht wurden. Es handelte sich dabei um eine von der Stadtplanung Graz in Auftrag gegebene Untersuchung über „Freizeit- und Naherholungsgewohnheiten der Grazer". Diese Studie wurde als Nummer 5/6 der Schriftenreihe des Inst. für Soziologie an der Universität Graz 1972 veröffentlicht. (Ein Exemplar wurde dem Institut für Publizistik in Salzburg freundlicherweise zur Verfügung gestellt.) Inwieweit in verschiedenen Lehrveranstaltungen Probleme der Medienforschung zur Diskussion gekommen seien, könne er nicht sagen, er meinte aber, daß uns Dr. Kubinski (Lehrauftrag am Institut für Geographie an der Universität Salzburg im SS 1973) darüber mehr Auskunft geben könne.

Zur Problematik der interdisziplinären Zusammenarbeit und der Koordination derselben durch eine zentrale Stelle befragt meinte Dr. Falk, daß nur durch Kooperation verschiedener Institute und Stellen eine Möglichkeit gegeben sei, von der kurzfristigen (rein inhaltsanalytischen) Forschung abzukommen und langfristige Projekte zu verwirklichen. Nur dadurch könnten echte, für die Praxis verwertbare Ergebnisse erzielt werden.

Dr. Falk sehe in den vielfältigen Aufgaben eines solchen Instituts nicht nur die Distributionsfunktion sondern auch die Möglichkeit, über ministeriellen Druck kommerziell arbeitende Menungsforschungsnstitute zu zwingen, alle ihre Untersuchungen zu veröffentlichen.

## Protokoll Nr. 5

Protokoll zu Informationsgesprächen MEDIENFORSCHUNG IN ÖSTERREICH an der Universität Salzburg.

**Zum Fragenkatalog**

1. Erfassung des Outputs der im Bereich der Medienforschung tätigen Institutionen bzw. Einzelpersonen (Lehrveranstaltungen, Seminare, Dissertationen, Auftragsarbeiten, Einzelpublikationen etc.);
2. Schwerpunkte der in nächster Zeit geplanten Projekte;
3. Hauptprobleme in Hinblick auf die von den Institutionen bzw. befragten Personen betriebene Aktivität im Bereich der Medienforschung;
4. Erfassung der Bereitschaft zur Zusammenarbeit mit anderen Institutionen.

**Interview mit Frau Dr. Ardelt**

Frau Dr. Ardelt ist zur Zeit Assistentin an der zweiten Lehrkanzel für Psychologie der Universität Salzburg und hat selbst über ein Thema aus dem Bereich der Medienforschung (Einstellungswandel durch Kommunikation) gearbeitet.

Am Psychologischen Institut der Universität Salzburg wurde bisher nur auf Randgebieten Medienforschung betrieben. Dies gilt zum einen für Arbeiten im Bereich der Werbepsychologie (Siedl), die jedoch nach dem Ausscheiden des betreffenden Bearbeiters wieder reduziert wurden, sowie für Arbeiten auf dem Gebiet der Einstellungsforschung, wofür insbesondere der Inhaber der zweiten psychologischen Lehrkanzel, Prof. Dr. Erwin Roth, als Experte anzusehen ist, der bereits im Sozialwissenschaftlichen Forschungszentrum der Universitäten Erlangen-Nürnberg entsprechende Forschungsprojekte betreut hat.

Aus der Kombination der Fächer Psychologie und Publizistik sind bisher erst einige wenige Arbeiten (z. B. die „Unterhaltungsfunktion der Bildzeitung“) entstanden. Dies dürfte (Anm. d. I.) jedoch in erster Linie darauf zurückzuführen sein, daß Psychologie zumeist als Alleinstudium betrieben wird.

In nächster Zeit sind jedenfalls außer den Bereich der Einstellungsforschung betreffende Projekte keine speziellen Arbeiten im Bereich der Medienforschung zu erwarten.

Eine Zusammenarbeit mit anderen Institutionen bzw. Personen auf diesem Gebiet würde jedoch begrüßt werden. Eine solche Zusammenarbeit müßte sinnvollerweise interdisziplinär erfolgen.

**Interview mit Ass. Dr. Reinhard Rublack**

Herr Dr. R. Rublack ist Assistent an der ersten Lehrkanzel für Pädagogik der Universität Salzburg. Er hat selbst über ein Gebiet aus dem Grenzbereich zwischen Pädagogik und Publizistik gearbeitet, leitet Lehrveranstaltungen, die sich neben Fragen der Unterrichtstechnologie (audiovisuelle Metien etc.) auch mit anderen Fragen aus dem Medienbereich beschäftigen (z. B. Untersuchungen des Bildungsangebots in Tageszeitungen und im TV).

Neben diesen Untersuchungen, die jedoch primär als Ergebnis der persönlichen Interessen Dr. Rublacks an derartigen Fragestellungen anzusehen sind (Anm. d. I.), ist es bisher lediglich über die persönliche Zusammenarbeit von Prof. Kieslich als Lehrstuhlinhaber für Publizistik und Prof. Gönner als Lehrstuhlinhaber für Pädagogik zu ersten Kontakten bezüglich einer Zusammenarbeit zwischen den beiden Fächern gekommen. Prof. Kieslich hat etwa die Kapitel über Massenmedien im Lexikon der Pädagogik verfaßt.

Da auch die Kombination der beiden Fächer Publizistik und Pädagogik zur Zeit sehr selten ist (Pädagogikstudenten kombinieren dieses Studium zumeist mit einem anderen Lehramtsstudium, Publizistikstudenten bevorzugen die Kombination mit anderen sozialwissenschaftlichen Fächern, Anm. d. I.), ist von Seite der Studenten bzw. von Doktoranden keine erhebliche Aktivität im Bereich der Medienforschung zu erwarten. Es besteht jedoch ein deutliches Interesse an solchen Untersuchungen, das durch die Organisation einschlägiger Forschungsprojekte erheblich gefördert werden könnte.

Schwierigkeiten hat es bisher zum Beispiel in der Zusammenarbeit mit den Medien — als Untersuchungsgegenstand — selbst gegeben.

**Interview mit Dr. Barbara Wicha, Univ.-Doz. Dr. A. Pelinka**

Frau Dr. Wicha ist Assistent am Lehrstuhl für Politikwissenschaft an der Philosophischen Fakultät, Dr. Pelinka am Lehrstuhl für Politikwissenschaft an der Juridischen Fakultät. Eine Zusammenarbeit im Bereich der Medienforschung, u. a. auch mit Mitarbeitern des Instituts für Publizistik und Kommunikationstheorie hat sich insbesondere im Rahmen eines interdisziplinären Forschungs-Seminars ergeben (Wählerverhalten in Salzburg), an dem neben Politikwissenschaftern und Psychologen auch Publizistikwissenschaftler teilgenommen haben. Die Ergebnisse dieser Panel-Erhebung, die unter anderem den Einfluß der Massenmedien auf das Wählerverhalten am Beispiel des Wahlkampfes zur Gemeinderatswahl in Salzburg analysieren sollte, werden in diesem Jahr in der Form eines Forschungsberichtes aufbereitet.

Bisher ist es insbesondere durch die häufige Studienkombination Publizistik/Politikwissenschaft zu einer Reihe von Doktorarbeiten gekommen, in denen sowohl publizistik- wie politikwissenschaftliche Ansätze und Fragestellungen gemeinsam — wenngleich mit jeweils unterschiedlicher Akzentsetzung — behandelt wurden. Diese Zusammenarbeit hat sich als besonders günstig erwiesen und zu einer weitgehenden Übereinstimmung etwa auch im methodischen Bereich geführt.

Ein Hauptproblem für die Durchführung umfangreicherer Forschungsprojekte ist jedoch beim gegenwärtigen Entwicklungsstand der Universität Salzburg bzw. der verschiedenen Institute sowohl in einer fehlenden, ausreichenden Datenverarbeitungsanlage und einer genügenden Anzahl von auf dem Gebiet der EDV ausreichend ausgebildeten Fachleuten, wie generell in der ungenügenden Forschungsorganisation der Institute zu sehen, die primär der Lehre und nicht der Forschung verpflichtet sind — so fehlt praktisch an allen Instituten eine eigene Forschungsabteilung. Interesse an derartigen gemeinsamen Forschungsprojekten — für deren Realisierung allerdings aufgrund verschiedener Erfahrungen keine allzu große Euphorie hinsichtlich der Finanzierungsmöglichkeiten besteht — ist jedoch vorhanden. Die Qualifikation insbesondere bei potentiellen studentischen Mitarbeitern müßte derartigen Forschungsvorhaben sehr zuträglich sein.

**Interview mit Dr. Hans Heinz Fabris**

Dr. Fabris ist Assistent am Institut für Publizistik und Kommunikationstheorie der Universität Salzburg. An diesem Institut sind gegenwärtig ca. 220 Studenten inskribiert, die Anzahl der Hauptfachstudenten beträgt etwa 60. Das Institut selbst besteht seit 1969, die Lehrkanzel für Publizistik wurde im Jahr 1968 eingerichtet. Im Hauptfach Publizistik sind seit Bestehen des Instituts 15 Absolventen hervorgegangen, die Anzahl der Nebenfach-Publizisten liegt einiges darüber.

Am Institut selbst wird seit seinem Bestehen kontinuierliche Arbeit im Bereich der Medienforschung geleistet. Dies geht sowohl aus der Liste der Arbeiten in Seminaren und anderen Lehrveranstaltungen, den institutsinternen Publikationen wie auch den Publikationsverzeichnissen von Mitarbeitern des Institutes hervor. Medienforschung wurde von Beginn des Instituts an als neben dem Schwerpunpt praxisnaher Ausbildung und theoretischer Weiterarbeit gleichrangiger Schwerpunkt angesehen.

In den vergangenen Jahren sind die Forschungsarbeiten im Bereich der Medienforschung etwa zu einem Drittel als Ergebnis von Auftragsforschung, zu zwei Dritteln als Ergebnis von institutsinternen Forschungsprojekten einzustufen.

Als Schwerpunkte der gegenwärtigen und künftig geplanten Projekte sind wohl die Aufgaben der primären Datensammlung und der Dokumentation über die wichtigsten medienspezifischen und medienpolitischen Bereiche anzusehen.

Hauptproblem ist die ungenügende Koordinierung mit anderen Institutionen und Personen, die fehlende finanzielle Basis für eine kontinuierliche Forschungstätigkeit, die den Aufbau einer eigenen Forschungsabteilung mit den entsprechenden finanziellen und personellen Voraussetzungen erst ermöglichen würde.

Die Zusammenarbeit mit anderen Institutionen und Personen, sowohl aus dem Bereich der akademischen wie der kommerziellen Medienforschung wird jedoch als vorrangig bezeichnet. Angesichts der aktuellen medienpolitischen Diskussion wird der Mangel an Primärdaten in fast allen Bereichen des österreichischen Medienwesens besonders deutlich und erweist sich als Hindernis sowohl für die Realisierung der notwendigen Reformen im Medienwesen wie auch für eine erfolgversprechende Forschungsarbeit. Diese Problematik gilt im übrigen sowohl für den Bereich a) der Grundlagenforschung, wie b) den Bereich der standardisierten Forschung, und c) den Sektor der sogenannten Projektforschung.

## Empfehlungen des Schweizer Wissenschaftsrates

### Massenkommunikationsforschung

#### 1. Allgemeine Gesichtspunkte

Der Wissenschaftsrat ist aufgrund der Umfrageergebnisse und der anschließenden Evaluation zur Auffassung gelangt, daß die Massenkommunikationsforschung einer gezielten Förderung aus Sondermitteln bedarf. In den nachfolgenden Abschnitten werden die Gründe festgehalten, die zu diesem Schluß führten.

Gegenstand der Massenkommunikationsforschung ist jener Bereich der menschlichen Kommunikation, der durch die sogenannten Massenmedien (Presse, Radio, Fernsehen und andere technische Übertragungsmittel) vermittelt wird. Die Massenkommunikationsforschung ist ihrem Wesen nach interdisziplinär und steht in Verbindung mt den folgenden Wissenschaften, die sich mit verschiedenen Aspekten der Kommunikation befassen: Soziologie, Politologie, Ökonomie, Rechtswissenschaft, Psychologie, Sozialpsychologie, Sprachwissenschaften, Pädagogik und insbesondere auch Informationstheorie, Systemtheorie, Kybernetik und technologische Wissenschaften der Informationsübertragung.

Das Phänomen der Kommunikation ist eine Grundvoraussetzung für das Funktionieren jedes komplexen organisatorischen Systems und die Zivilisation überhaupt. Die typische Kommunikationsweise der modernen Gesellschaften ist die Massenkommunikation. Die Existenz unserer Gesellschaftsordnung ist in hohem Maße vom System der Massenkommunikation abhängig.

Während Familie und Schule die Funktionen der Informationsübermittlung, der Meinungsbildung und der Sinnvermittlung bei den Jugendlichen erfüllen, werden dieselben Funktionen hinsichtlich der Erwachsenen weitgehend von Massenmedien erfüllt. Ihre Wirkungsmöglichkeiten und ihre Macht hangen von der öffentlichen Kontrolle und vom Monopolisierungsgrad der Medien sowie vom Bildungsniveau der Erwachsenen ab. Sehr wahrscheinlich wird die Bedeutung des Kommunikationssektors mit der Weiterentwicklung der Kommunikationstechnologie (Satellitenkommunikation, nationale und internationale Datenbanken, Bildkassetten und neue Möglichkeiten der Informationsdiffusion) noch vergrößert. Die Privatsphäre wird auf eine gefährliche Weise tangiert werden; durch die Beschleunigung der Informationsübermittlung werden neue Anforderungen an die Informationsverarbeitung und an die Entscheidungsprozesse der politischen und wirtschaftlichen Instanzen gestellt.

Die Massenkommunikationsforschung trägt — durch die Erforschung der Bedeutung der Massenmedien für die Gesellschaft, durch die Erforschung des organisatorisch-institutionellen Rahmen der Medien, der verbreiteten Inhalte, der Wirkungsweise der diversen Medien auf die öffentliche Meinung, der Struktur der Empfängerkreise (Publika), der zu erwartenden Konsequenzen von Neuentwicklungen der Kommunikationstechnologie —

zur Vermehrung unserer Kenntnisse über den Kommunikationsprozeß bei. Eine noch zu konzipierende Kommunikations- bzw. Massenkommunikationspolitik wird das technologisch Mögliche mit dem gesellschaftlich Wünschbaren konfrontieren müssen. Aufgabe der Forschungspolitik ist es, die für die Erarbeitung eines derartigen Konzeptes notwendigen wissenschaftlichen Grundlagen bereitzustellen. In einem zweiten Schritt wird die Wissenschaft die notwendigen Beiträge zur Errichtung der massenkommunikationspolitischen Ziele zu liefern haben (vgl. Kap. 3.3, S. 154 ff., und den Abschnitt über Kommunikationstechnologie unter „Ingenieurwissenschaften", S. 85 f.).

Die Ermittlungen haben ergeben, daß die Massenkommunikationsforschung in der Schweiz hinter dem internationalen Stand zurückliegt (vgl. SEB, S. 254 f.). Dies gilt weniger für die außeruniversitäre Publikumsforschung als für die universitäre Lehre und Forschung, welche nur an vier Hochschulen vertreten und personell sowie finanziell unterdotiert sind. Die Bedürfnisse der Lehre können nur knapp gedeckt werden; die zur Verfügung stehenden Mittel lassen eine systematische und kontinuierliche Forschungsarbeit nicht zu.

## 2. Probleme und Empfehlungen

2.1 Erarbeitung eines Entwicklungskonzeptes
Empfehlung:

Eine Planungsgruppe soll mit der Erarbeitung eines Konzeptes zur Entwicklung der Massenkommunikationsforschung in der Schweiz beauftragt werden (für die Details im Auftrag vgl. SEB, S. 255).

In der Planungsgruppesollten neben den wichtigsten Sozialwissenschaften auch die Wissenschaften der Kommunikationstechnologie vertreten sein. Zusammen mit den Planungsgruppen für Linguistik und Psychologie und den forschungspolitischen Behörden ist zu prüfen, wie das zu erarbeitende Konzept auf dasjenige der allgemeinen Kommunikationsforschung abgestimmt werden muß (vgl. Kap. 3.3.2, S. 157).

Bestimmt für: die Bundesverwaltung, die Hochschulträger und die Schweizerische Radio- und Fernsehgesellschaft (SRG). Die Finanzierung der Planungsarbeiten sollte aus Sondermitteln vorgenommen werden.

2.2 Erweiterung der Forschungs- und Lehrkapazitäten
Empfehlung:

Der Wissenschaftsrat empfiehlt den kantonalen Hochschulen, die Forschungs- und Lehrkapazitäten im Bereich der Massenkommunikationswissenschaften zu erweitern.

Der Wissenschaftsrat ist mit den Experten (vgl. SEB, S. 256) der Ansicht, daß beim derzeitigen Stand der Forschung und unter Berücksichtigung der potentiellen Entwicklungsaussichten heute schon — ohne daß Unerwünschtes präjudiziert würde — die nachfolgend aufgezählten Forschungsbereiche aktiv gefördert werden sollten. Die Formulierung der Forschungsaufträge könnte von der unter 2.1 vorgeschlagenen Planungsgruppe vorgenommen werden.

Es handelt sich um die folgenden Forschungsbereiche:

Inhaltsanalyse
Systematische Analyse der durch die schweizerischen Massenmedien ver-

breiteten Inhalte unter besonderer Berücksichtigung der
- Information und Meinungsbildung
- Bildung und Erziehung, Kunst und Kultur
- Erholung, Zerstreuung, Unterhaltung

Kommunikationspolitik
Analyse bestehender kommunikationspolitischer Konzepte und Ausarbeitung von Alternativvorschlägen zur Lösung aktueller kommunikationspolitischer Fragen.

Zukunftsforschung
- Prognosen über Trends in der Medienentwicklung
- Erarbeitung von Gestaltungsprinzipien und Entwurf kommunikationspolitischer Konzepte für die gesellschaftliche Kommunikation der Zukunft

Bestimmt für: die Hochschulträger und die Forschungsförderungsorgane, denen zu diesem Zweck, falls notwendig, Sondermittel zur Verfügung gestellt werden sollen.

2.3 Organisation von Forschungsseminaren

Es gibt eine Reihe von Problemkreisen, besonders solche mit multidisziplinärem Charakter, die gegenwärtig in der Schweiz bloß von einzelnen Wissenschaftlern oder gar nicht bearbeitet werden. Eine sinnvolle Förderung der Forschung kann (trotz wissenschaftlicher und gesellschaftlicher Dringlichkeit) erst nach einer Phase der Bewußtseinsbildung und Interessenstrukturierung in Angriff genommen werden. Zur Förderung dieser Prozesse ist die durchführung von Forschungsseminaren in Aussicht zu nehmen (vgl. SEB, S. 256).

Empfehlung:

Der Wissenschaftsrat empfiehlt die Durchführung derartiger Forschungsseminare. Die Expertengruppe schlägt als erstes Seminarthema die Technik der Inhaltsanalyse vor.

Die unter 2.1 (S. 118) vorgeschlagene Planungsgruppe sollte, zusammen mit den Hochschulträgern und den Forschungsförderungsorganen, für die Durchführung und Koordination der Seminare sorgen.

Bestimmt für: die Bundesverwaltung, die Forschungsförderungsorgane, die Institute der Massenkommunikationsforschung, die Schweizerische Radio- und Fernsehgesellschaft (SRG) und die Planungsgruppe (vgl. 2.1, S. 118), denen zu diesem Zweck Sondermittel zur Verfügung gestellt werden sollten.

## 9. 2. **Verzeichnis einschlägiger Forschungsstätten**

*Institutionen im Universitäts- bzw. Hochschulbereich:*

Institut für Publizistik an der Universität Wien.
A-1010 Wien, Universitätsstraße 7.
Vorstand: Univ.-Prof. Dr. Kurt Paupié.
Schwerpunkte: Mediengeschichte, Inhaltsanalysen, Kommunikatorforschung, Ausbildungsprobleme, Dokumentation.
Schwerpunkt liegt bei der Medienforschung.

Institut für Publizistik und Kommunikationstheorie an der Universität Salzburg.
A-5020 Salzburg, Sigmund-Haffner-Gasse 18/III.
Vorstand: Univ.-Prof. Dr. Michael Schmolke.
Schwerpunkte: Inhaltsanalysen, Kommunikatorforschung, Ausbildungsprobleme, produktionstheoretische Probleme.
Schwerpunkt liegt bei der Medienforschung.

Institut für Pädagogik an der Universität Wien.
A-1090 Wien, Garnisongasse 3/8.
Vorstand: Univ.-Prof. Dr. Marian Heitger.
Schwerpunkte: Medien als Bildungsträger, Medieneinflüsse, Wirkungen des Fernsehens.
Ein Schwerpunkt liegt bei der Medienforschung.

Institut für Theaterwissenschaft an der Universität Wien.
A-1010 Wien, Hofburg, Batthianystiege.
Vorstand: Univ.-Prof. Dr. Margarete Dietrich.
Schwerpunkte: Theaterforschung, Film- und Fernsehforschung.

Institut für Werbewissenschaft an der Hochschule für Welthandel.
A-1190 Wien, Franz Klein-Gasse 1
Vorstand: Kommissarischer Leiter Prof. Theuer.
Schwerpunkte: Medienwirkungsforschung, Intermediavergleich, Fortentwicklung der Meßverfahren.

Institut für Wertungsforschung an der Hochschule für Musik und darstellende Kunst in Graz.
A-8020 Graz, Sporgasse 25.
Vorstand: Prof. Dr. Otto Kolleritsch.
Schwerpunkte: Musikkommunikation, Psychologie ästethischer Einstellungen, Kulturberichterstattung in den Medien.

Institut für Moraltheologie an der Universität Salzburg,
Abteilung Massenmedien.
A-5020 Salzburg, Sigmund-Haffner-Gasse 16.
Abteilungsleiter: Dr. Huter.
Schwerpunkte: Produktions- und konsumtheoretische Probleme, Ausbildungsprobleme, Wertsysteme der Kommunikatoren und Rezipienten. Abteilungs-Schwerpunkt liegt bei der Medienforschung.

Psychologisches Institut der Universität Wien, Abteilung für Kinder- und Jugendpsychologie.
A-1010 Wien, Liebiggasse 5/1.
Leitung: Univ.-Prof. Dr. S. Bayr-Klimpfinger.
Schwerpunkte: Rezipientenforschung, Kinder-Fernsehen, Kinderbuch.

Institut für Pädagogik an der Universität Salzburg, Lehrkanzel I.
A-5020 Salzburg, Franziskanergasse 1/III.
Vorstand: Univ.-Prof. Dr. Rudolf Gönner.
Ein Schwerpunkt: Medienpädagogik, Mediendidaktik, Unterrichtstechnologie, Motivationsprobleme von Kommunikatoren und Rezipienten.

Lehrkanzel für Psychologie II der Universität Salzburg.
A-5020 Salzburg, Akademiestraße 2.
Lehrkanzelinhaber: Univ.-Prof. Dr. Erwin Roth.
Ein Schwerpunkt: Einstellungsforschung, Prozesse der Meinungsbildung, Inhaltsanalysen.

Institut für Marketing der Hochschule für Sozial- und Wirtschaftswissenschaften in Linz.
A-4045 Linz-Auhof.
Vorstand: Univ.-Prof. Dr. Kulhavy.
Schwerpunkte: Medienforschung, Werbeplanung.

Lehrkanzel für Unterrichtstechnologie und Medienpädagogik der Hochschule für Bildungswissenschaften in Klagenfurt.
Lehrkanzelinhaber: Univ.-Prof. Dr. Meletzinek.
Schwerpunkte: Entwicklung neuer Lernmaschinen, Einsatz von Medien in der Unterrichtspraxis.

Institut für Jugendliteratur und Leseforschung.
A-1080 Wien, Fuhrmannsgasse 18a.
Gemeinnütziger Verein.
Direktor: Dr. Richard Bamberger.
Schwerpunkte: Buchforschung, Lesbarkeitsforschung.

Österreichischer Rundfunk, Abteilung Rundfunk- und Medienforschung.
A-1040 Wien, Argentinierstraße 40a.
Leitung: Dr. Viktor Ergert.
Schwerpunkte: Produktions- und konsumtheoretische Probleme, Rezipientenforschung.

Österreichische Gesellschaft für Filmwissenschaft.
A-1010 Wien, Rauhensteingasse 5.
Leitung: Professor Dr. L. Gesek.
Schwerpunkte: Dokumentation, filmhistorische Arbeiten.

Institut für Publikumsforschung der Österreichischen Akademie der Wissenschaften.
A-1010 Wien, Ignaz Seipel-Platz 2.
Leitung: Univ.-Prof. Dr. Margarete Dietrich und Univ.-Prof. Dr. Heinz Strotzka.
Schwerpunkte: Rezipientenforschung, Inhaltsanalysen.

Internationales Institut für Musik, Tanz und Theater in den audio-visuellen Medien.
A-1030 Wien, Metternichgasse 12.
Forschungsdirektor: Professor Kurt Blaukopf.
Schwerpunkte: Rezipientenforschung, Inhaltsanalysen.

Verein der Media-Analyse.
A-1010 Wien, Seilerstätte 13.
Schwerpunkte: Rezipientenforschung.

*) In den Forschungsstätten-Katalog wurden jene Forschungseinrichtungen aufgenommen, die Medienforschung nicht-kommerziell betreiben. Die Aufnahme auch kommerzieller Institutionen wie vor allem der Markt- und Meinungsforschungsinstitute konnte deshalb nicht durchgeführt werden, da die von solchen Instituten gemachten Angaben über ihre Forschungstätigkeit nicht immer überprüfbar sind. Dies gilt allerdings für einige Institutionen, wie etwa das Institut für empirische Sozialforschung, nicht, die sich zur Offenlegung ihrer Forschungsaktivitäten bereit gezeigt haben. Es wird die Aufgabe einer künftigen Dokumentationsstelle sein müssen, auch die Aktivitäten der kommerziell arbeitenden Institute zu erfassen.

Die Beschreibung der Schwerpunkte der Medienforschung erfolgte aufgrund der von den einzelnen Instituten in den schriftlichen Umfragen beziehungsweise den mündlichen Interviews gemachten Angaben. Quantitative wie qualitative Aspekte der Forschungstätigkeit sind daraus nicht abzuleiten.

Im Anschluß an die Aufstellung eines ersten Forschungsstätten-Kataloges im Bereich der Medienforschung werden alle jene Adressen von Umfrage-Teilnehmern angeführt, die sich an den Fragen der Bestandsaufnahme wie der Koordinierung der Medienforschung in Österreich interessiert gezeigt haben und dieses Interesse auch durch die Teilnahme an der Umfrage bekundeten. Diese Liste ist weder nach den Instituten noch Personen, die in der Medienforschung tätig sind, als vollständig zu betrachten. Es soll daher mit eine Aufgabe der vorliegenden Publikation sein, eine möglichst vollständige Liste aller in diesem Forschungssektor arbeitenden Personen und Institutionen zu erhalten. Entsprechende Informationen sind an die Sektion Forschung des Bundesministeriums für Wissenschaft und Forschung, 1090 Wien, Währinger Straße 28, unter dem Stichwort „Medienforschung", zu richten.

## 9. 3. Anschriften der Umfrageteilnehmer

Institut für Soziologie III
c/o Prof. Dr. J. Woessner
4045 Linz, Auhof

Institut für Psychologie und Pädagogik
z. Hd. Prof. Dr. K. Seifert
4045 Linz, Auhof

Institut für Hochfrequenztechnik, Nachrichtentechnik I der TH Wien
z. Hd. Prof. Dr. H. König
1080 Wien, Alser Straße 69

Institut für Phil. Soziologie der Universität Graz
z. Hd. Prof. Dr. E. Topitsch
8010 Graz, Universitätsstraße 27/II

Psychologisches Institut I der Universität Wien
z. Hd. Prof. Dr. Guttmann
1080 Wien, Liebiggasse 5/III

Institut für Psychologie
z. Hd. Prof. Dr. Th. Scharmann
4045 Linz, Auhof

Technische Hochschule Graz
z. Hd. Prof. Dr. W. Fritsche
8010 Graz, Rechbauerstraße 12

Institut für Psychologie der Phil. Fak. d. Univ. Innsbruck
z. Hd. Prof. Dr. Kohler
6020 Innsbruck, Peter-Mayr-Straße 1 a

Institut für Niederfrequenztechnik/Nachrichtentechnik II
z. Hd. Prof. Dr. G. Kraus
1130 Wien, Fasangartenstraße 5—7

Institut für Psychologie
z. Hd. Prof. Dr. E. Mittenecker
8010 Graz, Schubertstraße 6 a

Institut für Soziologie der Jurist. Fak. D. Univ.. Wien
z. Hd. Prof. Dr. Reichhardt
1080 Wien, Alser Straße 33

Psychologisches Institut I der Universität Wien
z. Hd. Prof. Dr. Bayr-Klimpfinger
1080 Wien, Liebiggasse 5/III

Institut für Publizistik der Universität Wien
z. Hd. Prof. Dr. K. Paupié
1090 Wien, Neues Institutsgebäude

Institut für Soziologie II
z. Hd. Ass. mag. L. Wilk
4045 Linz, Auhof

Institut für öffentliches Recht und Polit. Wissenschaften
z. Hd. Prof. Dr. L. Fröhler, Prof. Dr. H. Schambeck
4045 Linz, Auhof

Lehrkanzel und Institut für Nachrichtentechnik
z. Hd. Prof. DDr. W. Riedler
8010 Graz, Krenngasse 37

Institut für Soziologie an der Jur. Fak. der Universität Graz
z. Hd. Prof. Dr. K. Freisitzer
8010 Graz, Mariengasse 24/II

Lehrkanzel II des Instituts für Pädagogik
z. Hd. Prof. Dr. L. Böschl
8010 Graz, Hans-Sachs-Gasse 3

Institut für Soziologie der Jur. Fak. d. Universität Wien
z. Hd. Prof. Dr. Rosenmayr
1080 Wien, Alser Straße 33

Institut für Pädagogik der Universität Wien
z. Hd. Prof. Dr. Wolf
1090 Wien, Garnisongasse 3/8

Akademie für angewandte Kunst in Wien
z. Hd. Prof. Dr. O. Niedermoser
1010 Wien, Stubenring 3

Institut für Zeitungswissenschaft Literatur-Mechana Ges. m. b. H.
1010 Wien, Universitätsstraße 7

Österreichischer Adreßbuchverlegerverband
1010 Wien, Wipplingerstraße 14

Österreichischer Presserat
1010 Wien, Schreyvogelgasse 3
Österreichischer Verlegerverband
1010 Wien, Grünangergasse 4

Schutzverband der Schriftsteller im Verband der geistig Schaffenden
1010 Wien, Kärntner Straße 51

Syndikat der Pressephotographen und Pressebildagenturen Österreichs
1020 Wien, Taborstraße 7

Verband der Auslandskorrespondenten in Wien
1010 Wien, Bankgasse 8

Verband katholischer Berufsjournalisten Österreichs
1010 Wien, Wollzeile 2

Verband österreichischer Druckformenhersteller
1150 Wien, Reithofferplatz 11

Motor Presse Klub Austria
z. Hd. Präsident Dr. Seidel
1070 Wien, Hyrthengasse 7

Österreichischer Fachschriftstellerverband
1160 Wien, Neulerchenfelder Straße 8

Österreichischer PEN-Club
1010 Wien, Bankgasse 8

Staatlich genehmigte Gesellschaft der Autoren, Komponisten und Musikverleger
z. Hd. Dr. Dillenz
1030 Wien, Baumanngasse 8

Unabhängiger Verband kommissionierter Zeitungs- und Zeitschriften-Standplatzhändler
1020 Wien, Türkenstraße 6

Verband der freien Kolporteure Österreichs
1150 Wien, Vogelweideplatz 2/12

Verband der österreichischen Filmjournalisten (FIPRESCI)
1030 Wien, Am Modenapark 7

Verband österreichischer Kommissionäre etc.
1010 Wien, Grünangergasse 4

Institut für Werbewissenschaft und Marktforschung
1190 Wien, Franz-Klein-Gasse 1
Notring der wissenschaftlichen Verbände Österreichs
1010 Wien, Judenplatz 6

Österreichischer Schriftstellerverband
1070 Wien, Burggasse 60

Presseclub Concordia Vereinigung österreichischer Schriftsteller und Journalisten
1010 Wien, Bankgasse 8

Staatlich genehmigte Literarische Verwertungsgesellschaft
1030 Wien, Landstraßer Hauptstraße 1 a

Verband der Agrarjournalisten
z. Hd. Dr. Erhard Boberski
1010 Wien, Seilergasse 16

Verband d. Herausgeber österr. Pressedienste u. Zeitungskorrespondenzen
1010 Wien, Universitätsstraße 11

Verband der österr. Klischeeanstalten
1010 Wien, Grünangergasse 4

Verband österreichischer Kultur- u. Kurzfilmhersteller
1070 Wien, Siebensterngasse 42—47

Marianne Schober Marktforschung
6460 Imst, Dr.-Pfeiffenberger-Straße 4

Helene Teutsch
1180 Wien, Scheffenberggasse 3

Dkfm. Friedrich Weisman
5020 Salzburg, Franz-Josefs-Kai 25 a

BM des Handels mit Büchern, Kunstblättern, Musikalien, Zeitungen und Zeitschriften
1011 Wien Bauernmarkt 13

Bundesinnung der Buchbinder und Kartonagenwarenerzeuger
1011 Wien, Bauernmarkt 13

Bundesinnung des wirtschaftlichen Werbewesens
1011 Wien, Bauernmarkt 13

Arbeitsgemeinschaft der Gewerkschaften für Druck, Papier, Presse, Rundfunk
1010 Wien, Bankgasse 8

Berufsvereinigung der bildenden Künstler Österreichs
1130 Wien, Schloß Schönbrunn/Ostseite

Club der Luftfahrtpublizisten
1010 Wien, Bankgasse 8/Zimmer 206

Brigitte Stadelmann
6911 Lochau, Klausmühle 5

Werbeagentur Schmertzing und Seilern
6020 Innsbruck, Innrain 6

Bundesgremium des Handels mit Büchern, Kunstblättern, Musikalien, Zeitungen und Zeitschriften
1011 Wien, Bauernmarkt 13

Bundesinnung der graphischen Gewerbe
1011 Wien, Bauernmarkt 13

Landesgremium Wien des Handels mit Büchern, Kunstblättern und Musikalien
1040 Wien, Schwarzenbergplatz 14

Arbeitsgemeinschaft niederösterreichischer Wochenzeitungen
z. Hd. Dr. Fink
1010 Wien, Himmelpfortgasse 20

Bund österreichischer Gebrauchsgraphiker
1060 Wien, Hollgasse 6

Fachverband der Papier-, Zellulose-, Holzstoff- und Pappenindustrie Österreichs
1060 Wien, Gumpendorfer Straße 6

Gewerkschaft Kunst und freie Berufe, Sektion Journalisten
1010 Wien, Bankgasse 8

Dkfm. Dr. Helmut Strohmeier
1020 Wien, Franzensbrückengasse 4/8

Gertrude Vötterl
5020 Salzburg, Radnitzkystraße 11

Dkfm. Harald Zehetner
2344 Maria-Enzersdorf, Ottensteinstraße 64

Bundesgremium des Papierhandels
1011 Wien, Bauernmarkt 13

Bundesinnung der Photographen
1011 Wien, Bauernmarkt 13

Landesinnung Wien des wirtschaftlichen Werbewesens
1030 Wien, Salesianergasse 1

Arbeitsgemeinschaft österr. Werkschriftleiter
c/o Industriellenvereinigung
1037 Wien, Postfach 4 a

Bundeskonferenz der Kammern der freien Berufe Österreichs
z. Hd. Dr. G. P. Kladosek
1010 Wien, Bauernmarkt 8

Gemeinschaft der katholischen Zeitungs- und Zeitschriftenverleger
8010 Graz, Schönaugasse 64

Gewerkschaft der Privatangestellten
1010 Wien, Deutschmeisterplatz 2

Dietrich Glatz
1236 Wien, Kaiser-Franz-Josefs-Straße 24/3

„Industrie-Team“ Werbeges. m. b.. H.
5020 Salzburg, Fischbachgasse 42

Klientela Wirtschafts- und Werbeberatungsges. m. b. H.
1010 Wien, Tuchlauben 18

Dr. Gerd Novak
8010 Graz, Schießstattstraße 37

„Prognosis“ Verkaufsberatungsges. m. b. H.
1030 Wien, Obere Weißgerberstraße 24

Gesellschaft für Marketing und Motivforschung Ges. m. b. H.
1180 Wien, Weimarer Straße 66

Dkfm. Horst Graffi
1010 Wien, Kumpfgasse 3

Friedrich Haberberger
5020 Salzburg, Ignaz-Harrer-Straße 98

INFO Institut für Verbraucherbefragung Ges. m. b. H.
1010 Wien, Rosengasse 4

Institut für Werbepsychologie
z. Hd. Dipl.-Psych. F. Grundei
1030 Wien, Neulinggasse 25

Dr. Hermann Lütgendorff-Gyllenstorm
5020 Salzburg, Steingasse 49

Knight & Wegenstein GmbH
1030 Wien, Heinburger Straße 19

MEDUPHA med.-pharmazeutische Marktforschungsges. m. b. H.
1140 Wien, Lautensackgasse 1/2

„Novitas“ Erik Megiska-Guggenberger
6020 Innsbruck, Erlerstraße 10

Richard Reder, Institut für Markt- und Meinungsforschung
1150 Wien, Hollergasse 4

Dr. Walter Grosz, Meinungs-, Markt- und Motivforschung
1080 Wien, Hernalser Gürtel 14/6

IMARCO H. Hromatka KG
1020 Wien, Obere Donaustraße 71

INFORMA Public Relations, Information und Service GmbH
1010 Wien, Brandstätte 5

Helene Karmasin Werbeerfolgskontrolle
2344 Maria-Enzersdorf/Geb., Wienerbruckstraße 48

MARFOR Marktforschungsges. m. b. H.
1070 Wien, Mariahilfer Straße 40

Nielsen AG Company Ges. m. b. H.
1010 Wien, Concordiaplatz 2

Österr. Meinungs- und Marktforschungsinstitut Dr. Karmasin & Beckert
1090 Wien, Schlagergasse 6

Georg Schmertzing
6020 Innsbruck, Höhenstraße 17 a

Verband österreichischer Werbefachleute
1010 Wien, Weihburggasse 4

Verband der Zeitschriftenverkäufer Österreichs
4020 Linz, Hanuschstraße

Vereinigung österreichischer Werbungsmittel- und Werbeagentur
1080 Wien, Piaristengasse 16

Bundesministerium für auswärtige Angelegenheiten
z. Hd. Dr. Schallenberg
1010 Wien, Ballhausplatz 2

Bundesministerium für Gesundheit und Umweltschutz
z. Hd. Hofrat Dr. Bier
1010 Wien, Stubenring 1

Bundesministerium für Land- und Forstwirtschaft
z. Hd. Rupert Schumacher
1010 Wien, Stubenring 1

Bundesministerium für Unterricht
z. Hd. Kmsr. U. Ferchenbauer
1010 Wien, Minoritenplatz 5

Bundesministerium f. Wiss. u. Forschung
z. Hd. Prof. Dr. Friedrich Langer
1010 Wien, Goethestraße 1

Verwaltungsgerichtshof
z. Hd. DDr. Viktor Heller
1010 Wien, Judenplatz 11

Verband österreichischer Zeitungsherausgeber und Zeitungsverleger
z. Hd. Dr. Schaffelhofer
1010 Wien, Schreyvogelgasse 3

Verein der Arbeitsgemeinschaft der Media-Analyse
c/o Hager-Werbung
1015 Wien, Seilerstätte 13

Wiener Pressehilfsverein der Journalisten
1010 Wien, Bankgasse 8

Bundesministerium für Bauten und Technik
z. Hd. Peter Fuchs
1010 Wien, Stubenring 1

Bundesministerium für Handel, Gewerbe und Industrie
z. Hd. Reg.-Rat Ranharter
1010 Wien, Herrengasse 7

Bundesministerium für Landesverteidigung
z. Hd. Oberst W. Kuntner
1010 Wien, Franz-Josefs-Kai 7

Bundesministerium für Verkehr
z. Hd. Sekt.-Rat Dr. A. Micholitsch
1010 Wien, Elisabethstraße 9

Österreichische Industrieverwaltungs-AG
z. Hd. Fritz Tront
1010 Wien, Kantgasse 1

Verband sozialistischer Schriftsteller und Journalisten
1090 Wien, Strudlhofgasse 10

Vereinigung österreichischer Papier-, Zellulose-, Holzstoff- und Pappen-Industrie
1060 Wien, Gumpendorfer Straße 6

Bundesministerium für Finanzen
z. Hd. Red.-Rat Dr. Braunsperger
1010 Wien, Himmelpfortgasse 8

Bundesministerium für Justiz
z. Hd. Dr. Heinrich Koller
1010 Wien, Museumstraße 12

Bundesministerium für soziale Verwaltung
z. Hd. Hofrat Dr. Karl Bier
1010 Wien, Stubenring 1

Österreichische Präsidentschaftskanzlei
z. Hd. Sekt.-Rat Dr. K. Skalnik
1010 Wien, Hofburg

HEROLD Druck- und Verlagsanstalt
1081 Wien, Strozzigasse 8

Leykam AG
8011 Graz,, Stempfergasse 3—7

Ullstein & Co. GmbH
z. Hd. Dr. Kutschera
1070 Wien, Mariahilfer Straße 84

A. W. Lauer, Media-Direktor
c/o LINTAS
1040 Wien, Prinz-Eugen-Straße 8

Dkfm. Karl Steurer
c/o Hager-Werbung
1010 Wien, Seilerstätte 13

Dkfm. Steiner
c/o IWG
1010 Wien, Hoher Markt 12

Hans Jörg Geiringer
c/o Young & Rubicam
1010 Wien, Marc-Aurel-Straße 4

Norbert Eilmer
c/o J. W. Thompson
1190 Wien, Gunoldstraße 14

Peter Kollrus
c/o Stern
1011 Wien, Parkring 12

Dr. Gerstenmayer
c/o Hör zu
1070 Wien, Mariahilfer Straße 84

Dkfm. Rittenauer
c/o C MC
1190 Wien, Felix-Mottel-Straße 34

II. Lehrkanzel für Psychologie
z. Hd. Univ.-Ass. Dr. E. Ardelt, Universität Salzburg
5020 Salzburg, Akademiestraße 20

Dr. Adolf Löwy
1020 Wien, Venediger Au 8/15

Intern. Institut für Musik, Tanz und Theater in den audio-visuellen Medien
1030 Wien, Metternichgasse 12

IBB Internationale Betriebs-Beratungsgesellschaft m. b. H.
1060 Wien, Mariahilfer Straße 63

Hochschule für Musik und darstellende Kunst in Wien, Abt. Film und Fernsehen
1030 Wien, Metternichgasse 12

Hauptverband der graphischen Unternehmungen Österreichs
z. Hd. Dr. Inmann
1010 Wien, Grünangergasse 4

o. Prof. Dr. Horst Jürger Helle, III. Lehrkanzel für Soziologie,
Rechts- und Staatswissenschaftliche Fakultät der Universität Wien
1080 Wien, Alser Straße 33

Universität Innsbruck, Institut für Psychologie
z. Hd. Dr. I. Kohler
6020 Innsbruck, Peter-Mayr-Straße

Österreichischer Zeitschriftenverband
z. Hd. Norbert Orac
1010 Wien, Parkring 2

Institut für Erziehungswissenschaft der Universität Innsbruck
z. Hd. Dr. I. Wieser
6020 Innsbruck, Innrain 30

Österreichischer Gewerkschaftsbund
z. Hd. Hans Fellinger
1010 Wien, Hohenstaufengasse 10—12

Bundeskanzleramt, Sektion III
z. Hd. Dr. E. Dirnbacher
1014 Wien, Ballhausplatz 2

Hauptverband des österr. Buchhandels
z. Hd. Dkfm. Dr. Gerhard Prosser
1010 Wien, Grünangergasse 4

Österreichischer Wirtschaftsverlag
z. Hd. Leopold Mittner
1051 Wien, Nikolsdorfergasse 7—11

Dr. Fessel + GfK, Gesellschaft für Konsum-, Markt- und Absatzforschung Ges. m. b. H.
1010 Wien, Franz-Josefs-Kai 47

Prof. Dr. Friedrich Fürstenberg, I. Institut für Soziologie
4045 Linz, Auhof

Gewerkschaft Druck und Papier
z. Hd. Johann Bauer
1072 Wien, Seidengasse 15—17

Institut für Soziologie
z. Hd. Univ.-Prof. Dr. H. Morel
6020 Innsbruck, Sillgasse 8

ÖVP Bundesparteileitung
z. Hd. Dr. Peter Diem
1010 Wien, Kärntner Straße 51

Universität Wien, Lehrkanzel für Soziologie
z. Hd. o. Prof Dr. E. Bodzenta
1090 Wien, Währinger Straße 18/8

Robert Leuthner
c/o Prosequill-Werbung
1080 Wien, Piaristengasse 16

Wochenpresse
z. Hd. Milan Dubrovic
1191 Wien, Muthgasse 2

Bundeskammer der gewerblichen Wirtschaft
z. Hd. Dr. Steinacker
1010 Wien, Stubenring 12

Globus-Verlag
z. Hd. Gen.-Dir. J. F. Schmid
1200 Wien, Höchstädtplatz 3

Salzburger Nachrichten
z. Hd. Komm.-Rat Dasch
5021 Salzburg, Bergstraße 12

Institut für Höhere Studien
1060 Wien, Stumpergasse 56

Arbeitsgemeinschaft Dr. G. Novak und Dr. Gartner
8010 Graz, Schießstattgasse 37/I

Dr. Eva Braunegger
1010 Wien, Kumpfgasse 5

Niederösterr. Pressehaus Druck- und Verlagsges.
z. Hd. Ströbitzer
3100 St. Pölten, Linzer Straße 3—7

Präsidentschaftskonferenz der Landwirtschaftskammer Österreichs
z. H. Dipl.-Ing. Rudolf Wicha
1010 Wien, Löwelstraße 12

STYRIA Steirische Verlagsanstalt
z. Hd. Gen.-Dir. Dr. Sassmann
8011 Graz, Schonaugasse 64

Österr. Werbewissenschaftliche Gesellschaft
z. Hd. Dkfm. Dr. F. Swoboda
1190 Wien, Franz-Klein-Gasse 1

Österreichische Fremdenverkehrswerbung
z. Hd. Min.-Rat Dr. Harald Langer-Hansel
1010 Wien, Hohenstaufengasse 3—5

„Attwood“ Marktforschungsges. m. b. H.
1190 Wien, Hohenauergasse 14

„Die Brücke“, Institut für soziale Marktwirtschaft
6020 Innsbruck, Südtiroler Platz 6

Niederösterr Preßverein
z. Hd. des Verlagsleiters
2340 Mödling, Elisabethstraße 1

Kammer für Arbeiter und Angestellte für Wien
z. Hd. Elfriede Frank
1040 Wien, Prinz-Eugen-Straße 20—22

Zeitungsverlag Dichand und Falk GmbH
z. Hd. Geschäftsf. Falk
1190 Wien, Muthgasse 2

Interministerielles Werbekomitee, Sektion II/22
1011 Wien, Stubenring 1

Gertraud Bauernfeind
1190 Wien, Eduard-Pölzl-Gasse 6

Eurotest Marktforschung GesmbH.
1010 Wien, Mölkerbastei 3

Institut für Nachrichtentechnik der Technischen Hochschule Graz
8010 Graz

FPÖ Bundesgeschäftsstelle
1010 Wien, Kärntner Straße 28

Katholisches Zentrum für Massenkommunikation
1010 Wien, Singerstraße 7

DDr. Heller, Verwaltungsgerichtshof
1010 Wien, Judenplatz 11

Institut für Soziologie und Kulturwissenschaft der Universität Salzburg
z. Hd. Prof. Rassem
5020 Salzburg

Lehrkanzel für angewandte Pädagogik der Universität Wien
z. Hd. Prof. Wolf
1010 Wien, Universitätsstraße 7

Lehrkanzel für Psychologie der Universität Salzburg
z. Hd. Prof. Roth
5020 Salzburg

Institut für Psychologie der Universität Innsbruck
z. Hd. Dr. Kohler
6020 Innsbruck

Österreichische Gesellschaft für Filmwissenschaft
z. Hd. Prof. Gesek
1010 Wien, Rauhensteingasse 5

Institut für Kommunikationsforschung
z. Hd. Dr. Lugert
1190 Wien, Gunoldstraße 14

Institut für Wertungsforschung
z. Hd. Prof. Dr. Otto Kolleritsch
8020 Graz, Sporgasse 25

Oberösterreichischer Landesverlag
z. Hd. Dipl.-Ing. Lehner
4020 Linz, Landstraße 41

Schlüsselverlag Moser & Co. (Tiroler Tageszeitung)
z. Hd. Dr. Stix
6021 Innsbruck, Erlerstraße 5—7

Verein Mediaanalysen
z. Hd. Dkfm. Karl Steurer
c/o Hager-Werbung
1010 Wien, Seilerstätte 13

Prof. H. W. Kolm-Veltee
1010 Wien, Habsburgergasse 1

Institut für Publikumsforschung, Österr. Akademie der Wissenschaften
1010 Wien, Ignaz-Seipel-Platz 2

Institut für Publizistik, Universität Salzburg
5020 Salzburg, Residenzplatz 1

Institut für Pädagogik, Universität Salzburg
5020 Salzburg, Residenzplatz 1

Institut für Verwaltungstheologie, Universität Salzburg
5020 Salzburg, Residenzplatz 1

Institut für Politikwissenschaften, Universität Salzburg
5020 Salzburg, Residenzplatz 1

# Die Autoren

**Hans Heinz Fabris**

Geb. 1942 in Scheibbs, NÖ.; Studium in Wien und Salzburg; 1968 Dr. phil. (Politikwissenschaft und Publizistik); seit 1968 Assistent und Lehrbeauftragter am Institut für Publizistik und Kommunikationstheorie der Universität Salzburg; vielfältige Lehr- und Forschungstätigkeit im In- und Ausland. Hauptarbeitsgebiete: Kommunikatorforschung; Medienpolitik; Medienkritik; Journalistenausbildung; Sozialisationsforschung.

**Albrecht K. Konecny**

Geb. 1942 in Wien; Studium an der Universität Wien; danach journalistische Tätigkeit in zahlreichen Funktionen; seit 1968 wissenschaftlicher Mitarbeiter des Instituts für empirische Sozialforschung; seit 1969 Mitarbeiter der Sozialwissenschaftlichen Studiengesellschaft und Chefredakteur des „Journals für angewandte Sozialforschung"; 1970 bis 1973 Chefredakteur der Zeitschrift „Information und Meinung". Hauptarbeitsgebiete: Politische Soziologie; Wahlforschung; Medienforschung.

**Diemut Gundula Graf**

Geb. 1943 in Ried i. I., OÖ.; 1971 Dr. phil. (Publizistik, Wirtschafts- und Sozialgeschichte); seit 1971 wissenschaftlicher Mitarbeiter des Instituts für empirische Sozialforschung. Hauptarbeitsgebiete: Kulturelles Verhalten der Österreicher mit besonderem Schwerpunkt beim Leseverhalten; Stellung der Frau in Österreich (politisches Verhalten, Rollenbild, Berufsprobleme); Wohnen.

**Arno Tausch**

Geb. 1951 in Salzburg; ab WS 1969/70 Studium an dortiger Universität (Politikwissenschaft, Publizistik); Dissertant am Institut für Politikwissenschaft der Philosophischen Fakultät. Zahlreiche Aufsätze und Rezensionen zu Gebieten aus der politischen Ökonomie, insbesondere der Dritten Welt.
Veröffentlichungen:
**Apartheid — Getrennte Unterentwicklung?** (zusammen mit J. Kemptner und W. Tausch), Wiener Institut für Entwicklungsfragen, 1973, und FAO Development Education Exchange Nr. 12, 1974.
**Chile — Unterentwicklung und Abhängigkeit.** Arbeitsunterlagen Nr. 1 der Aktion Chile, Salzburg 1974 (in Zusammenarbeit mit der österreichischen Chile-Solidaritätsfront).
**Politische Systeme in Lateinamerika.** Zeitschrift für Lateinamerika, Wien, 5, 1973.
**Entwicklung der Unterentwicklung?** Lateinamerika-Aspekte, 3/1974.

**Viktor Ergert**

Geboren 1918 in Wien; Promovation zum Dr. phil. am Publizistischen Institut Wien; langjähriger Generalsekretär des Verbandes der unabhängigen Presse Österreichs; seit 1957 im Österreichischen Rundfunk als Leiter der Pressestelle tätig; seit 1970 Leitung der Medien- und Meinungsforschung im Österreichischen Rundfunk; Autor der offiziellen Geschichte des Rundfunks in Österreich.
Hauptarbeitsgebiete: Medienforschung; Kommunikationstheorie; Publikumsforschung und Medientheorie.

**Richard Bamberger**

Generalsekretär Österr. Buchklub der Jugend; Direktor des Intern. Instituts für Jugendliteratur und Leseforschung; Ö. S. V. 57. Dr. phil.
Vom Dienst als Mittelschullehrer freigestellt, wirkt er im Rahmen des Buchklubs der Jugend auf dem Gebiet der Leseerziehung und Buchpädagogik. Durch Vorträge und Veröffentlichungen kommt diese Arbeit der gesamten Lehrerschaft Österreichs zugute. Im Rahmen der UNESCO (Forschungsaufträge über „Leseinteressen", „Wirkung der Lektüre" u. a.) und der International Reading Association ist er auch international tätig.
V: Der junge Goethe, Lyrik und Leben 49; Jugendlektüre 55; Zum Lesen verlocken 67; Jugendschriftenkunde 68; Lese-Erziehung 71; Jugendliteratur und Buchpädagogik 72; Leseforschung international u. a.
H: Das große Balladenbuch; Märchenbände u. a. — MH: Schr. des Österr. Buchklubs der Jugend, 20 Bde., seit 55; Die Barke, 10 Bde., seit 55; Die Welt von A—Z 52, 65; Die Kinderwelt von A—Z 55; Österr. Lexikon, 2 Bde., seit 66; Jugend und Buch, Zs. seit 55; Bookbird, Zs. seit 63; Schriften zur Jugendlektüre, 12 Bde., seit 65.
Übersetzungen aus dem Russischen und Englischen.